U0115338

詞學研究叢刊

雅詞的受容

——中日文人對宋詞的期望

松尾肇子　著

靳　春　雨　譯

推薦序
學術無國界，成果應共享

黃文吉

　　臺、日與中國都僅一水之隔，彼此關係緊密，也錯綜複雜。然而就文學而言，由中國輸出的漢詩文，影響臺、日至深。詞雖被視為小道，卻在興起之初即遠渡東瀛，從日本嵯峨天皇和張志和〈漁歌子〉開始，填詞綿延不絕，神田喜一郎著有《日本填詞史話》（東京：二玄社，1965年）一書，可見其脈絡。

　　臺灣在清領、日治時期，漢詩蓬勃發展，也有一些文人從事填詞，並不普遍。直到國民政府播遷臺灣，帶來許多文人、學者，詞的創作與研究才又在這座島嶼播種、開花、結果。

　　個人有幸受教於盧聲伯（元駿）、鄭因伯（騫）兩位大師，而有志於詞學研究。亦有感於日本漢學研究成果豐碩，在唸碩士班之初，即開始學習日文。從此撰寫學術論文時，經常留意日本學者的相關著作。猶記唸博士班時，曾託友人從日本購買村上哲見先生的《宋詞研究——唐五代北宋篇》（東京：創文社，1976年）一書，該書印刷精美，售價約一千三百元臺幣，在當時對一位研究生而言，可謂所費不貲。透過村上先生的大著，個人在撰寫博士論文《宋南渡詞人研究》時曾受到他的一些啟發，並援引在論文當中。

　　獲得博士學位後，教學之餘仍然關注詞學研究，將平日所蒐集世界各國研究詞學的專書、論文篇目，彙為一編，題為《詞學研究書目

（1912-1992）》（臺北：文津出版社，1993年），日本學界研究詞學的成果，也大致呈現其中。該書目出版時，正值中央研究院中國文哲研究所舉辦第一屆詞學國際研討會，個人應邀發表論文，村上先生也參與盛會，雖然首度見面，卻倍感親切。因為這次的機緣，之後彼此經常互贈新著，交流不斷。

日本學者做學問非常認真，蒐羅文獻資料不遺餘力，他們經常利用來臺灣開學術會議時，到臺北各大圖書館借閱善本書。二〇一三年四月底，東吳大學外雙溪校區舉辦「會通與轉化──第二屆古典文學國際學術研討會」，日本立命館大學芳村弘道教授和東海學園大學松尾肇子教授都應邀參加，我是東吳大學校友，又住在外雙溪附近，受到詞學同好立命館大學萩原正樹教授囑託接待他們。會議結束後有兩天自由活動，我請他們到寒舍小敘並順道參觀芝山岩外，其餘時間都陪他們到故宮博物院、國家圖書館看書。松尾教授也是研究詞，知道我從明抄本《天機餘錦》發現許多佚詞，她對此書非常有興趣，到國家圖書館特別指定要借閱，並影印回國。

母校這次國際學術研討會，是個人與松尾教授首次見面，但我對她的研究成果早有所悉，尤其她編纂的〈日本國內詞學文獻目錄初稿〉（《東方》第58號，1986年1月），對我編纂《詞學研究書目（1912-1992）》助益良多。從見面的交談，才知道她的博士論文指導教授就是村上哲見先生，由於這層關係，話題更有許多交集。

日本研究詞學的人數雖然有限，但他們重視群體合作，以創造更多成果。松尾教授從大學到碩士班、博士班都讀奈良女子大學，她的博士論文為《張炎《詞源》研究》（1999年），詞論是她的研究重心。其實松尾教授早在一九九一年就和萩原正樹、保苅佳昭等六位年輕學者組成「《詞源》輪讀會」（又名「《詞源》研究會」），定期集會討論讀書心得，將《詞源》日譯及注釋。這項合作成果後來正式出版為

《宋代的詞論──張炎《詞源》──》（福岡：中國書店，2004年）一書，頗受學界的注目。此書除了原文、訓讀和翻譯外，還包含校記及注釋，書前有〈解題〉，書末附有表格及索引，所以它並不純然的翻譯，含有這些譯者的研究成果，松尾教授為研究《詞源》的專家，對此書貢獻厥偉。

除了《詞源》輪讀會共同的研究成果外，松尾教授個人也陸續發表了許多相關論文，如〈《詞源》和《樂府指迷》〉、〈宋末元初的詠物詩──以《詞源》為中心〉、〈《詞源》的景情交鍊說〉、〈論張炎《詞源》的清空說〉、〈從文藝論見張炎詞論的受容〉、〈《詞源》鈔本介紹〉等多篇，這些都成為她日後所出版的專書《詞論的成立和發展──以張炎為中心》（東京：東方書店，2008年）的重要內容。

當《詞源》的日譯及注釋告一段落後，松尾教授又和萩原正樹等八位詞學愛好者共同擔任發起人，成立「宋詞研究會」（後改組為「日本詞曲學會」）。該會每年舉辦研討會，發行會刊《風絮》。他們合作譯注施蟄存的《詞學名詞釋義》、龍榆生編選的《唐宋名家詞選》、及《四庫全書總目提要·詞曲類》中的詞籍「提要」，譯註成果都陸續發表在《風絮》中。松尾教授一直是這個研究團隊的骨幹，迄今不間斷。其中《詞學名詞釋義》譯注稿已結集出版，書名為《詞學的用語──《詞學名詞釋義》譯注》（東京：汲古書院，2010年），松尾教授等人推動詞學研究的熱誠與成果，令人敬佩。

松尾教授的恩師村上哲見先生的《宋詞研究──唐五代北宋篇》及《宋詞研究──南宋篇》（東京：創文社，2006年），企圖透過代表性的詞家以建構詞史的發展，拙著《北宋十大詞家研究》（臺北：文史哲出版社，1996年），也是以最具代表性的詞家來考察北宋詞繼承與創新的軌跡。大詞人的研究固然重要，但投入過多的學術資源反而使其他次要詞人受到忽略，這是學術界常見的現象。後來我看到松尾

教授別闢蹊徑，專注於一些次要詞人的研究，包括北宋的王觀、晁補之、毛滂，及南宋的康與之、劉過等都是。

　　松尾教授所關注的這五位詞人，在詞史上常被附屬於大詞家之下，或一筆帶過，鮮有露臉的機會。但如果以宋代重要選集《樂府雅詞》、《花庵詞選》、《草堂詩餘》、《絕妙好詞》等所選，及重要詞話《詞源》是否言及或引用作品來看，他們入選的作品數量及排行並不差，如五位詞人都有作品入選《花庵詞選》，康與之還入選廿三首，排行高居第八位。晁補之及毛滂也頗受《樂府雅詞》青睞，分別入選廿八首及十二首，排行分別居第八及廿五。由此可見松尾教授挑選的作家有客觀的數據當基礎。

　　詞原為「曲子詞」，只是音樂的附庸，文人參與後，逐漸向詩靠攏，增強了文學性。文學性與音樂性為詞的雙重特質，這兩種特質在詞的發展過程中經常拉扯，許多評論家也為此爭論不休。松尾教授研究這些次要詞人，都能兼顧其文學性與音樂性，立論比較客觀，從中挖掘他們的特點及貢獻。如探討《冠柳集》的王觀，既然「凡有井水飲處即能歌柳詞」，王觀的詞和柳永一樣具有引人入勝的音樂性自不待言，松尾教授別開生面，文章另從「修辭法」、「壽詞」立論，點出王觀的詞對柳詞文學性的繼承與發展。又如晁補之的詞適合歌唱，具有很高的音樂性，松尾教授透過〈調笑〉的創作，證明其詞這方面的特點。另外又從「櫽栝」和「集句」，論述其詞也能和詩藝結合，具有相當的文學性。至於毛滂的詞，其音樂性相當明顯，松尾教授著重在贈妻和描寫靜謐庭院的題材和內容，以及文學藝術手法，來說明其詞之雅。

　　詞從伶工之詞走向士大夫之詞，其內容與文士生活結合乃是必然。村上先生論蘇東坡詞，特別留意其生涯和詞風的轉變。松尾教授有兩篇與康與之相關的論文，一篇探究康與之生涯與作品編年，由此

可見其某些詞作與人生歷程相呼應。另一篇則專論康與之詞，強調作為官僚文人的康與之，其詞具備在宮中及宴席上歌唱的音樂性。他所作的應制詞，則透過對句與典故的運用，以顯現其文學性。而他的閨怨詞，語言清新，適用於宴席，具有即興性，尤其受人喜愛。

至於劉過，歷來評論都將他置於辛棄疾之下，認為所作豪氣詞缺乏詞之蘊藉。松尾教授先從其生平和著述入手，接著透過後人評價的變遷，探討其詞的特點，指出另有「工麗」的一面，雖無深刻的思想內容，卻有構思奇妙、句法活潑、知識豐富等特徵，適合宴席歌唱之價值。最後並給劉過「編曲家」的稱號，以表彰其詞能吸收閭巷歌謠並創新，具有引人入勝的音樂性。

日本學者除了致力於詞體發源地──中國的詞學研究外，對於接受這一文學載體的日本詞家也為他們所關注。如在日本推動詞學研究的萩原正樹教授，就寫過日本詞學家森川竹磎及蕉城秋雪、戶田靜學兩位詞家的相關論文。松尾教授也從接受角度來考察詞在日本傳播，特別留意五山禪僧對詞的接受。在〈日本五山禪僧視野中的詞〉一文中，她透過有限資料詳細剖析五山禪僧對詞的理解程度，說明這些禪僧是藉著詩話、類書來汲取詞的相關知識，而某些有名詩人的詞（如蘇軾），則通過別集得以閱讀。其結論是五山禪僧雖知曉詞，由於他們的關注點在對句，加上缺乏詞選及詞譜等資料之限制，所以五山禪僧未曾填詞，但他們對詞仍然有興趣和憧憬。松尾教授另有一篇探討五山禪僧對漢詩的接受，題為〈《詩學大成抄》初探──從評語看漢詩的受容〉，文章透過禪僧所抄中國類書《詩學大成》的評語，探討五山禪僧對中國文學的接受和評價。此文雖不是直接與詞學有關，但要瞭解五山禪僧對詞的態度，先讀此文或許可獲得一些啟發。

松平君山（1697-1783）為日本尾張藩的儒學者，神田喜一郎《日本填詞史話》曾介紹其詞六首，松尾教授又從其漢詩集增補二首，於

是透過這些作品做比較完整的研究。她考證松平君山開始填詞應在晚年，並從對樂府的青睞、家學以及時代的好尚等三方面探究其填詞背景。接著將這八首詞逐一介紹，每首詞都錄原文，標註平仄及用韻。另有白話翻譯的「譯文」，和類似考證和深究的「補說」，對理解這些作品都極有幫助。其結論認為松平君山對詞有濃厚的興趣，勇於嘗試較難的詞牌，並且每首詞都用不同的詞牌，遵守格律，相當值得肯定。

松尾教授的研究成果豐碩，除了某些發表在《日本宋代文學學會報》、東海學園大學及愛知大學等校之《研究紀要》外，大多數刊載在《風絮》。個人熱愛詞學研究，《風絮》從二〇〇五年創刊迄今，每期都承蒙宋詞研究會以航空寄贈，因此得以先睹為快。如今松尾教授整理這些論文，彙為一編，題為《雅詞的受容——中日文人對宋詞的期望》，分別收入上述五位宋代詞人及詞在日本的接受情形等研究成果，另有三篇與詞籍相關的論文則列為附論，這實在是一件可喜可賀的事。

回想二〇一四年春，我獲得國科會補助赴立命館大學做短期研究，拜訪包括松尾教授等幾位「宋詞研究會」的核心成員，受到這些詞學同好的熱情接待，就像京都滿城的櫻花令人難忘。歲月匆匆，京都之行已近十年，當時冒著凜冽在車站接我的博士生靳春雨也畢業為研究員，經常看到她幫忙翻譯中國學者的研究論文為日文，發表在日本期刊。此次為了讓使用中文的學者也能分享松尾教授的研究成果，她特別將此書譯為中文，交由萬卷樓圖書公司出版。承蒙松尾教授的雅意，囑我幫忙寫一篇序，誼不容辭，於是根據多年來觀察其詞學研究所得，以及學術交流的點點滴滴，綴成此文，期望對詞學愛好者閱讀本書有一點幫助。

黃文吉

二〇二三年暮春寫於臺北士林外雙溪畔

目次

推薦序 ……………………………………………………………… 1

前言 ………………………………………………………………… 1

壹　宋代詞人的人生與詞

第一章　冠柳視點下的王觀詞 …………………………………… 3

前言 …………………………………………………………… 3

一　王觀的生平和《冠柳集》 ………………………………… 5

二　對柳永詞修辭法的繼承 …………………………………… 9

三　壽詞中對柳永的繼承與發展 ……………………………… 16

結語 …………………………………………………………… 26

第二章　晁補之〈調笑〉論 ……………………………………… 29

前言 …………………………………………………………… 29

一　檃栝與典故 ……………………………………………… 31

二　集句 ……………………………………………………… 36

三　轉踏〈調笑〉 …………………………………………… 39

結語 …………………………………………………………… 49

第三章　毛滂的雅詞 ························· 51

前言 ·· 51
一　贈妻詞 ···································· 53
二　疊韻詞 ···································· 57
三　東堂的詞作 ································ 60
結語 ·· 66

第四章　康與之生涯與作品編年初探 ··········· 67

前言 ·· 67
一　南渡前後 ·································· 69
二　臨安的活動 ································ 73
三　從江南到福建 ······························ 79
四　失勢以後 ·································· 81
結語 ·· 87

第五章　康與之的詞 ························· 89

前言 ·· 89
一　通曉詞律之詞人 ···························· 91
二　應制詞中對句與典故的多用 ················ 96
三　閨怨詞中的即興性 ························ 101
結語 ··· 106

第六章　劉過的詞 ························· 109

前言 ··· 109
一　劉過的生平和著述 ························ 110

二　對劉過詞評價的變遷 ················· 117

三　詞的表現特徵 ····················· 122

四　編曲家劉過 ····················· 126

結語 ··························· 131

附論　詞籍的周邊

附論一　詞之輯錄

　　　　　——以王觀為例 ·············· 135

一　王觀《冠柳集》 ···················· 136

二　冒廣生、劉毓盤的輯詞 ················ 138

三　趙萬里和初編本《全宋詞》 ············· 142

四　《全宋詞》的改訂 ·················· 145

附論二　嘉慶年間的《詞源》校訂

　　　　　——以上海圖書館所藏《詞源》為中心 ······· 149

前言 ··························· 149

一　《詞源》的嘉慶版與道光版 ············· 151

二　鮑廷博的校訂 ···················· 154

三　初刻本《詞源》與錢熙祚及戈載的校訂 ········ 158

結語 ··························· 163

附表：上海圖書館藏《詞源》異同表 ··········· 164

附論三　周慶雲生平評介

　·························· 175

一　生平 ························· 175

二　文藝活動 ······················ 177

貳　詞在日本的受容之一側面

第七章　《詩學大成抄》初探
──從評語看漢詩的受容 ································· 185

前言 ·· 185

一　「有趣〔面白〕」和名句 ···················· 191

二　「雅」與「新〔アタラシ〕」、「少見〔メツラシ〕」 ······ 200

結語 ·· 210

第八章　日本五山僧視野中的詞 ···················· 211

前言 ·· 211

一　五山僧對詞的理解程度 ···················· 213

二　從詩話中汲取對詞的知識 ················· 218

三　從類書中汲取對詞的知識 ················· 222

四　五山僧是否閱讀詞籍 ······················· 225

結語 ·· 232

第九章　松平君山的詞 ···························· 235

前言 ·· 235

一　松平君山與填詞 ··························· 237

二　君山詞之詳解 ····························· 239

結語 ·· 256

後記 ·· 259

前言

　　雖然詞被認為是宋代的代表文學樣式，但卻是在唐代興起的歌辭文藝。即使是新歌「曲子」，將其作為文學「詩」來看，亦不受人們認可。此時期之後，中唐白居易、劉禹錫作小令詞，直至晚唐出現音樂文辭俱佳的溫庭筠後，詞作為一種新的文學樣式才被人們認知。但是，五代至宋，詞依然被當成遊興文學。改變此種情況的是北宋中期的張先與柳永。張先將詞納入官僚生活，而極富音樂才能的柳永不僅積極創作小令，還填長篇慢詞，運用詩的技巧創造出符合慢詞獨特句式的修辭法。不僅形式，且內容上亦使其具有長篇才能展開的敘事性，由此開闢出一味抒情的傳統詞中沒有的新世界。人們對柳永創新性的評價亦已達成共識。另一方面，柳永的詞中摻雜口語，露骨描寫男女之情，媚與世俗，其人又在花街柳巷間大受歡迎，且品行不端，因此遭到士大夫階層的強烈批判。但柳永為後來的詞的發展開闢出道路，這是不爭的事實。王安石、蘇軾等著名士大夫亦創作詞，由此詞的地位已不止於遊興文學，而「雅詞」這一稱呼就已明示其地位。

　　北宋時期，形式與內容上均獲得發展的詞，至周邦彥得以集大成。南宋前期，辛棄疾不僅在詞中融入詩，亦加入文章的表現技巧與新題材。由此，作為抒情詩的詞進一步擴大到士大夫階層。另一方面，姜夔、吳文英等雖非官僚，但因這些專業詞人的出現，詞得到進一步完善，至宋末的周密、張炎、王沂孫等，詞的洗練已達到極致。然而，失去作為流行歌曲普遍性的詞，元代開始式微，逐漸被新歌謠曲取代，明代以後失去樂曲，清代再度受到關注，民國時期一度非常

流行。但詞已經成為一種較詩需要更高才能的韻文文體。評價北宋詞或南宋詞之際，人們通常例舉作為詞人典範的蘇軾、周邦彥、姜夔、吳文英、周密、張炎等，見解各異。

以上是村上哲見博士《宋詞研究》[1]中展示的概觀，在日本可以說是定論。不過，將宋代的詞作為一個整體來看的話，建構詞史的這些大家的周邊，肯定還存在作為流行歌曲、得到恰當評價的、數量眾多的詞。巷中流行的多數詞已散佚，而士大夫圈層中成為話題的詞，通常與逸話一起記載於詩話，或採錄於詞選集、類書中。這些才是當時作為歌辭文藝的詞的本流。若忽略這點，則不能充分理解何為詞，何為其特質。

基於上述問題意識的內容即第一部。壹「宋代詞人的人生與詞」中舉出五位詞人，從人們對詞這種歌辭文藝的期待，以及士大夫們如何保持詞的大眾性本質的視點進行考察。從柳永至蘇軾登場前的王觀，蘇軾的士大夫化詞成立的北宋後期的晁補之、毛滂，南宋前期專業詞人活躍前出現的康與之、劉過。因他們皆參加過科舉，因此可將他們歸入士大夫階層。但是，他們並非出類拔萃的人物，不僅如此，甚至不時遭受批判。就詞的藝術性完成度而言，他們不及大晟府的詞人群，大概處於二、三流。但正因為如此，在探究人們的好尚時，以他們為例再適合不過。五人均精通音樂，尤其王觀、康與之的詞具有較高的表演性。晁補之的集句，毛滂的疊韻與藥名詩的援用，劉過的獨白體等均是對詩文傳統的繼承，不過作為一種手法，稍有不慎就會成為易受非難的「謔詞」。每位詞人的創新與表達方式中均可窺見柳永的影子。他們要創作出所屬集團可以接納的詞，即使會遭受批判。

---

1 村上哲見：《宋詞研究──唐五代北宋篇》（東京：創文社，1976年）、《宋詞研究──南宋篇》（東京：創文社，2006年）。中譯本見村上哲見著，楊鐵嬰，金育理，邵毅平譯：《宋詞研究》（上海：上海古籍出版社，2012年）。

他們自己亦十分清楚這一點。如此一來，他們的詞會滿足一般士大夫及後來的讀書人的期待。

　　壹「宋代詞人的人生與詞」分別考察五位詞人。接下來闡述一下選擇的觀點。首先以詞選集中的評價作為第一優先要素。具體條件為，反映南宋後期詞的流行狀況的《花庵詞選》以及南宋編纂的《草堂詩餘》，此兩部大型唐宋詞選集中均有著錄。

　　宋代編纂的宋詞選集中最受重視的即《花庵詞選》。《花庵詞選》（或稱《花庵絕妙詞選》、《玉林詞選》），南宋黃昇編纂的詞選集《唐宋諸賢絕妙詞選》十卷、《中興以來絕妙詞選》十卷的總稱。《唐宋諸賢絕妙詞選》收錄唐五代廿六家一百〇四首，宋九十四家三百六十九首，僧侶四家十五首，女詞人十家廿九首。《中興以來絕妙詞選》收錄中興以來即南宋八十八家七百廿二首，附錄編者黃昇詞卅八首，不見僧侶及女性作品。但如《四庫提要》所云，他們生活於北宋至南宋期間，即所謂南渡詞人，其名已見於兩選集，云「斷限」不知何據。檢《中興以來絕妙詞選》，自康與之始，可見是以詞人活躍時期來劃分。又《中興以來絕妙詞選》黃昇序中記淳祐己酉九年（1249），所錄止於南宋理宗朝活躍的詞人。雖然北方已有消滅金國的蒙古存在，但黃昇的序文中僅言及詞壇的盛況。內容如下：

> 況中興以來，作者繼出，及乎近世，人各有詞，詞各有體，知之而未見，見之而未盡者，不勝算也。……花前月底，舉杯清唱，合以紫簫，節以紅牙，飄飄然作騎鶴揚州之想，信可樂也。

至南宋，出現大量詩人填詞，遠非北宋能比。這點翻閱《全宋詞》便一目瞭然。黃昇指出，發展成雅詞的是在北宋，而至南宋，詞基本已停止形式上的發展，是詞人展露個性的時代。黃昇又云詞在風雅宴會

中不可或缺。這才是最大的詞的受容場。其背景中，除官僚詩人外，亦有江湖派詩人的存在。黃昇作此序文的五年前，即淳祐甲辰四年（1244），他為友人魏慶之《詩人玉屑》所作的序中云：

> 自有詩話以來，至於近世之評論，博觀約取，科別其條，凡升高自下之方，繇粗入精之要，靡不登載。其格律之明，可準而式；其鑒裁之公，可研而覈；其斧藻之有味，可咀而食也。

詩話為宋代文學評論的主要形式，但多數並沒有理論性結構。主要選錄南宋詩話的《詩人玉屑》廿一卷，分類自詩辨、詩體、句法至詩人評論，便於參考要點。此書符合江湖詩人的需求，因其便利性，傳至日本後亦被廣泛閱讀。黃昇、魏慶之均為福建人，具體生涯不詳。黃昇（1196？-1249以後），字叔暘，號玉林、花庵詞客，晉江（泉州市）人。詞輯於《散華庵詞》。號玉林因其居宅的梅林，號花庵取自宅屋「散花庵」[2]。據《唐宋諸賢絕妙詞選》胡德方之序，黃昇早棄科舉，雅意讀書與作詩自適。魏慶之（生卒年不詳），字醇甫，建安（建甌市）人。居宅種菊，號菊莊。似未應科舉。也即《花庵詞選》，如他們一般，是一部強烈表明身居江湖而以詩自適的多數讀書人志向的詞選集。

接下來探討一下《花庵詞選》所表明的傾向[3]。《中興以來絕妙詞選》錄詞七百廿二首，而《唐宋諸賢絕妙詞選》所收宋詞不過三百六

---

2 黃昇友人馮取洽：《中興以來絕妙詞選》卷十中錄詞五首。〈沁園春・中和節日為黃玉林壽〉（《全宋詞》作「二月二日壽玉林」），詞中有「立玉林深，散花庵小、中有翛然自在身」句。又〈沁園春・用前韻謝魏菊莊〉中有「雙溪約玉林梅」句，可知玉林指梅林。又〈酹江月・戲題玉林〉中有「玉林何有，有一彎蓮沼，數間茅宇」句，描寫居宅。可以說，有一定的所有土地這點亦是南宋讀書人的典型。
3 以下統計數字據《花庵詞選》（北京：中華書局，1958年）。

十九首，由此可看出以南宋詞為先的企圖，而兩書的合併亦未免有失公允。僅看內容的話，辛棄疾、劉克莊各四十二首列第一位。其次黃昇卅八首，此為編者自作因此除外。第三位姜夔卅四首，第四位蘇軾卅一首，第五位嚴仁卅首，第六位張孝祥、盧祖皋各廿四首，第八位康與之廿三首，第九位劉鎮廿二首，第十位張輯廿一首，然後是高觀國、陸游各廿首，第十三位歐陽脩十八首。前十位中北宋詞人僅有蘇軾，此外包括南宋詞人在內基本均為官僚詩人，並且他們的詞與日常生活緊密相關。由此亦可看出南宋後期江湖的好尚。為便於參考，此處舉《唐宋諸賢絕妙詞選》中錄詞數量超過十首的北宋詞人。蘇軾、歐陽脩之後，周邦彥十七首，秦觀十六首，謝逸、万俟詠、陳克各十三首，晏幾道十二首，柳永、賀鑄各十一首。可見以官僚詩人為主的傾向上，二者並無太大差別。

　　另一種唐宋詞選集《草堂詩餘》收錄唐五代北宋南宋一百廿家三百六十七首詞。元明時有多種版本，為非常流行的詞選集，但其成立不明，編者亦不詳。存按四季雜題編輯的分類本與按詞牌編輯的分調本，分類本先成立已成定論。南宋中期嘉泰二年（1202）曾有附注本[4]。可見《草堂詩餘》的編纂早於《花庵詞選》，但現存《草堂詩餘》中亦曾提到《花庵詞選》。如何判斷南宋中期的《草堂詩餘》與現存《草堂詩餘》的關係，以及現存《草堂詩餘》中反映的是何時的評價，很難正確判定。另一方面，《草堂詩餘》的影響力還擴展到小說及曲[5]，其需求階層應低於《花庵詞選》。另外，《草堂詩餘》[6]的編纂

4　《野客叢書》卷廿四云：「《草堂詩餘》載：張仲隊〈滿江紅〉詞：『蝶粉蜂黃都褪卻』，注，蝶粉蜂黃、唐人宮妝。……知《詩餘》所注為不妄。」此書有嘉泰二年（1202）序。《四庫提要》援引此條云《類編草堂詩餘》成書在慶元以前。

5　藤原祐子：〈《草堂詩餘》と書會〉，《日本中國學會報》第59集（2007年10月）。

6　以下統計數字據洪武本《增修箋注妙選群英草堂詩餘》，見劉崇德，徐文武點校：《明刊草堂詩餘二種》（保定：河北大學出版社，2006年）。

方針不同於《花庵詞選》，每位詞人的作品數量較少，僅一首的詞人便有七十二家占半數以上。收錄十首以上的有八家，具體為：周邦彥四十九首，蘇軾廿六首，秦觀十九首，柳永十五首，歐陽脩、康與之、辛棄疾各十首。明顯對北宋詞的評價較高，而柳永列第四位。南宋的辛棄疾、康與之並列，作品較多。這是其作品在巷間較受歡迎的事實反映，同時作為歌辭文藝的詞的特質，亦是此書必須收錄的條件之一。

　　兩書又參照最初、最後的宋詞選集《樂府雅詞》、《絕妙好詞》。《樂府雅詞》收錄北宋中期至南渡前後的詞，《絕妙好詞》則收錄南宋詞。《樂府雅詞》三卷為現存最早的宋詞選集，於南宋紹興十六年（1146）成書。「雅詞」因首用於書名而為人所知。作者曾慥（元祐年間？-1155），字伯端，號至游子，晉州（福建省泉州市）人，經歷南渡的官僚。曾編纂《類說》六十卷、《道樞》廿卷一百廿二篇、《集仙傳》十二卷、《本朝百家詩選》一百卷[7]等大型總集。南宋初危急存亡之秋曾設樂禁，紹興十二年（1142）解除後，《樂府雅詞》、鮦陽居士《復雅歌詞》五十卷（佚書）行世。兩書均名「雅」，由此可窺得當時之風向。《樂府雅詞》[8]曾慥的序文中云：

> 涉諧謔則去之，名曰《樂府雅詞》。九重傳出以冠於篇首，諸公轉踏次之。歐公一代儒宗，風流自命，詞章幼眇，世所矜式。當時小人，或作艷曲，繆為公詞，今悉刪除。凡三十有四家，雖女流亦不廢。

開頭置北宋宮中曾上演的轉踏與大曲，同「復雅」一樣不由令人聯想

7　據《直齋書錄解題》中記載。

8　引用及以下統計數字據〔北宋末南宋初〕曾慥輯，陸三強校點：《樂府雅詞》（瀋陽：遼寧教育出版社，1997年）。

到北宋盛時。其後著錄「雅詞」卅四家七百一十三首（《拾遺》二卷
所錄作品作者不詳，此處不予討論）。而諧謔詞、豔詞被排除在雅詞
之外。《樂府雅詞》錄詞數量，第一位歐陽脩八十三首。第二位葉夢
得五十五首，第三位舒亶四十八首。其編纂方針為一家多詞，收錄卅
四家雖不算多，但可以肯定的是在南渡前後的士大夫圈層中，這些詞
人具有一定的知名度。

　　《絕妙好詞》[9]七卷，宋代遺民周密（1232-1298或1308）編纂的
南宋詞選集。周密，字公瑾，號草窗、弁陽老人、四水潛夫等。家居
吳興，南宋時任地方官，入元後在杭州名門妻家隱居。有詞集《草窗
集》、《蘋州漁笛譜》，詩集《草窗韻語》，還執筆如《武林舊事》、《癸
辛雜識》、《齊東野語》、《浩然齋雅談》等多數筆記。《絕妙詞選》的
具體成書時期不明，但在入元之後。其中所收始於南宋初張孝祥終於
經歷南宋滅亡的仇遠，南宋詞人一百卅二家三百九十一首（原缺一
首）。其中六十一家僅錄一首，這點與《草堂詩餘》類似。而收錄最
多的為編者周密自身的詞廿二首。除編者自身作品之外，第一位吳文
英十六首，第二位姜夔、李萊老各十三首，第三位李彭老十二首，第
四位施岳十一首，第五位盧祖皋、史達祖、王沂孫各十首。因未出仕
的專業文人吳文英、姜夔的評價甚高，為了與江湖中較有人氣的歌
謠劃清界限，因此選錄二者比較洗練的雅詞。但是，此書當時未行於
世[10]，因此影響力極為有限。

　　鑒於此，第二步舉張炎的《詞源》二卷，意在對元初的宋詞觀進
行補充。張炎（1248-1320？），字叔夏，號玉田、樂笑翁，南宋初期

9　朱孝臧原校，葛渭君補校：《絕妙好詞》，收於上海古籍出版社編，唐圭璋等校點：
　　《唐宋人選唐宋詞》（上海：上海古籍出版社，2004年）。

10　張炎《詞源》卷下〈雜論〉中云：「惜此（《絕妙好詞》）板不存、恐墨本亦有好事
　　者藏之。」時至清朝被再次發現流行的可能性幾乎為零。

將軍張俊後裔，居臨安。父張樞與周密交好，《絕妙好詞》中錄其詞
六首。可以說詞學為張炎之家學。南宋滅亡後輾轉各地詞社進行指
導，《詞源》就著錄於此時，可知書中所反映的是當時詞壇的志向。
《詞源》以姜夔為典範，總體來看對南宋末期詞的評價較高，這點與
《絕妙好詞》如出一轍，但張炎強調的是詞為歌辭。序文中指出適於
歌唱的詞，繼《尊前集》、《花間集》之後，以活躍於大晟府的周邦彥
詞為最，而後又舉秦觀、高觀國、姜夔、史達祖、吳文英各家。雖然
此處不見柳永、蘇軾之名，但文中數次引其詞句[11]，又三度言及其
名，可知兩位詞人無法忽視。關於蘇軾，除出現在揶揄秦觀〈水龍
吟〉（小樓連遠橫空）的逸話中之外，〈雜論〉中亦有兩處對其進行高
度稱贊。而柳永則全然相反，一直屬於批判的對象。引文如下：

> 詞欲雅而正，志之所之，一為情所役，則失其雅正之音。耆卿
> 伯可不必論，雖美成亦有所不免。

> 晁無咎詞名冠柳，琢語平帖，此柳之所以易冠也。

> 康柳詞亦自批風抹月中來。

如前述，在《花庵詞選》、《草堂詩餘》中，蘇軾亦居上位，可見其在
各階層受歡迎的程度。《草堂詩餘》中柳永居第四位，《花庵詞選》的

---

11 詞句的引用次數，北宋柳永2、王安石1、蘇軾7、黃裳1、秦觀2、周邦彥5；南渡詞
人陳與義1、陸淞1、李清照1；南宋辛棄疾1、劉過2、姜夔9、史達祖5、張樞1、吳
文英3。柳永〈二郎神〉（炎光謝）、〈木蘭花慢〉（拆桐花爛漫），蘇軾〈永遇樂〉
（明月如霜）、〈水調歌頭〉（明月幾時有）、〈水龍吟〉（楚山修竹如雲）、〈水龍吟〉
（似花還似非花）、〈洞仙歌〉（冰肌玉骨）、〈卜算子〉（缺月掛疏桐），還有〈過秦
樓〉詞牌。

北宋詞人中柳永居第九位，由此可知其在市井的人氣之高。張炎在批判柳永的同時又曾三度言及。換而言之，對主張詞為歌唱文學的張炎而言，詞人柳永的存在無法忽視。

因此，第三步著眼於成為柳永的比較對象的詞人。柳永使作為歌辭文藝的詞實現飛躍性發展，與其進行比較是研究流行歌謠史、詞史之際不可或缺的視點。詞人康與之，除《詞源》之外，大概成立於南宋末的《兩宋名賢小集》的康與之小傳中就有：「善為樂府，時以柳耆卿目之」[12]，可見當時普遍將康與之與柳永並稱。而云晁補之詞為「冠柳」，管見所及，除張炎此說外不見其他。提及「冠柳」，曾著錄《冠柳集》（散佚）的北宋的王觀卻為人周知，因此亦將王觀列入探討範圍。

以上五家，雖非一流大家，但仍具有一定的影響力，而且傳達出濃厚的時代氣息。

附論「詞籍的周邊」中，將研究過程中觸及到的清朝以降刊刻的詞籍三種，整理成詞籍調查與刊刻經緯三篇。雖為獨立的資料性質的調查，但藉此亦可窺知清朝末期至民國初期的詞壇一隅。

貳「詞在日本的受容之一側面」共收三篇。文中以曾對日本中世五山文學產生影響的抄物（日本人注釋）、《詩學大成抄》為探討對象，論述宋代詩論與詩詞的受容情況，以及對日本人的審美意識的形成所產生的影響。此兩篇外，還有一篇探討江戶時代尾張藩儒者的作品。昔時，中國還是一個遙不可及、無法直接交流的國家，詞於日本人而言無疑是一種最遙遠的文藝。但是，即便如此，仍有知識分子滿懷憧憬與關注。時至今日，這種狀況依然未曾改變。對日本人來說，詞比近體詩難。優美的音調、獨特的句法很難理解，而詞著重敘情又

---

12 〔南宋〕陳思編，〔元〕陳世龍補：《兩宋名賢小集》卷一七一，四庫全書本。

通常捨棄具體性，這亦是難解的原因之一。而且要體會其中僅用來渲染氛圍的言語，理解詞中的轉折意味的話，則需要更多的學習。儘管如此，詞作品的深處所蘊含的情感卻能超越國界與時代，引起人們的共鳴。而這也正是歌謠曲的本質。基於此，亦作為讀詞的一種嘗試，將此書呈現給大家。謹期方家雅正。

附表：宋五家及名家地位參照表[13]

詩人	生卒年[14]	《樂府雅詞》[15]	《花庵詞選》《唐宋諸賢》[16]	《草堂詩餘》[17]	《絕妙好詞》[18]	《詞源》[19]
柳　永	984?~1053?	0	11（卅二位）	15（四位）	未收入	有・2
*王　觀	1032~1085?	0	9（四十二位）	2（廿九位）	未收入	無・0
蘇　軾	1037~1101	0	31（五位）	26（二位）	未收入	有・7
*晁補之	1053~1110	28（八位）及轉踏	6（廿四位）	3（廿位）	未收入	有・0
*毛　滂	1054?~1124?	12（廿五位）	5（七十三位）	1（四十五位）	未收入	無・0
周邦彥	1056~1123?	29（七位）	17（十五位）	49（一位）	未收入	有・5

---

13 作者按：＊表示本書中所論及詩人。

14 諸說中取最長期間。

15 雅詞34家713首。

16 26家517首。

17 126家367首。

18 132家390首。

19 有無言及・引用詞數。

詩人	生卒年[14]	《樂府雅詞》[15]	《花庵詞選》《唐宋諸賢》[16]	《草堂詩餘》[17]	《絕妙好詞》[18]	《詞源》[19]
			《中興以來》（除附錄）[20]			
*康與之	1094~1177	0	23（八位）	10（五位）	未收入	有・0
辛棄疾	1140~1207	未收入	42（一位）	10（五位）	3	有・1
*劉　過	1154~1206	未收入	10（卅六位）	1（四十五位）	3	有・2

20　88家722首。

壹
宋代詞人的人生與詞

第一章
冠柳視點下的王觀詞

前言

　　本文中所要論述的王觀是北宋詞人，南宋黃昇（1196？-1249以後）的《唐宋諸賢絕妙詞選》卷五（以下通稱《花庵詞選》）中收入其詞九首。傳存下來的王觀的作品很少[1]，現在也幾乎沒有被作為評價對象。但在宋代並非此種情況，《花庵詞選》就有對王觀的介紹：

> 王通叟，名觀，有《冠柳集》，序者稱其高於柳詞，故曰冠柳，至於〈踏青〉一詞，又不獨冠柳詞之上也，〈踏青〉詞即〈慶清朝慢〉，今載于首。[2]

北宋仁宗時期柳永（約984-1053，字耆卿）開創了詞的新時代，而王觀之詞又高於柳詞，故而被稱為「冠柳」，其詞集被稱為《冠柳集》[3]。

1　〔南宋〕尤袤《遂初堂書目》儒家類有「王觀天鬻子」，〔北宋〕孔平仲的〈送王通叟〉詩有「問之誰何天鬻子，謫官東南數千里」句。蒙荒井健先生賜教，得知《永樂大典》卷九二一的第二十四葉表至第二十五葉表〈二支師〉及卷一一六〇二的第三葉表〈藻・總敘〉，兩處均錄自《天鬻子無隅篇》。

2　〔南宋〕黃昇：《花庵詞選》（北京：中華書局，1958年）。

3　在近人劉毓盤《唐五代宋遼金元名家詞・冠柳集校記》（原書為民國十四年北京大學鉛印本，此處據《劉毓盤詞學論文集》）中所引宋代楊湜《古今詞話》：「黃庭堅最賞其冬景〈天香〉詞，……《冠柳集》一春詞，一冬詞，雖柳七為之，不能及也」中，較早提及該書。但《古今詞話》已散佚，本條所據不明。《詞話叢編》所收輯本以及《歷代詩餘》卷一一六《詞話》引用的，黃庭堅讚賞其詞的《古今詞

但是詞集已散佚，序文作者也不明。現在，《全宋詞》於本編中輯錄十六首和兩句一韻的斷章，另外《全宋詞補輯》中輯錄十二首。

柳永作為詞人，其生前就已毀譽參半。他自己填詞作曲，確立了慢詞擴大了詞的主題，開拓了詞的新範式，這點毋庸置疑。他的作品雖發揮了其作為士大夫而培養出來的詩文才華，但因其直接表現，多用口語這些「俗」的作法而遭到了批判。雖然毀譽參半，但柳詞的追隨者直到南宋仍有不少。另外，柳詞所受到的關注，也可以通過不時出現的將一些詞句與柳永相比較的評語而得知。但是，總體來看，被認為能繼承柳永衣缽的詞人並不多，其中一人便是被稱為「冠柳」的王觀。

「冠柳」究竟指什麼？南宋嘉定年間（1208-1224）成書的陳振孫的《直齋書錄解題》有如下記述：

> 《冠柳集》一卷，王觀通叟撰，號王逐客，世傳霜瓦鴛鴦，其作也，詞格不高，以冠柳自名，則可見矣。[4]

此處的「冠柳」是自稱，如其名所示，他的詞有「格調不高」的負面評價。「冠」指在眾多人中位列第一。若是自稱，則更不可能將柳永與自己作比較，而是指柳詞的追隨者中最傑出的一位，這樣思考應比較妥當。

時間稍晚的南宋淳祐九年（1249）的附序版《花庵詞選》中，〈慶清朝慢〉作為王觀的代表作放在首位，詞後有如下評語：

話》條中無《冠柳集》一文。見劉毓盤著，譚新紅，黃盼整理：《劉毓盤詞學論文集》（鄭州：河南文藝出版社，2016年）。

4　〔南宋〕陳振孫：《直齋書錄解題》（上海：上海古籍出版社，2005年）。

風流楚楚，詞林中之佳公子也，世謂柳耆卿工為浮豔之詞，方
之此作，蔑矣，詞名冠柳，豈偶然哉。

「風流楚楚」的「佳公子」是何意？對柳永詞的「浮豔」之評語，基
本上都是貶義，但在與王觀的該作進行比較時則視為不及，由此看來
黃昇不一定是在貶低。如果說柳永介於雅俗之間並在詞界掀起了一
場革命，那麼「冠柳」之稱的王觀到底有何繼承？這點將在本文中加
以考察。

一　王觀的生平和《冠柳集》

在解讀王觀的作品之前，因人物與作品存在一致性的問題，因
此，首先在此明確一下筆者的立場。

近年王觀的傳記研究取得進展，有李欣、王兆鵬〈北宋詞人王觀
生平事蹟考〉與劉曉光〈王觀生平事蹟考〉兩篇專論[5]，兩篇論文得
出了幾近一致的結論，因此基於這兩篇論文，在此簡單介紹一下王觀
的生平。

王觀，字通叟，號逐客。泰州如皋（江蘇省）人，父王惟清，母
李氏。李欣認為其生年在仁宗明道元年（1032）前後，劉曉光認為在
景祐二年（1035）前後。兩者同時根據情況進行推論，很難加以確
定。王氏一族，在其祖父王載時獲得了經濟上的成功。王載與原配黃
氏所出王惟清，與徐氏所出弟王惟熙，二人都曾接受過教育。

5　李欣，王兆鵬：〈北宋詞人王觀生平事蹟考〉，《上海師範大學學報》第卅四卷第五
　　期（2005年9月）。劉曉光：〈王觀生平事蹟考〉，《湖北師範學院學報（哲學社會科
　　學版）》第廿七卷第三期（2007年5月）。劉氏似未參考李欣論文。

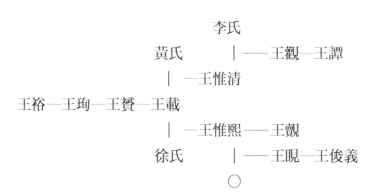

王觀的叔父王惟熙科舉及第官至權大理少卿[6]，其子王覿嘉祐六年進
士[7]，王睍因恩蔭獲得官位，王睍之子王俊義為宣和元年狀元[8]。王觀
與其堂弟王覿在太學時，曾從學於泰州海陵人胡瑗。王觀較王覿早，
於嘉祐二年（1057）開封府解試，與王覿一樣以第一的成績通過。並
且因蘇軾、蘇轍兄弟及第而為人津津樂道的同一年，王觀亦進士及
第。任單州（山東省單縣）團練推官、秘書省校書郎。次年，建昌軍
（江西省南城縣）參軍[9]。嘉祐六年（1061）三月，因父去世家居。
服喪結束之後的官歷不明。神宗熙寧十年（1077）任揚州（江蘇省）
江都縣令時因獻〈揚州賦〉而獲賜緋魚銀章。傳世的《揚州芍藥譜》
大概也是這一時期的作品。元豐二年（1079）被任命為大理寺丞[10]，
滯京，與秦觀及釋道潛等人唱和。是年七月，蘇軾被問罪的烏臺詩案

---

6 參照劉琳等校點：《宋會要輯稿・刑法一・格令一》（上海：上海古籍出版社，2014
   年），仁宗嘉祐七年四月九日條。

7 《宋史》卷三四四有王覿的傳。據此，其為嘉祐四年（1059）進士，在新舊兩黨持
   續對立時，堅持反對黨爭的立場，「持正論始終，再罹譴逐，不少變」。

8 另外，宣和六年王咸義，南宋淳熙五年惟熙的曾孫王岐，淳熙十四年惟熙的玄孫王
   正綱成為進士，王氏所居被稱為集賢里。

9 劉曉光認為最初的官職不是建昌府參軍。

10 劉曉光認為大理寺丞在江都縣令之前。

發生。同年末，王觀因江都縣令在任時收受賄賂而被問罪，次年正月十九日編管永州（湖南省）。可推測其與舊法黨較近。另外如後述，《能改齋漫錄》卷十七中云，因王觀的應制詞觸怒神宗的母親高太后而於翌日遭罷免。元豐六年（1083）七月其母李氏去世時，王觀在永州。據秦觀所書李氏墓志銘，李氏有孫名譚，孫女一人早夭，另有一孫尚幼。王觀此後的事蹟不明。劉曉光推定其卒年為元豐六年至八年（1083-1085）[11]。

關於其人，北宋朱弁《曲洧舊聞》卷六有「王觀恃才放誕」，北宋的楊湜《古今詞話》亦言「觀少年時游宦京都，負不羈之才，頗饒逸韻，輦下欣慕者眾，後數年，復至，舊游多有存者」[12]，作為一名才華橫溢的風流人物，王觀成了京城的名人。另一方面，據傳王安石於王觀，「其為人薄於行，荊公素惡之」[13]，也即橫眉冷對。由此可以想像其與柳永秉性相似，都是恃才不遜之人。但王觀並無如柳永般遭士大夫圈層排擠的逸聞。《能改齋漫錄》卷十六記錄云，柳永因豔詞而名，卻也因此使仁宗不悅，因而未能及第。似與此逸事相對應，同書卷十七[14]可見如下記載：

> 王觀學士嘗應制撰〈清平樂〉詞云，……。高太后以為冒瀆神宗，翌日罷職，世遂有逐客之號。今集本乃以為擬李太白應制，非也。

---

11 李欣僅記元豐六年以後。

12 《歷代詩餘》卷一一六《詞話》所引。

13 該條記事見〔北宋〕魏泰：《東軒筆錄》（北京：中華書局，1983年），卷十一，頁125，是開封科舉時的事。

14 紹興廿四年（1154）成書的吳曾：《能改齋漫錄》（上海：上海古籍出版社，1979年），頁489。

吳曾云，王觀被罷免因其作〈清平樂〉（黃金殿裏），而此詞是奉神宗之命的應制之作。另外陳鵠《西塘集耆舊續聞》卷九[15]，也有出自陸游的幾乎同樣的記載。如下文記述的是王仲甫的逸聞。

> 梅詞〈漢宮春〉，人皆以為李漢老作，非也，乃晁叔用贈王逐客之作，王甫為翰林，權直內宿，有宮娥新得幸，仲甫應制賦詞云，……。翌旦，宣仁太后聞之，語宰相曰：「豈有館閣儒臣應制作狎詞耶？」既而彈章罷，然館中同僚相約祖餞，及期無一至者，獨叔用一人而已，因作梅詞贈別云，……王仲父，字明之，自號為逐客，有《冠卿集》行於世〔陸務觀云〕。

兩書中相互矛盾的記載，使得人們對〈清平樂〉的作者到底是王觀還是王仲甫，歷來就抱有不同的見解。近年葉燁、王兆鵬二人的：〈北宋詞人王仲甫‧王觀事蹟考辨〉中，得出了由於王觀的官歷是翰林院，不可能作應制詞，由此應是王仲甫的作品這一結論[16]。但是自《能改齋漫錄》所云「今集本乃以為擬李太白應制，非也」，百年之後，《花庵詞選》亦據《冠柳集》認為作者是王觀，有詞序「擬太白應制」[17]。因此，先不論〈清平樂〉之作者，《花庵詞選》中記載王觀

---

15 〔南宋〕陳鵠撰，孔凡禮點校：《西塘集耆舊續聞》（北京：中華書局，2002年），頁382。

16 葉燁，王兆鵬：〈北宋詞人王仲甫‧王觀事蹟考辨〉，《湖北社會科學》2006年第7期。另外，〈雨中花令〉、〈憶黃梅〉、〈浪淘沙〉也被認為是王仲甫的作品。關於王觀詞的輯佚，請參照松尾肇子：〈詞の輯錄──王觀を例として──〉，《東海学園大学研究紀要：人文科学研究編》第25號（2020年3月）。現收入本書附論一。

17 黃昇所見《冠柳集》有兩種可能。一本是紹興年間吳曾所見「今集本」。另一本是《直齋書錄解題》所著錄嘉定年間於長沙刊行的《百家詞》的一冊。兩者都於王觀集中收錄〈清平樂〉與詞序「擬太白應制」。請參照王兆鵬：《宋代文學傳播探原》（武昌：武漢大學出版社，2013年），頁219，第九章〈北宋詞集版本考〉，十七〈王

的略歷與作品，可以說反映了南宋時期對王觀的一般認知。因此，此詞應具備作為王觀的作品而被接受的特徵，〈清平樂〉以外的作品也有一樣。接下來將探討被視為王觀代表作的詞的特徵。

二　對柳永詞修辭法的繼承

如上文所述，因王觀的經歷而產生問題的〈清平樂〉詞，《花庵詞選》所錄附序「擬太白應制」。這到底是不是如吳曾所述的「非」呢，將在此進行探討。下列的王觀詞據《全宋詞》[18]。

> 黃金殿裏。燭影雙龍戲。勸得官家真個醉。進酒猶呼萬歲。
> 折旋舞徹伊州。君恩與整搔頭。一夜御前宣住，六宮多少人愁。

至於詞序中的「擬」，模擬詩是在《文選》中就已確立了「雜擬」的一種傳統樣式，是對先行作品的「形式、內容、表現進行模仿」[19]。蘇軾開創的檃栝是在詞中模擬不同風格的詩文，與此相比，擬的形式和模仿點都是不同的[20]。因此，這裡所「擬」李白應制之作，可認為

觀《冠柳集》）。另外，關於詞序「擬……」，通過檢索僅得知，北宋詞中有王觀的此詞序，還有黃庭堅〈訴衷情〉（一波才動萬波隨）詞的「為擬金華道人作此章」；米芾的〈菩薩蠻〉（兼葭風外煙籠柳）詞的「擬古」；毛滂的〈水調歌頭〉（金馬空故事）詞的「擬饒州法曹掾作」。可見並不普遍。

18 《全宋詞》錄自《能改齋漫錄》，作「應制」。後段首句，《花庵詞選》作「美人舞徹梁州」，《耆舊續聞》作「錦裀舞徹涼州」。另外，「君恩與整搔頭」，《花庵詞選》作「恩與整搔頭」；「一夜御前宣住」，《耆舊續聞》作「一夜御前宣喚」。

19 〔南朝梁〕昭明太子撰，川合康三等譯注：《文選　詩篇（六）》（東京：岩波書店，2019年），頁148，「雜擬」解說。另請參照和田英信：〈模擬と創造──六朝雜擬詩小考〉，《中国古典文学の思考様式》（東京：研文出版，2012年）。

20 但是，檃栝這一用語，廣義上包括使用語句，因此「擬」也可看作檃栝的一種。蘇

是指〈清平樂〉詞[21]。被視為李白作品的〈清平樂〉殘存五首，其中被《花庵詞選》收錄的如下二首，以「禁庭」、「禁闈」開始，應是應制之作。

> 禁庭春晝。鶯羽披新繡。百草巧求花下鬥。祇賭珠璣滿斗。
> 日晚卻理殘妝。御前閑舞霓裳。誰道腰肢窈窕，折旋笑得君王。
> 禁闈清夜。月探金窗罅。玉帳鴛鴦噴蘭麝。時落銀燈香炧。
> 女伴莫話孤眠。六宮羅綺三千。一笑皆生百媚，宸衷教在誰邊。

「禁庭」詞中，因在「御前」、「舞」、「折旋」之人，「六宮」的宮女們在愁夜裡通宵不眠，這一主旨與語句與王觀詞共通。而李白詞中的「霓裳」因楊貴妃擅長而聞名，若繼續沿襲則會指楊貴妃本人。王觀詞中的「伊州（或是梁州）」，是宮廷宴會上演奏的曲目之一，不僅符合宋代的實況，似乎也是士大夫的宴會上用來舞蹈的快曲[22]，讓人領略到當時之風采。總之，即便沿襲了〈清平樂〉的形式，一舞得寵的宮女的內容，以及部分詞彙，王觀的詞仍向當時的風格靠攏。可以說詞序「擬太白應制」是有意義的。

門的黃庭堅與晁補之模仿蘇軾作檃栝詞，王觀可能也受此影響。請參照內山精也：〈兩宋檃栝詞考〉，《宋詩惑問——宋詩は「近世」を表象するか？》（東京：研文出版，2018年）。

21 現在被認為是偽作，但宋時作為李白詞流傳。《花庵詞選》卷首載李白，收錄〈菩薩蠻〉、〈憶秦娥〉、〈清平樂令〉二首，〈清平調辭〉三首。但是〈清平樂令〉詞牌下有注質疑：「翰林應制，按唐呂鵬《遏雲集》載應制詞四首，以後二首無清逸氣韻，疑非太白所作」。〈清平調辭〉詞牌下有注：「沈香亭應制，古詞多只四句」。

22 《西塘集耆舊續聞》作「涼州」，《花庵詞選》作「梁州」。唐代吳融〈李周彈箏歌〉中有：「祇如伊州與梁州。盡是太平時歌舞」句。宋詩中專門作為舞曲並被歌唱，早在梅堯臣的〈敘兩會事戲寄刁景純學士〉詩中就有：「聽他雙韻舞伊州，舞徹天妍不轉頭」。

　　詞中極盡冶豔地描寫了燭影搖曳中的皇帝與宮女的身姿，此外還使用了自此詞之前用例較少[23]的「官家」、「真個」這樣的口語化詞彙，不能否認確實賦予了浮豔的印象[24]。而這又被認為是柳永豔情詞的特徵[25]，由此可知王觀詞也繼承了這點。下面的〈憶黃梅〉詞，也是一首使用口語化詞彙的較豔麗的作品。《花庵詞選》未收，是收錄於北宋末南宋初時編纂的《梅苑》卷三中的一首詠物詞。詩中將帶至床鋪上的梅子與女性的身姿相疊加進行描寫。

　　　　枝上葉兒未展。已有墜紅千片。春意怎生防，怎不怨。被我安
　　　　排，矮牙床斗帳，和嬌豔。移在花叢裏面。　　　請君看。惹清
　　　　香，偎媚暖。愛香愛暖金杯滿。問春怎管。大家拼、便做東
　　　　風，總吹交零亂。猶肯自、輸我鴛鴦一半。

該詞的後段「惹清香，偎媚暖。愛香愛暖金杯滿」中（重複的詞彙上加黑點，蟬連體的變形下加底線），置於對句末的「香」、「暖」用「愛香愛暖」進行重複令人印象深刻。或者可以說是，次句首句蟬連

23　「官家」在詩中較早見於田錫（940-1004）〈乾明節祝聖壽・其三〉，在詞中可見於同時代沈括（1031-1095）的〈開元樂〉，但在北宋只能檢索到另有侯彭老一例。「真個（个／箇）」，較早見於柳永、張先的作品，另有歐陽脩、杜安世、晏幾道。但王觀時該詞的使用仍然有限。

24　另一首〈清平樂〉詞，描寫御苑白天的宴席。全首為：「宜春小苑。處處花開滿。學得紅妝紅要淺。催上金車要看。　　君王曲宴瑤池。小舟掠水如飛。奪得錦標歸去，匆匆不惜羅衣。」宜春苑是指唐代位於長安東南的曲江，宋代開封以東為東御苑。後段的「爭標（爭奪標竿）」來自，對北宋末的開封進行回顧的孟元老的《東京夢華錄》卷七〈駕幸臨水殿觀爭標錫宴〉中所描繪的，在金明池舉行的宋代的宮中行事。另外，這首詞的用語與李白的〈清平樂〉五首都不重合，但與七言四句的〈清平調辭〉的「花、紅、君王、瑤台（李白詞作瑤池）」相重。

25　村上哲見：《宋詞研究——唐五代北宋篇》（東京：創文社，1976年），下編第三章〈柳耆卿詞論（下）〉。

上句末尾詞彙的蟬聯體的變形。在筆者之前的拙作中，論述了相同文字的重複使用這一手法，大概歷經歐陽脩在晁補之與毛滂時達到了鼎盛[26]。除本首外還見於王觀的其他七首中（以下重複詞彙的用例，下加底線表示），單就現存作品數量來看，頻率較高。這一手法，在他們之前已經用於柳永詞中，如〈鳳凰閣〉（匆匆相見）詞中的「山<u>遠</u>水<u>遠</u>人<u>遠</u>，音信難托」，最多一字重複使用的可數出八例。王觀除〈憶黃梅〉詞外，〈江上梅花引〉詞中有「<u>極</u>恨<u>極</u>嗅香蕊」。另外，如柳永〈小鎮西〉（意中有個人）詞中的「<u>再三</u>偎著，<u>再三</u>香滑」的「再三」。二字重複並使用對偶的形式還可舉王觀詞：如〈高陽臺〉詞中的「莫閑愁，<u>一半</u>悲秋，<u>一半</u>傷春」；〈慶清朝慢〉詞中的「晴<u>則個</u>，陰<u>則個</u>，餳飣得天氣，有許多般」。比起單純的同字相對，使用更複雜對偶的如〈憶黃梅〉，詞前段中有「<u>春意怎</u>生防，<u>怎</u>不怨」，以「春意」引領其後三字二句。王觀另有〈天香〉詞：「伴我語<u>時同</u>語，笑<u>時同</u>笑」句，亦以「伴我」作領字，四字重複並構成對句。柳永詞的特徵是以一字或二字引領對句[27]，因此王觀的詞可以說是柳永的兩種手法的結合使用。另外，同字的反覆使用，如〈紅芍藥〉詞中的「<u>沉醉</u>且<u>沉醉</u>，人生似、露垂芳草」夾「且」字，這也見於柳永〈滿江紅〉（訪雨尋雲）詞中的「縱來相見且相憶」。甚至如柳永的〈燕歸梁〉（織錦裁編寫意深）詞中的「一回披玩一愁吟」這樣的句中對，王觀有〈江上梅花引〉詞：「花易飄零人易老」，〈清平樂〉（宜春小苑）詞：「學得紅妝紅要淺」。但是，柳永有使用通俗歌謠式措辭

---

26 見松尾肇子：〈毛滂における雅詞〉，原發表於《風絮》第10號（2014年3月）。現收入本書第三章。

27 宇野直人：《中国古典詩歌の手法と言語──柳永を中心として》（東京：研文出版，1991年），第五章〈柳永の対句法について〉。

[28]的蟬聯體的詞，如〈六么令〉（淡煙殘照）詞中的「驚回好夢，夢裏欲歸<u>歸</u>不得」，然王觀詞中未見。像這樣各種連環句的修辭，雖不能說是王觀獨自對此進行了展開，但可以說將其雅化並頻繁使用的是王觀。下面有小序是「送鮑浩然之浙東」的〈卜算子〉，雖是令曲，卻是在有限字數中融入巧思的典範之作。

> 水是眼波橫，山是眉峰聚。欲問行人去那邊，眉眼盈盈處。
> 才始送春歸，又送君歸去。若到江東趕上春，千萬和春住。

第一句和第二句中「是」重複，構成水—眼—橫、山—眉—聚這樣緊密的對句。這種要素組合在詞中很常見，並且往往在形容女性的比喻中使用。但在本詞中以風景出現在詞的前部，以包含動態的橫向擴張與縱向凝集的對句進行比喻，第四句中以「眉眼」承接。後段中也有「送春歸」與「送君歸」的重複，但與前段不同，未使用對句，而是分別放在「才始」與「又」之後，位置錯開。給人的印象是，這個錯位在後段第三句中用「趕上春」來進行承接，這似乎是有意識地與由正對組成的前段進行區別的措辭。

　　另外，翻閱《全宋詞》正編所輯錄的王觀詞很快就能發現，僅十六首之中除〈清平樂〉外，沒有出現同樣的詞牌。王觀之前的作品，如〈菩薩蠻〉、〈浪淘沙〉、〈卜算子〉、〈生查子〉等多為令曲，而根據田玉琪的觀點[29]，始見於王觀的詞調則有六例。其中十一韻七十九字的〈憶黃梅〉與十韻九十一字的〈紅芍藥〉是僻調。另外，十韻九十

28　不僅限於古樂府等，同時期的轉踏，例如與王觀有交遊的秦觀的〈調笑〉十首中，詩的末尾與曲的開頭使用同一語句。

29　田玉琪：《詞調史研究》（北京：人民出版社，2012年），頁418，下編〈歷代詞調考析・四　北宋詞調考析〉，〈四　北宋詞調〉。

六字的〈天香〉，八韻九十七字的〈慶清朝慢〉，八韻百字的〈高陽臺〉，十一韻八十五字的〈江城梅花引〉，最早見於王觀的作品。可知王觀精通詞調這點毋庸置疑。《花庵詞選》中被選錄為代表作的〈慶清朝慢〉，如小序「踏青」，描寫春日出門到郊外遊覽的女性。

> 調雨為酥，催冰做水，東君分附春還。何人便將輕暖，點破殘寒。結伴踏青去好，平頭鞋子小雙鸞。煙郊外，望中秀色，如有無間。　晴則個，陰則個，餖飣得天氣，有許多般。須教鏤花撥柳，爭要先看。不道吳綾繡襪，香泥斜沁幾行斑。東風巧，盡收翠綠，吹在眉山。

開頭第一句及前段末句，雖然使用了唐代韓愈〈早春呈水部張十八員外二首〉其一中的典故：「天街小雨潤如酥，草色遙看近卻無」，卻把韓詩中直喻的春，擬人化為神的傑作。第二句以對句進行吟詠。但是換頭處變成口語。「晴則個，陰則個」對句中所使用的「則個」，也記為「子箇」、「之箇」等。表示動作進行的用例散見於柳永之後的作品中[30]，但如王觀本詞一樣連用的例子不見有其他。反而是金代《董解元西廂記諸宮調》卷五中可找到「那孩兒怕子個，怯子個，閃子個」。或許在王觀所處的當時，這也是極其口語化的用法。在如此春景中，描寫郊外女性的身姿，是通過象徵意味的可愛的腳來進行的。她們穿著遠足鞋在泥濘中行走，即使浸濕了上等絹製作的繡襪也不在意，仍然雀躍前行。將視線從腳下往上，如秀眉般的翠綠色山脈在春風中成為一道遠景。這裡所用的典故運用、擬人法、字句重複、對

30　較王觀更早的用例有：柳永〈鶴衝天〉（閑窗漏永）詞的「好天好景，未省展眉則個」，歐陽脩〈醉蓬萊〉（見羞容斂翠）詞的「卻待更闌，庭花影下，重來則個」。

句，不僅該詞中，在別的作品中也可見到。但〈慶清朝慢〉不愧被推為代表作，這是一首充分運用了這些修辭手法的作品。

　　接下來看一首諧謔味明顯的作品，僻調〈紅芍藥〉。詞中感嘆人生無常，無奈只好耽於享樂，使人聯想起《古詩十九首》。但在其前段中云：

> 人生百歲，七十稀少。更除十年孩童小。又十年昏老。都來五十載，一半被、睡魔分了。那二十五載之中，寧無些個煩惱。

一邊自嘲一邊細數人生，可以說搭配聲調並夾入數字的手段十分巧妙。後段是：

> 仔細思量，好追歡及早。遇酒追朋笑傲。任玉山摧倒。沉醉且沉醉，人生似、露垂芳草。幸新來、有酒如澠，結千秋歌笑。

《世說新語》評嵇康醉後如玉山崩倒，又有漢樂府〈薤露〉，《春秋左氏傳‧昭公十二年》齊景公的「有酒如澠，有肉如陵」，句句皆用典故。因所引均為常見典故，由此反而帶有戲作性質。

　　總的來說，王觀巧妙地繼承了柳永開創的種種修辭手法，填出協樂律、豔麗且富於機智的詞。但這些作品中卻未能看出其思想性。王觀的作品勝在描寫，但寫閨愁或男女之情也僅停留在一種觀念層面上，不似柳永般通過細緻入微的刻畫，可以讓人感受到人的生動。原因可能在於，王觀雖然使用了口語化的表達，但卻未使用作為柳永詞特徵之一的「直接具體的『傾訴』」[31]。柳永的這種從口中道出人的，

---

31 中原健二：《宋詞と言葉》（東京：汲古書院，2009年），第四章〈柳永の艷詞とその表現〉。

特別是男女之間的苦與恨的手法，於平常百姓而言是有強烈訴求的，但另一方面，也受到了來自士大夫階層的批判。柳永置身於社會底層的機會和意識，王觀是沒有的。如同《花庵詞選》中黃昇所說：「風流楚楚，詞林中之佳公子也」，王觀是脫俗顯赫的良家少年公子，而不是花街柳巷中的浪蕩兒。

三 壽詞中對柳永的繼承與發展

王觀的詞於《全宋詞》本編中錄有十六首，另有〈減字木蘭花〉十二首錄於補輯中。《全宋詞補輯》是從明代的類書《詩淵》中輯錄出詞的書籍。《詩淵》以抄本傳存，有廿五冊，並未足本，但其中第廿五冊收錄祝壽詩詞。卷首部分是對皇帝及皇族的祝壽詩詞，其餘則沒有明確分類。詩排列在前，其後是詞。詞的部分雖然體現出以詞牌歸納的意識，但並未以詞調進行分類。王觀[32]的〈減字木蘭花〉十二首也是從第廿五冊的三處輯得的壽詞。但是，《全宋詞》本編中據《截江網》收錄的有詞序為「壽女婿」的〈減字木蘭花〉一首，《詩淵》中亦收錄，但《全宋詞補輯》中刪除了此詞，因此《詩淵》所收詞為十三首。王觀作品的輯佚總數僅廿八首再加一句，十三首占了近半數，但在此之前卻鮮少被提及。在本節中，將對這些壽詞加以研究探討。

慶祝生日的賀壽詩較壽詞早，唐代以來就有用例，而壽詞也見於敦煌詞中。兩者基本都是對皇帝的祝賀。歷代王朝在皇帝的生日時都會舉辦最雅正的宴會。宋代時創作歌唱〈傾樂杯〉及〈三臺〉，演奏大曲與法曲，獻上組詩[33]。這樣的宮廷盛會不可能不對士大夫階層產

---

32 《詩淵》中將作者記為「宋元豐逐客」、「宋豐逐客」，《全宋詞補輯》因其中一首與《全宋詞》輯錄於《截江網》中的一首相同，由此同定為王觀。

33 請參照《宋史》卷一六二，〈樂志・教坊〉；淺見洋二：《皇帝のいる文学史》（大阪：大阪大学出版会，2015年），第一部〈国家と個人〉，第一章〈言語と権力〉。

生影響。北宋的壽詩中，獻給高官或上司的禮儀性壽詩最多，但也有贈予母親或妻子、兄弟等家人，或友人知人的作品。可見在士大夫之間已經進行普遍創作。與此相對，北宋的壽詞不多[34]，最早的是柳永的〈御街行〉（燔柴煙斷星河曙），毛本《樂章集》中附詩序「聖壽」。另外，晏殊（991-1055）的〈木蘭花〉（杏梁歸燕雙回首）詞等也屬於早期。另一方面，獻給皇帝及高官以外的壽詞，較早見於與王觀幾乎同年的韋驤（1033-1105）的作品中。蘇軾（1037-1101），以及蘇轍（1039-1112）、黃庭堅（1045-1105）、晁補之（1053-1110）、毛滂（約1055-1120）等與蘇軾有交遊的詞人的作品中亦見不少。南宋時作為社交禮儀贈送壽詞已常態化，壽詩、壽詞快速增加[35]。另外，「宋代賀壽詞所使用的詞牌共達二百種，如果列出所占比最多的十五位的話，依次是水調歌頭、念奴嬌、沁園春、滿江紅、鷓鴣天、賀新郎、水龍吟、西江月、滿庭芳、臨江仙、醉蓬萊、鵲橋仙、朝中措、瑞鶴仙、感皇恩。以上十五個詞牌的作品數達到一千八百多首。」[36]可以說賀壽詞的類型性通過音樂性得以展現。

　　因此，下面將要探討的是王觀所作壽詞的特徵。首先，就王觀所作壽詞的時代背景而言，獻給皇帝或皇族高官的壽詞已成定式，大夫間的贈送尚處於初始階段。王觀的詞序為「壽女婿」的〈減字木蘭花〉，可以說是親族間的壽詞的最早的例子。但是，此處有必要探討一下詞序的可信度。

---

34 據青山宏：〈宋代自壽詞について〉，收入沼尻正隆古稀紀念事業會編：《沼尻博士退休記念中國學論集》（東京：汲古書院，1990年），作者明確的宋代壽詞凡一千五百六十首中，北宋的壽詞僅五十餘首。

35 本段中壽詞的發展，據中原健二：〈寿詞をめぐって——誕生日と除夜——〉，《中国学志》第27號（2012年12月）。還有，作為壽詩詞蓬勃發展的一個側面，宋代出現的自壽詩詞，作為表達詩人感慨的作品而受到關注。

36 青山宏：〈宋代自寿詞について〉，收入沼尻正隆古稀紀念事業會編：《沼尻博士退休記念中國學論集》。

> 瑞雲仙霧。拂曉重重遮繡戶。一炷清香。千尺流霞入壽觴。
>
> 家門轉好。從此應須長不老。來歲春風。看拜西樞小令公。

女兒的年輕夫婿，來年春天將出仕西樞，即尚書省。這一結句可以看出是對女婿的未來表示期待。《全宋詞》本編從《新編通用啟箚截江網》庚集卷六「慶壽門」慶賀詩什詞頌類「親眷」[37]中錄得該詞。「親眷」部，在所有詞牌之下均用小字附注子給父母、夫給妻之類的親戚關係，該詞是唯一記錄壽女婿的例子。這些都是為了明確各種親戚關係而在收錄時附上的，這樣認為比較妥當。《全宋詞補輯》的引用來源《詩淵》中以「宋元豐逐客」收錄該詞，但沒有詞序[38]。就該詞內容，作為贈送給別家貴公子的作品也無任何不妥，這也與當時的風潮吻合。由「家門」一語可知，是祝其家繁榮的作品。

接下來看一下詞牌〈減字木蘭花〉的例子。王觀的壽詞，均以此詞牌進行創作。四字句七字句仄韻平韻換韻構成前後段的〈減字木蘭花〉，北宋時出現[39]。早期的例子有柳永[40]與張先，各一首，分別是描寫閨怨和舞姬的作品。之後有：歐陽脩七首，元絳一首，韓維一首，陳汝羲一首，王安國一首，韋驤六首，晏幾道三首，王觀十三首，魏夫人二首，蘇軾廿七首，李之儀一首，舒亶一首，劉涇一首，黃裳一

---

37 《全宋詞》錄自北京圖書館藏本。宋代熊晦仲所編該書，靜嘉堂藏南宋元初刊本，其中有《全宋詞》未收詞一百四十首。請參照佘筠珺：〈靜嘉堂文庫本《新編通用啟箚截江網》に見える宋詞——《全宋詞》輯補一百四十首——〉，《風絮》第14號（2017年12月）。

38 〔明〕佚名著：《詩淵》（北京：書目文獻出版社，1984年），頁4603。始句的「仙」，《詩淵》作「先」，應是同音產生的混亂。

39 唐五代出現的詞牌〈木蘭花〉是前後七言四句的雙調，後段換韻。宋代時出現了超百字的長篇〈木蘭花慢〉，四十四字〈減字木蘭花〉這些富於變化的諸體。

40 謝桃坊云：「始詞為柳永作，屬仙呂調」，以〈減字木蘭花〉（花心柳眼）為柳永的創調。見氏著：《唐宋詞譜校正》（上海：上海古籍出版社，2012年），頁61。

首，黃庭堅十三首，秦觀一首，米芾二首，賀鑄六首，仲殊六首，晁
補之二首。〈減字木蘭花〉雖是宋詞全體作品數排第十一[41]的流行詞
牌，但在北宋時僅部分詞人有所涉獵。而且，作為壽詞的〈減字木蘭
花〉只有王觀的十二首和仲殊的二首，與前述青山宏的賀壽詞的詞牌
居前十五位的調查結果相一致。也即王觀所作的〈減字木蘭花〉壽
詞，可以說是較突出的例子。那麼，王觀為何要用〈減字木蘭花〉同
一詞牌來進行所有的壽詞創作呢？

　　《詩淵》第廿五冊收錄的王觀的〈減字木蘭花〉，分別在三處。
最初是在「宋元豐逐客」下，即前面提到的「壽女婿」和〈減字木蘭
花〉（壽星明久），兩首（頁4603）。第二處在「宋元豐逐客」下，首
句分別為「華筵布巧」、「天之美祿」、「紅牙初展」、「多愁早老」、「今
晨佳宴」、「角聲三品」，六首[42]（頁4614）。最後一處在「宋豐逐客」
下，首句分別為「新秋氣肅」、「百年能幾」、「三皇五帝」、「春光景
媚」、「縴鳴□（一字空白）鼓」，五首。

　　最初的詞，全八句中都詠入「壽」字。

　　　　壽星明久。壽曲高歌沉醉後。壽燭熒煌。手把金爐蓺壽香。
　　　　滿斟壽酒。我意殷勤來祝壽。問壽如何。壽比南山福更多。

該詞可以說與《全宋詞》本編中收錄的無名氏〈天下樂令〉詞[43]是同
一作品。只是〈天下樂令〉前段第四句僅多一字作「手把金爐，燃一

41　據劉尊明、王兆鵬：《唐宋詞的定量分析》（北京：北京大學出版社，2012年），頁
　　118。兩人數出四百四十二首。

42　《詩淵》中六首之後有始句為「蓬萊三島」的一首，《全宋詞補輯》作周紫芝。從
　　此說。

43　《全宋詞》，頁3832。

壽香」。〈天下樂令〉是〈減字木蘭花〉的別名，錄自《高麗史》卷七十一〈樂志二〉。蔡國祥將此詞作「四。七。四。四，四。　　四。七。四。七。」的「別格」，云：「《高麗史》卷七十一〈樂志二〉有無名氏詞，除仄韻前後段不變外，前段尾句添一字作四字兩句，與諸體迥異」[44]。但如此處所見，《詩淵》與通例一致，第四句為七字。因此關於《高麗史‧樂志》的第四句，將其看作是記錄或者歌唱時加入「一」字較為妥當[45]。

　　《高麗史》於李氏朝鮮文宗元年（1451）完成，是匯總高麗歷史的正史。這首收錄於〈樂志‧唐樂〉的詞，在《詞譜》中亦被收錄，被認為是徽宗大晟府的音樂[46]。〈樂志‧唐樂〉中還收錄歐陽脩一首，晏殊一首，柳永八首等作品。這些是納入大晟府的作品之說由來已久，但如同唐海龍、李寶龍所述：「我們就不能排除太宗、真宗、仁宗三朝在一〇三〇年之前有部分音樂已經傳入高麗的可能」[47]，徽宗朝之前便已傳入也並不稀奇。宋代徐兢《宣和奉使高麗圖經》卷十四有「熙寧（北宋神宗1068-1077年）中，王徽（高麗第十一代文宗）嘗

---

44 〔清〕陳廷敬，王奕清等纂；蔡國強考正：《欽定詞譜考正》（上海：華東師範大學出版社，2017年），上冊，頁139。

45 添字之例，亦見於〈洛陽春〉。此首《高麗史‧樂志》中未記作者名，其為歐陽脩的〈洛陽春〉（紅紗未曉黃鶯語）詞。但是，有七處八字的文字異同。前段尾句，歐陽脩詞集作「昨夜三更雨」五字，《近體樂府》、《醉翁琴趣外篇》兩種詞集間無異同。《高麗史‧樂志》作「昨夜裏三更雨」六字，多一「裏」字。《詞律》〈一落索〉（又名〈洛陽春〉）的詞調名下最先收錄，為五字。但是，田玉琪：〈《高麗史‧樂志》「唐樂」中的曲調與詞調〉，《廈大中文學報》第3輯（2016年3月），文中云《欽定詞譜》依據《高麗史‧樂志》作六字句，並且通過考察其他宋詞，支持《欽定詞譜》的正確性，見田文頁105。

46 朱彝尊《曝書亭集》卷四十四〈書高麗史後〉有：「卷中樂志歌辭，率本宋裕陵所賜大晟樂府譜」。

47 唐海龍，李寶龍：〈《高麗史‧樂志》「新樂」、「唐樂」論析〉，《東疆學刊》第35卷第3期（2018年7月）。

奏請樂工，詔往其國，數年乃還。後人使來必齎貨，奉工技為師，每遣就館教之，比年入貢又請賜大晟雅樂，及請賜燕樂，詔皆從之」[48]，大晟府設立之前就已進行了音樂交流。王小盾曾云，這些唐樂是宋代流行音樂的代表[49]。謝桃坊認為，這些北宋前期、中期的作品在大晟府設立之前便已在社會上廣為流傳，作為歌唱資料被收入大晟府並傳入高麗，南宋時編入《草堂詩餘》和《花庵詞選》。無論如何，《高麗史・樂志・唐樂》收錄的諸詞在宋朝也是廣為流傳的作品，這點不會有錯。另外，謝桃坊[50]所指出的祝賀王朝隆盛的賀壽詞占半數以上，值得首肯。〈樂志・唐樂〉中還收錄柳永的〈御街行〉（燔柴煙斷星河曙），可以認為王觀的〈減字木蘭花〉是與柳永詞、晁端禮的〈黃河清慢〉詞等相並列的北宋著名壽詞。

　　前文所舉〈減字木蘭花〉（壽星明久）詞，一讀後留下印象的是「壽星」、「壽曲」、「壽燭」、「壽香」、「壽酒」、「祝壽」，這些被寫入詞中的不斷重複的「壽」字。「壽星」是老人星，在南方天空中閃耀的一等星，又稱南極老人星，作為長壽的象徵為人熟知。《史記》卷廿八〈封禪書〉有：「於杜亳有三社主之祠，壽星祠」。司馬貞《索隱》記載：「壽星，蓋南極老人星也，見則天下理安，故祠之以祈福壽」。唐詩中比起壽星，老人星的用例較多。但是，仁宗明道元年（1032），為母后新作〈玉芝〉、〈壽星〉、〈奇木連理〉曲[51]，「壽星」獲得青睞。「壽曲」一詞在王觀以前未見，可以認為是為皇帝獻上

---

48 《影印文淵閣四庫全書》本《宣和奉使高麗圖經》卷四十第七葉。譯文依據徐兢著，朴尚得譯：《宣和奉使高麗図経》（東京：国書刊行会，1995年），頁273、274。

49 王小盾、劉玉珺：〈從《高麗史・樂志》唐樂看宋代音樂〉，《中國音樂學》第1期（2005年1月）。

50 謝桃坊：〈《高麗史・樂志》所存宋詞考辨〉，《文學遺產》第2期（1993年4月）。

51 《宋史》卷一二六〈樂志〉。《宋會要輯稿・樂七・明道元年章獻明肅皇太后朝會十五首》，按儀式流程記載。皆為四言。

「壽酒」，以祝萬年之壽時演奏的曲目[52]，南宋沈義父《樂府指迷》中
有：「壽曲最難作」，所指是壽詞。「祝壽」在唐代李嶠的〈中宗降誕
日長寧公主滿月侍宴應制〉中云：「今日宜孫慶，還參祝壽篇」。「壽
燭」、「壽香」，未見先例[53]。結句的「壽比南山福更多」，來自《詩
經‧小雅‧天保》中的祝福辭「如南山之壽，不騫不崩」。歌唱之
際，「壽」字反覆出現，非常吉祥喜慶，並且從使用跟皇帝或皇室有
關的故事來看，應該是祝賀聖壽的作品。

　　接下來探討的是，第二組除最後一首外的王觀的其他六首作品。
文字從《詩淵》。

　　　　華筵布巧。綠遶紅□花枝鬧。朶朶風流。好向尊前插滿頭。
　　　　此花妖豔。願得年年長相見。滿勸金鍾。祝壽如花歲歲紅。

　　　　天之美祿。會飲思量平生福。一碩劉伶。五斗將來且解酲。
　　　　百年長醉。三萬六千能幾日。勸飲瑤觴。祝壽不如歲月長。

　　　　紅牙初展。象板如雲遮嬌面。曲按宮商。聲遏行雲遶畫梁。
　　　　正當裒遍。休唱陽關人腸斷。勸飲流霞。祝壽千年轉更加。

　　　　多愁早老。著甚由來閑煩惱。休管浮名。安樂身康似寶珍。
　　　　酒逢知己，好向尊前朝日醉。滿勸瑤觥。祝壽如山歲歲青。

---

52 《晉書》卷廿二〈樂志〉中收錄荀勗的〈正旦大會王公上壽酒歌〉。
53 王觀之後，這些詞語的用例可以確認。「壽燭」，〔南宋〕劉仙倫〈喜遷鶯〉（祥雲籠
畫）詞中有：「壽燭高燒，壽詞齊唱，滿勸長生酒」。「壽香」，南宋王以寧〈慶雙
椿〉（問政山頭景氣嘉）詞中有：「壽香來是道人家」等例。南宋後期，沈義父《樂
府指迷》中有：「壽曲最難作，切宜戒壽酒，壽香，老人星，千春百歲」，將其列在
避免使用的詞彙中。

今晨佳宴。昨夜南極星光現。鶴舞青霄，丹鳳呈祥瑞氣飄。
仙書來詔。綠鬢朱顏長不老。滿勸香醪。祝壽如雲轉轉高。

角聲三品。銀漏更殘將欲盡。盞遍華筵。玉粒瓊甌散又圓。
知君洪量。不用推辭須一上。滿勸殷勤。祝壽如同福祿星。

其一是華宴之花（女性們），其二是美酒，其三描寫歌姬，其四勸人
宴會盡興，其五是朝宴，其六是直至深夜的華宴。所描寫的均是慶祝
生日的宴席的光景，由此來看，並不是祝聖壽而是贈與士大夫的壽
詞。此六首，後段第三句勸酒，結句開頭皆用「祝壽」二字（上加黑
點）來祝福長壽。同樣的措辭還用於《詩淵》第三的四首中[54]。

百年能幾。似蟻巡環無了日。有限時光。玉兔金烏曉夜忙。
幸逢清世。最好排筵斟綠釀。滿捧金蕉。祝壽如松永不彫。

三皇五帝。古代英雄閑爭氣。勇猛韓彭。十大功勞空有名。
休談人我。大限催煎如何躲。前酌觥觚。祝壽如同海月圓。

春光景媚。花褪殘紅炎天氣。蟬噪高枝。雁叫長空雪亂飛。
四時如箭。八節忙忙頻改換。滿捧金彛。祝壽如同海岳齊。

纔鳴□鼓。曲奏仙音如樂府。美似梨園。一派簫韶列玳筵。
使人清耳。滿座賓朋皆歡喜。勸飲金荷。祝壽延長福更多。

---

54 第二組最後的〈蓬萊三島〉詞和第三組最初的〈新秋氣肅〉詞，與此形式有所不同。
　另外，〈新秋氣肅〉詞，其中提到庭院的「兒孫」，可認為是贈送給老人的壽詞。

上述作品雖也以壽宴為舞臺，但所祝為人生短暫所以要享受宴會，這與之前的六首旨趣不同。特別是最後一首，將華美宏大的樂隊演奏比喻成漢代樂府、唐代梨園，並描寫了出席盛大宴會的賓朋。但在形式上，與第二組的六首並無不同。如果這十首的每一首都是為不同的人寫的壽詞，那只能說千篇一律[55]。若非如此，將此十首當作連作的組歌似更為妥當。

詞的連作，中唐白居易的〈憶江南〉三首便是如此。

> 江南好，風景舊曾諳。日出江花紅勝火，春來江水綠如藍。能不憶江南。

> 江南憶，最憶是杭州。山寺月中尋桂子，郡亭枕上看潮頭。何日更重游。

> 江南憶，其次憶吳宮。吳酒一杯春竹葉，吳娃雙舞醉芙蓉。早晚復相逢。

第一首描寫江南風景，第二首杭州，第三首蘇州，均在開頭處用「江南」一詞（上加黑點）。北宋時白居易的這種形式也被繼承。潘閬描寫杭州的〈酒泉子〉十首皆在開頭用「長憶」一詞，且在後段第三句開頭用「別來」一詞。第一首如下：

> 長憶錢塘，不是人寰是天上。萬家掩映翠微間。處處水潺潺。

---

55 劉曉光：〈王觀詞創作探論〉，《文山師範高等專科學校報》第19卷第4期（2006年12月），也舉《全宋詞補輯》中的作品，並批判道：「而只能炮製出千篇一律的仿製品」。

　　異花四季當窗放。出入分明在屏障。別來隋柳幾經秋。何日得
重游。

「長憶」的後面，第二首為「錢塘」，第三、第四首為「西湖」，第五
首以後分別為「孤山」、「西山」、「高峰」、「吳山」、「龍山」、「觀
朝」，皆為杭州名所。

　　另外，歐陽脩的〈采桑子〉十首詞之前有歌唱前的「念語」，由
此可以明確是以組曲來創作的。此作品描寫了潁州西湖，由春至秋，
晴雨之日，由晝至夜的各種情景（第十首抒發廿年後重新歸來的感
慨）。第一句的末尾三字皆為「西湖好」。第一首如下：

　　輕舟短棹西湖好，綠水逶迤。芳草長堤。隱隱笙歌處處隨。
　　無風水面琉璃滑，不覺船移。微動漣漪。驚起沙禽掠岸飛。

潘閬和歐陽脩的令詞均為十首為一組，而與〈酒泉子〉、〈采桑子〉字句
數相差不大的〈減字木蘭花〉，亦可認為以十首一組進行歌唱。

　　組曲形式不僅見於詞，還有《樂府雅詞》卷首收錄的晁補之、鄭
彥能、秦觀的轉踏〈調笑〉，作者不詳的〈九張機〉，董穎的〈大曲〉，
以及《輟耕錄》所收的趙令時的〈鼓子詞〉。民間還存在「唱賺」[56]。
但詞的組曲僅限於詞，甚至只是一種詞牌的重複，無序曲「引子」和
終曲「尾聲」，不似轉踏插入詩，也不似諸宮調插入文，也不要求一
韻到底。與諸種藝能相比有些單一，但也由此顯現出其雅之特性。此
處所述轉踏和鼓子詞的作者都是與王觀同時期的士大夫，可見，他們

---

56 藤田優子：〈南北芸能に見る詞曲の接点〉，《風絮》第15號（2018年12月），文中有
　唱賺與鼓子詞的詳細比較。

在雅詞發展期間也注意到與詞鄰接的諸種藝能，且進行了試作[57]。

另外，給宋詞帶來劃時代意義的柳永，也是壽詞的先驅詞人。〈御街行〉之外還有聖壽詞〈送征衣〉（過韶陽）、〈玉樓春〉（鳳樓鬱鬱呈嘉瑞）。壽詞〈巫山一段雲〉中「加入了來自樂府的遊仙要素」[58]，但連作的可能性幾乎沒有[59]。王觀的壽詞，配以柳永以來用例較少的〈減字木蘭花〉曲，在賀宴上連續演唱，這在當時應是嶄新的事物。另外，〈減字木蘭花・贈女婿〉，收錄於前述宋末元初的類書《新編通用啟箚截江網》中。由此可以推測，隨著南宋時期壽詞的盛行，此詞亦得以長期流行。

結語

有的文學家留下了大量的作品，作為一個整體獲得評價，而有的文學家作品集已散佚，但仍通過其代表作而留名。柳永是前者，王觀是後者。後者的情況下，其代表作長期以來一直被當作一種風格的典型而受到喜愛。王觀傳世的詞很少，可以確定為其作品的數量更少。先不論作者，就這些作品而言，被認為具有王觀的詞風。

柳永詞有俗之豔詞、雅之羈旅詞兩類。王觀生涯中也曾為官，因此他創作羈旅詞也不足為奇。但傳存的王觀詞，偏向於以交遊場所為背景的比較流麗的詞。如果這些正與「冠柳」之評價相符合，由此也反映了柳永詞的指向性。王觀善於學習柳永的詞樂和修辭法，並且使用了精巧的修辭和口語化表達。但是，他未用露骨的「傾訴」的態度

---

57 拙論：〈毛滂における雅詞〉中亦論及。

58 藤原祐子：〈柳永の遊仙詞──〈巫山一段雲〉を中心として──〉，《（岡山大學）大學教育研究紀要》第11號（2015年12月）。

59 林鍾商的〈木蘭花〉詞四首，開頭詠入妓女名，有可能同時為四名妓女各自寫了一首作品，有待考證。

則表明了，無論是假託女性身分，還是代入作者本身，他都沒有直白地情感流露地抒發身世之歎。也即，王觀雖繼承了柳永的特別是豔詞的表現，但捨去了其具體性，並且以士大夫的立場進行描寫。在這一點上，可以說王觀豔麗而富於機智的詞沒有遭到士大夫的排斥，而是適可而止。

柳永開創了追隨者較少的壽詞這一類型。而王觀的獨自性在於對〈減字木蘭花〉這一詞牌的發展。在此過程中，他還採用了作為藝能的詞的組曲形式。這也展示了王觀的音樂才能。可能他的詞只有通過歌唱，才會更加精彩。只是，王觀的模擬詞，與蘇軾周邊的檃栝詞的寫作背景一樣，對藝能的接近，在這一時期並不是他獨有的情況。而其背景則是，士大夫作詞一般化，人人致力於創意的時代風潮。

儘管如此，無論是詠物還是頌歌獻詞，王觀還是發現了柳永詞中的少數體裁在士大夫交流中越來越重要這一趨勢，並在此發揮了其才能。王觀之後有張掄〈修養十首〉和沈瀛的〈減字木蘭花〉十首一組，詞序自「頭勸」至「十勸」，皆為模仿作。可以說因其走在時代的前列，所以即使到了南宋，他的詞也沒有消失而是被人們接受[60]。

---

60 蒙金文京先生賜教，得知元代鍾繼先《錄鬼簿》，卷下〈沈和甫〉條記述：「五言常寫和陶詩，一曲時傳冠柳詞，半生書法欺顏字。占風流，獨我師，是梨園，南北分司。當時事，仔細思量，不是當時。」見〔元〕鍾嗣成《錄鬼簿》（上海：上海古籍出版社，1978年）。在元代，與蘇軾的和陶詩相並，王觀的詞也傳唱甚廣。

第二章
晁補之〈調笑〉論

前言

　　晁補之（1053-1110），字無咎，濟州鉅野（山東省荷澤）人。北宋後期與黃庭堅、秦觀、張耒並稱為蘇門四學士之一。他在科舉合格以前隨父赴杭州。十七歲時，攜描寫杭州風景的《七述》拜見任杭州通判的蘇軾，因受其稱讚而聲名鵲起。蘇軾當時因批判新法被調任杭州，後因新舊法的政權交替沉浮官場。而被歸於蘇軾一派的晁補之，其人生也同樣跌宕起伏。晁補之在舊法黨掌控政權的元祐年間（1086-1094）進入秘書省，負責編纂神宗實錄。但政權轉向新法黨後，因修神宗實錄失實而受到彈劾貶謫。徽宗即位後，短期內舊法黨掌權，遂又被召回朝廷，任禮部郎中，兼任國史編修實錄檢討官。新法黨掌權後屢屢被貶至地方，最後任河南省章丘鴻慶宮的主管。歸故鄉後建歸來園，自號歸來子。大觀年間（1107-1110）末，出舊法黨籍，起知達州（四川省），改四洲（江蘇省盱眙），卒。〈洞仙歌〉一詞成其絕筆。

　　作為當時的士大夫（官場文人）、政治家、學者、文學家，晁補之有不少文章，更有《雞肋集》七十卷傳世，收錄於《宋史・文苑傳》，對其評價如下：

　　　　補之才氣飄逸，嗜學不知倦，文章溫潤典縟，其凌麗奇卓出於

天成。[1]

此處雖未言及，但晁補之也創作了很多詩詞。這一時期，作為民間歌謠的詞也逐漸被士大夫認同，加之蘇軾的參與，詞的文學地位得到了進一步提昇。南宋筆記[2]中收錄的晁補之評論詞人的文章被認為是最早的詞論。早在詞還處於探索發展時期，晁補之就已嘗試對此進行分析、批評。這點也可以說是嗜好學問的晁補之的一個特徵。詞論中提及柳永、歐陽脩、蘇軾、黃庭堅、晏幾道、張先、秦觀七位北宋詞人。除晁補之仰慕的大前輩歐陽脩、蘇軾二人另當別論外，評價最高的是秦觀。文中還認為風格的高雅與歌謠性是詞的本質。

作為詞的批評家的晁補之，他自身的詞又是被如何評價的？晁補之的詞集有南宋初期與黃庭堅、秦觀的三家詞合集本，其後有《晁無咎詞》一卷[3]及《晁氏琴趣外篇》六卷的坊刻本。現有《琴趣外篇》的鈔本傳世，《全宋詞》收錄一六八首。在中國，出版雖始於北宋，但文學地位尚不穩固的詞集卻幾乎不見蹤跡，而詞集被編撰但又散佚的例子亦不勝枚舉。《琴趣外篇》是南宋年間的書肆為盈利而對這一出版系列所起的書名[4]。為盈利出版，可見其書存在著一定數量的受眾。

另一方面，通過詞選的收錄狀況亦可窺見其複雜性。南宋初期，

1　《宋史》卷四四四〈文苑傳〉。引用內容原則上以出典原文的句讀為準。

2　《能改齋漫錄》卷十六，《漁隱叢話後集》卷卅三引《復齋漫錄》。

3　〔南宋〕陳振孫著，徐小蠻，顧美華點校：《直齋書錄解題》（上海：上海古籍出版社，1987年），卷廿一，其中著錄《晁無咎詞》，附陳振孫的評語，如下：「《晁无咎詞》一卷，晁補之撰。晁嘗云：『今代詞手，惟秦七、黃九，他人不能及也。』然二公之詞，亦自有不同者，若晁无咎佳者，固未多遜也。」明顯是將晁補之與秦觀、黃庭堅即蘇門四學士（未言及張耒，可能是因為詞作較少）作為總體進行評價。對南宋士大夫來說，蘇軾為師表，故對其門下的評價自然不低。

4　東英壽：〈歐陽脩《醉翁琴趣外篇》の成立過程について〉，《風絮》第2號（2006年3月）。

紹興十六年（1146）曾慥編纂的《樂府雅詞》是「雅詞」一語用作書
名的最早的詞選集，現有完本傳世。本編分為「轉踏」、「大曲」、「雅
詞」。「雅詞」下的卅一位詞人中晁補之列第八位錄詞廿八首，加之開
頭的「轉踏」中還收錄七首一組的作品，可以說其所受評價之高。但
是，稍晚的南宋後期的《花庵詞選》所收的北宋詞人中，晁補之列第
廿四位錄六首，《草堂詩餘》第廿位錄三首。兩書均為反映當時流行
狀況的詞選集。也即，北宋至南宋初期，晁補之的詞被士大夫們視為
雅詞，因而受到頗高評價，但與南宋一般民眾的好尚仍有不同。

　　本書第三章〈毛滂的雅詞〉[5]中，筆者指出活躍於同時期的毛滂
與晁補之，二者詞的共通點主要是其主題。其中包括描寫「妻」這一
當時較新的女性形象的詞，詞序為「寄內」。晁補之將晚年閑居的歸
來園的庭園「東皋」詠入一系列詞中，毛滂則逐一吟詠其赴任地武康
縣的官舍「東堂」的名勝，二者都自擬陶淵明，且其中又明顯映射出
蘇軾的影子。北宋後期，士大夫們對蘇軾的敬仰非同尋常。毛滂也曾
獲得過蘇軾的賞識。此外，晁補之與毛滂兩人還有一個共通點，即創
作了轉踏〈調笑〉，而蘇軾並無此作。因此，本章主要通過探討蘇軾
未曾創作的轉踏〈調笑〉，以明確晁補之在詞學上的造詣。首先就各
留存一首的檃栝詞和集句詞開始分析。

一　檃栝與典故

　　先來探討一下檃栝詞。蘇軾開創的「檃栝」這一技法，是將詞以
外的文學作品進行加工，使之成為一首新詞。蘇軾曾對陶淵明的〈歸

5　松尾肇子：〈毛滂における雅詞〉，原發表於《風絮》第10號（2014年3月）。現收入
　本書第三章。

去來辭〉加以隱栝，作〈哨遍〉。這對研究蘇軾有著重要意義[6]的同時，也是詞史上這一技法普遍化的契機。另一方面，晁補之亦有未被關注的隱栝詞〈洞仙歌・填盧仝詩〉。

　　盧仝，晚唐詩人，號玉川子。廿歲前隱遁於嵩山陋室中，書卷盈架，徹夜苦讀。他創作批判宦官的詩，以硬骨漢而為人熟知。晁補之隱栝的對象則是失戀後的男性思念女性的戀愛詩。為進行隱栝對比，現錄詩如下。「。」表示押韻處，換韻用改行來表示。

　　有所思　　盧仝[7]
　　當時我醉美人家，美人顏色嬌如花。今日美人棄我去，青樓珠
　　箔天之涯。
　　天涯娟娟姮娥月，三五二八盈又欠。翠眉蟬鬢生別離，一望不
　　見心斷絕。
　　心斷絕，幾千里。夢中醉臥巫山雲，覺來淚滴湘江水。
　　湘江兩岸花木深，美人不見愁人心。含愁更奏綠綺琴，調高弦
　　絕無知音。
　　美人兮美人，不知為暮雨兮為朝雲。相思一夜梅花發，忽到窗
　　前疑是君。

盧仝此詩與陶淵明〈歸去來辭〉的共通點是，都是運用了楚辭系文學特徵「兮」的長短句型的古詩，同時也是收錄於《全唐詩》樂府〈鼓吹曲辭〉的歌辭系文學。對此詩，晁補之曾隱栝如下。盧仝詩中未出現的文字用下劃線表示。

6　内山精也：《蘇軾詩研究：宋代士大夫詩人の構造》（東京：研文出版，2010年），
　　第十章〈蘇軾隱栝詞考〉。
7　《全唐詩》卷三八三。本文中的唐詩引自《全唐詩》（北京：中華書局，1960年）。

洞仙歌　　晁補之

當時我醉，美人顏色，如花<u>堪悅</u>。今日美人去，<u>恨天涯離別</u>。
青樓朱箔，嬋娟蟾桂，<u>三五初圓</u>，傷二八、<u>還又欠</u>。<u>空佇立</u>，
一<u>望一見心絕</u>。心絕。
<u>頓成淒涼，千里音塵</u>，<u>一夢歡娛</u>，<u>推枕驚</u>巫山遠，<u>灑淚對</u>湘江
閣。美人不見，愁人<u>看花</u>，心亂含愁，奏綠綺、弦清切。<u>何處
有</u>知音，<u>此恨難說</u>。<u>怨歌未闋</u>。恐暮雨<u>收</u>、<u>行雲歇</u>。窗梅發。
<u>乍似睹</u>、芳容冰潔。

將這首詞與蘇軾的〈哨遍〉[8]進行對比，可以進一步明確晁補之的特
徵。陶淵明的〈歸去來辭〉約三四〇字，蘇軾的〈哨遍〉詞則二〇〇
字有餘，也即要約了六成內容。但重點是蘇軾文中還夾雜著「吾年今
已如此」、「本非有意」、「我今忘我兼忘世」、「幽人」，末尾有「且乘
流、遇坎還止」等句，反映作者自身的處世之道。

　　盧全〈有所思〉詩一三〇字，晁補之的〈洞仙歌〉詞一二三字，
字數上基本無大變動。雖然前段有為字數平仄對整而改編的文字，但
基本沿襲了盧全的詩，僅增加了明示心緒的「堪悅」、「傷」、「空佇
立」等。而後段不僅沿襲了盧全的意圖，以更加直接具體化的詩句來
抒發胸臆。比如，將「覺來」改為「推枕驚」；將「不知為暮雨兮為
朝雲」改為「恐暮雨收行雲歇」；將「疑是君」改為「乍似睹，芳容
冰潔」。再穿插「頓成淒涼」、「此恨難說」、「怨歌未闋」等詩句來表
達心情。但並未像蘇軾般陳述作者的主張，而是將自己代入作品的男
性角色中，借此來表達心緒。總之，在表現上，晁補之的檃栝詞較蘇
軾的〈哨遍〉，對語句的改編更大膽、擁有更容易理解的具體性，但

8　內山精也：《蘇軾詩研究：宋代士大夫詩人の構造》（東京：研文出版，2010年），
　　第十章〈蘇軾檃栝詞考〉。

卻看不到詩人的自我主張。而蘇軾的檃栝詞除了〈哨遍〉外還有其
他，如將杜牧的〈九日齊山登高〉詩檃栝為〈定風波〉詞，但此首作
品中沒有蘇軾自我心緒的表現。因此，晁補之的檃栝可以稱之為〈定
風波〉型。

杜牧的〈九日齊山登高〉詩，蘇門四學士的黃庭堅和晁補之也曾
用於詞。黃庭堅將在後文論述。首先將杜牧與蘇、晁兩人的三首作品
列出。[9]

九日齊山登高[10]　杜牧

江涵秋影雁初飛，與客攜壺上翠微。塵世難逢開口笑，菊花須
插滿頭歸。

但將酩酊酬佳節，不用登臨恨落暉。古往今來只如此，牛山何
必獨沾衣。

定風波‧重九　　蘇軾

與客攜壺上翠微。江涵秋影雁初飛。塵世難逢開口笑。年少。
菊花須插滿頭歸。　　酩酊但酬佳節了。雲嶠。登臨不用怨斜
暉。古往今來誰不老。多少。牛山何必更沾衣。

臨江仙　　晁補之

自古齊山重九勝，登臨夢想依依。偶來恰值菊花時。難逢開口
笑，須插滿頭歸。　　昨夜一江風色好，平明秋浦帆飛。可憐
如赴史君期。且當酬令節，不用嘆斜暉。

9　所引詞據唐圭璋編：《全宋詞》（北京：中華書局，1965年）。

10　〔唐〕杜牧撰，何錫光校注：《樊川文集校注》（成都：巴蜀書社，2007年），卷三。

蘇軾的〈定風波〉為名副其實的檃栝，除插入兩字句外，其餘均保留
了杜牧詩的原貌。與之相對，晁補之的詞不能稱其為檃栝，應該是用
典。前段實線部分，用杜牧的詩句來表達在齊山（安徽省淄博市）過
重陽節的喜悅。杜牧詩中，齊山重陽節的宴席是比較重要的設定。之
後敘述江上乘船前往赴任地，結尾對杜牧的詩稍加改動（點線表
示）。「塵世難逢開口笑，菊花須插滿頭歸」所表達的是，令人開懷大
笑的事人生少有，應該盡興當下。晁補之該詩作於紹聖二年
（1095），因新法復活而被貶至亳州（安徽省）之際。[11]

　　晁補之另有一首重陽節詞，其中將杜牧詩的頸聯分成前後段使用。

虞美人‧用韻答秦令

荒城又見重陽到。狂醉還吹帽。人生開口笑難逢。何況良辰一
半、別離中。　　　平臺朱履登高處。猶自懷人否。且簪黃菊
滿頭歸。惟有此花風韻、似年時。

此首是紹聖四年（1097），針對舊法黨的壓迫開始，被列入黨籍的晁
補之前往左遷地處州途中之作。除此處列舉的受杜牧詩的影響所作的
重陽詞兩首外[12]，杜牧的不少詩還曾被晁補之用作典故。據不完全調
查，〈水龍吟〉（水晶宮繞千家）詞中有「多情小杜」句，描寫的是杜
牧〈嘆花〉詩的背景逸事。又有〈八聲甘州〉（謂東坡）、〈驀山溪〉
（揚州泉盛），詞中使用〈題揚州禪智寺〉詩的「竹西路」；〈玉蝴蝶〉
（暗憶少年豪氣）、〈一叢花〉（王孫眉宇鳳凰雛）、〈虞美人〉（江南載
酒平生事）三首詞用〈遣懷〉詩；〈離宴亭〉（憶向吳興假守）、〈臨江

11　〔北宋〕晁補之著，喬力校注：《晁補之詞編年校注》（濟南：齊魯書社，1992
　　年）。以下編年均據此書。

12　另有〈洞仙歌‧菊〉中：「也何必牛山苦露衣」。

仙〉（曾唱牡丹留客飲）詞用〈齊安郡中〉詩；〈江城子〉（娉娉聞道
似輕盈）詞用〈贈別〉詩。

　　結合晁補之選擇盧仝作為檃栝對象，可以說也在表明一個方向。
杜牧和盧仝均為晚唐詩人，他們的詩風有著豐富的敘情性，有時比較
感傷，表現上精雕細琢而又不至於難解。這點與同為晚唐的李商隱的
感傷、似拒絕解讀般的難解形成對照。張炎《詞源》中云：

　　　　晁無咎詞名冠柳，琢語平帖，此柳之所易冠也。[13]

因俗而被批判的柳永詞與晁補之詞的對比評論，此條之外不見有其
他。《詞源》有些文本也未記載本條，或者有一說認為晁補之名有
誤，此事另當別論。杜牧、盧仝的表現與敘情性比較貼合「琢語平
帖」，可以說反映了晁補之詞的一面。

二　集句

　　集句詩指將前人的詩句雜綴成另外一首詩。自六朝時代始便有範
例。至於集句詞，北宋神宗朝的宰相王安石曾嘗試過。其〈菩薩蠻〉
（海棠亂發皆臨水）詞由唐代韓愈和杜甫的詩句集合而成。每句的出
典如下：

　　　　一　海棠亂發皆臨水　　　不詳
　　　　二　君知此處花何似　　　韓愈〈李花贈張十一署〉

13　〔宋末元初〕張炎：《詞源》，卷下〈雜論〉，收入唐圭璋編：《詞話叢編》（北京：
　　中華書局，1986年）。

三	涼月白紛紛	杜甫〈陪鄭廣文遊何將軍山林十首〉其九
四	香風隔岸聞	韓愈〈奉和虢州劉給事使君（原注：伯芻）三堂新題二十一詠〉
五	囀枝黃鳥近	杜甫〈遣意二首〉其一
六	隔岸聲相應	不詳
七	隨意坐莓苔	杜甫〈陪鄭廣文遊何將軍山林十首〉其五
八	飄零酒一杯	杜甫〈不見〉

〈菩薩蠻〉詞由五字句、七字句兩種句子構成，因此可直接用五言詩、七言詩的詩句填成一首。王安石以集句連綴成一首詞，這種嘗試影響了眾多後輩。蘇軾亦有〈南鄉子〉三首，詞序為「集句」。此詞牌由二字、五字、七字句構成，二字句應為非特定作品的集句。這點暫且不論。例如蘇軾詞的第一首取材於吳融、鄭谷、李商隱、白居易、杜牧等中晚唐詩人的作品，這點與王安石不同。

　　黃庭堅亦效法作〈菩薩蠻〉（半煙半雨溪橋畔），詞序明記戲詠王安石的草堂石橋。除杜甫韓愈外，黃庭堅還曾使用唐代劉禹錫、方榦、鄭谷、韓偓的詩句。但亦有部分詞未明示集句，如黃庭堅〈鷓鴣天〉開頭四句：「節去蜂愁蝶不知。曉庭環繞折殘枝。自然今日人心別，未必秋香一夜衰。」便直接照搬了唐代鄭谷的〈十日菊〉詩。而黃詞後半的「菊花須插滿頭歸。宜將酩酊酬佳節，不用登臨送落暉。」雖文字有若干變動，但所用為前述杜牧的〈九日齊山登高〉句。中間起銜接作用的「無閒事，即芳期。」兩個三字句為原創。可見，並非從不同的詩中各取一句連綴起來，而是結合了檃栝與集句的新嘗試[14]。

---

14 與蘇軾同詞牌的〈南鄉子〉中，第一句用陶淵明〈飲酒二十首〉其五「採菊東籬

　　晁補之的集句詩，有取材於《詩經》的長詩〈綴古詩語送無斁弟赴舉〉，亦有取材於唐詩七言絕句的〈綴古詩懷家〉。[15]詞有〈江神子〉，序為「集句惜春」。此首集句詞，如下文所說，出典不再局限於詩，而是擴展到詞，且為符合長短句的字數而斷章。可見晁補之嘗試了不同於黃庭堅的手法。以下為晁補之的〈江神子〉：

　　　　雙鴛池沼水融融。桂堂東。又春風。今日看花，花勝去年紅。
　　　　把酒問花花不語，攜手處，遍芳叢。　　　留春且住莫匆匆。秉
　　　　金籠。夜寒濃。沉醉插花，走馬月明中。待得醒時君不見，不
　　　　隨水，即隨風。

首先確認一下出典。詞中所選基本上均為符合晚春季節的先行作品（詩句下方底線為筆者所加）。第一句取自宋代張先的〈一叢花令〉詞；第二句取自唐代李商隱〈無題〉（昨夜星辰昨夜風）詩「畫樓西畔桂堂東」後三字；第三句取自唐代白居易〈曲江有感〉詩「曲江西岸又春風」後三字；第四句應是宋代韓緯〈同曼叔觀潁昌酴醿〉詩「今日看花花欲歇」前四字；第五句、第九句的四字取自宋代歐陽脩〈蝶戀花〉（庭院深深深幾許）詞的「無計留春住。淚眼問花花不語」；第五、七、八、九句取自歐陽脩〈浪淘沙〉（把酒祝東風）詞的「總是當時攜手處，游遍芳叢。聚散苦匆匆。此恨無窮。今年花勝去年紅。」第十一、十三句應取自宋代晏殊〈訴衷情〉（數枝金菊對

下，悠然見南山」；第二、五句用杜牧〈九日齊山登高〉；第三句為唐代李商隱〈春日寄懷〉「縱使有花兼有酒」首五字；第六句用唐代于武陵〈勸酒〉詩；第七句為唐代樂府〈金縷衣〉；第八句用唐代白居易〈偶作〉「闌珊花落後，寂寞酒醒時」和南唐李煜〈送重表侄王砅評事使南海〉「寂寞人散後」；尾句用唐代鄭谷〈十日菊〉的起句。

15　張福清：《宋代集句詩校注》（上海：上海古籍出版社，2013年）。

芙蓉）詞的「<u>月明中</u>。<u>夜寒濃</u>。」第十四句以下取自歐陽脩〈定風波〉（把酒花前欲問公）詞的「<u>待得酒醒君不見</u>。千片。<u>不隨流水即隨風</u>。」

　　如上，雖說是集句，但並非原封不動地取用每一句，而是將此綴入長短句。晁補之的做法可以說擴大了「集句」的概念，甚至將集句對象由唐詩擴展到宋代的詩詞。雖然宋詞的集句需要一定數量的作者與作品的出現才能成立，但不僅王安石，連蘇軾與黃庭堅都始終著眼於前代唐詩的集句。與此不同的是，晁補之的詞可謂創新。不過，無論集句的對象是歐陽脩還是晏殊，均為先皇朝的宰相所作之詞，不是以柳永為代表的巷間流行歌。由此亦可看出晁補之的選擇傾向。

三　轉踏〈調笑〉

　　本節將對晁補之的轉踏〈調笑〉進行論述。宋代的〈調笑〉是女性歌舞表演[16]的一種藝能。令詞〈調笑〉為唐人作品中的古詞牌，於宋人來說可能體式古雅，因而作例不多。〈調笑〉的定格為「二。二。六。六。六。二。二。六。」每句末押韻。開頭兩字句相疊，第六、七句倒轉第五句末二字相疊，此為定格。

　　與之相對，宋代興起的定格為「二。三。七。七。六。七。六。」看似無重疊，但實際上詞前有七言八句詩，詩末二字又成為〈調笑〉之開頭。也即同題目的詩與曲子（秦觀的作例中，〈調笑〉詞表記為〈曲子〉，以下皆從）組合成一組，甚至同一作品中會出現複數組。晁補之的〈調笑〉與佚名的〈調笑集句〉、鄭僅的〈調笑〉一同收錄於《樂府雅詞》傳世。靜嘉堂文庫所藏鈔本目錄「轉踏」下

---

16 張鳴：〈宋代「轉踏」歌舞與歌詞〉，《立雪集》（北京：人民文學出版社，2005年），一文推測由十人左右的女性歌舞隊表演。

首先收錄的〈集句調笑〉有小字雙行注云:「或云宣和中九重傳出（云宣和年間自內廷傳出）」。可見〈調笑〉三作品均為皇帝宴會上的表演作品。北宋時期還留存秦觀[17]與毛滂的作例[18]。而當時宴會上的士大夫們大概也是比較歡愉的。北宋時期的五部作品，題目如下:

○無名氏:念語・巫山・桃源・洛浦・明妃・班女・文君・吳娘・琵琶・放隊（《樂府雅詞》收）

○鄭僅:念語・羅敷・莫愁・卓文君・劉郎仙女・平戎少婦・十五吳姬・吳姬・蘇小・陽關・楊貴妃・采蓮越女・蘇蘇・放隊（《樂府雅詞》收、本無標題。係筆者後加）

○晁補之:念語・西子・宋玉・大堤・解佩・回紋・唐兒・春草

○秦觀:王昭君・樂昌公主・崔徽・無雙・灼灼・盼盼・鶯鶯・采蓮・煙中怨・離魂記

---

17 秦觀的〈調笑〉，張雅喬:〈秦觀〈調笑令〉十首分析〉，《國立虎尾科技大學學報》第31卷第3期（2013年9月），文中從「取材、情感、寫作特色、結構」進行分析。黃冬柏:〈宋代西廂故事と蘇軾:趙令畤「商調蝶恋花」をめぐって〉，《中国文学論集》卷24（1995年12月），中提到秦觀與毛滂的〈鶯鶯〉，將此與由唐代元稹的《鶯鶯傳》改成鼓子詞的趙令畤的〈商調蝶戀花〉進行對照。

18 《全宋詞》中可見轉踏〈調笑〉的作者、作例，南宋時有如下作品。其他，僅留存李邴的念語與描寫妓女的最初一組，以及洪适的破子、遣隊。「破子」與「遣隊」為收尾詩歌，「遣隊」由駢文構成，宣告結束。

　　○曾慥:并口号（菊）・清友梅・淨友蓮・玉友酒・破子
　　○洪适:口号・羊仙・藥洲・海山樓・素馨巷・朝漢臺・浴日亭・蒲澗・貪泉・沉香浦・清遠峽・破子・遣隊
　　○李呂:笑・飲・坐・博・歌

由上例可知，曾慥之後的題目發生了很大變化。曾慥以花詠之;洪适的作品寫於番禺（廣州市），描寫當地名勝;李呂的作品描寫女性的姿態，但不確定是否上演。金元以後則不見轉踏〈調笑〉。注16張鳴〈宋代「轉踏」歌舞與歌詞〉中論到，轉踏在北宋流行，南宋時尚有文人參加創作，中期以後的狀況不詳。作為人氣較高的藝能，大概止於南宋前期。

　　○毛滂：念語・崔徽・泰娘・盼盼・美人賦・灼灼・鶯鶯・召
　　子・張好好

晁補之的七組至鄭僅的十二組，雖有多寡，但其中夾雜著仙女與小說
中的登場人物，還刻畫了各種傳統美人。可能考慮到受眾，故而採用
周知的故事以此來取悅聽眾。

　　接下來探討一下晁補之的作品。[19]錄之如下：

　　　　蓋聞民俗殊方，聲音異好。洞庭九奏，謂踴躍於魚龍；子夜四
　　　　時，亦欣愉於兒女。欲識風謠之變，請觀調笑之傳。上佐清
　　　　歡，深慚薄伎。

開頭「蓋聞……深慚薄伎」為念語。即表演前的開場白[20]，也叫致
語。多由四字句六字句的對句駢文書寫而成。

　　「洞庭九奏」，見蘇軾的樂語〈坤城節集英殿教坊詞、教坊致
語〉云云，言盛大的宴會，亦是其曾在宮中上演的佐證。接下來探討
各組如何進行人物的描寫。所舉例中，詩下面的曲子空兩格表示。

19　〈調笑〉非引自《全宋詞》，文字從《樂府雅詞》的校訂本，見〔北宋末南宋初〕
　　曾慥輯，陸三強校點：《樂府雅詞》（瀋陽：遼寧教育出版社，1997年）。校訂本的
　　校勘記頗詳細，筆者在此對靜嘉堂文庫所藏鈔本的異文（異體字不示）進行補充。
　　鈔本中有清代勞權的朱筆校訂。〈西子〉詞「紗」作「沙」；〈解佩〉詩「佩」作
　　「珮」；〈回紋〉詩「美」作「朱」；〈唐兒〉作〈唐歌兒〉；〈唐兒〉詩「妙」作
　　「廟」；〈儂笑書〉作〈笑書笑〉，但是前笑字右添儂，右以朱筆記有，後笑字添
　　儂。〈春草〉詩「丫」作「了」，但為「丫」的朱筆校字。朱筆添「傳」字。
20　毛滂的念語開頭有「白語」，可知為開場白。

一 西子

西子江頭自浣紗。見人不語入荷花。天然玉貌非朱粉，消得人
看隘若耶。遊冶誰家少年伴。三三五五垂楊岸。紫騮飛入亂紅
深，見此踟躕但腸斷。

> 腸斷。越江岸。越女江頭紗自浣。天然玉貌鉛紅淺。自弄
> 芙蓉日晚。紫騮嘶去猶回盼。
>
> 笑入荷花不見。

西子即西施。春秋時期的美女，在若耶溪浣紗時被發現，越王勾踐將
其獻給吳王夫差，後吳國亡。此詩的前四句為集句，後四句檃栝李白
的〈採蓮曲〉[21]。現將各句及出典列出：

第一句「西子江頭自浣紗」：
〔唐〕王維〈洛陽女兒行〉「誰憐越女顏如玉，貧賤<u>江頭自浣
紗</u>。」
第二句「見人不語入荷花」：
〔唐〕屈同仙〈烏江女〉「<u>見人</u>羞<u>不語</u>，回艇入溪藏。」
〔唐〕李白〈越女詞五首〉其三「笑<u>入荷花</u>去，佯羞不出來。」
第三句「天然玉貌非朱粉」：
〔唐〕汪遵〈越女〉「<u>玉貌</u>何曾為浣沙，只圖句踐獻夫差。」
〔唐〕杜牧〈杜秋娘詩〉「其間杜秋者，<u>不勞朱粉</u>施。」
第四句「消得人看隘若耶」：
〔唐〕李白〈子夜四時歌四首〉夏歌「五月西施采，<u>人看隘若
邪</u>。」

---

21 以下出典均據《全唐詩》（北京：中華書局，1960年）、逯欽立輯校：《先秦漢魏晉
南北朝詩》（北京：中華書局，1983年）。

第五至八句「遊冶誰家少年伴，三三五五垂楊岸。紫騮飛入亂
紅深，見此踟躕但腸斷。」：
〔唐〕李白〈采蓮曲〉「若耶溪邊采蓮女……岸上<u>誰家遊冶</u>
<u>郎</u>，<u>三三五五</u>映<u>垂楊</u>。紫騮嘶<u>入</u>落花去，<u>見此踟躕</u>空<u>斷腸</u>。」

所集為描寫姑娘划船采蓮的採蓮曲（戀歌）與詠誦美女的詩句。曲子
中，為協曲調，將七言八句五十六字詩的詩句進行細緻的改變，成卅
八字。可以說既創作了集句詩又進行了檃栝。第五句所加「自弄芙蓉
日晚」一句來自唐代張籍〈採蓮曲〉「歸時共待暮潮上，<u>自弄芙蓉</u>還
蕩槳。」即均取材於唐詩。

二　宋玉

楚人宋玉多微詞。出游白馬黃金羈。殷勤扣戶主人女，上客日
高無乃饑。琴彈秋思明心素。女為客歌客無語。冠緌定掛翡翠
釵，心亂誰知歲將暮。
　　將暮。亂心素。上客風流名重楚。臨街下馬當窗戶。飯煮
　　雕胡留住。瑤琴促軫傳深語。萬曲梁塵不顧。

宋玉，戰國末期的楚國男性文人。此首集句詩不如一〈西子〉明確。
第一句寫多微詞。第二句「出游白馬黃金羈」集自唐代吳均〈別夏侯
故章詩〉的「白馬黃金羈，青驪紫絲鞚」，表現其豪奢。第三至五句
援引司馬相如與卓文君的逸話。司馬相如夜宿富豪卓氏家之際，彈琴
吸引卓家女兒文君，兩人一起私奔。第五句則直接使用白居易〈彈秋
思〉的「琴彈秋思明心素」。另外，一般認為作者是宋玉的〈登徒子
好色賦〉中，描述東隣女窺墻三年而美男子宋玉未曾心動。由此，第
六句云：「女為客歌客無語」，不接受女人之邀的客人即宋玉。

曲子中，第五句「飯煮雕胡留住」，描寫女性煮雕胡米（一種水邊
生植物，菰的種子，可食，美味），南朝吳均的〈行路難〉及其他詩中
亦曾出現。末句「萬曲梁塵不顧」，基於李白的〈夜坐吟〉「一語不入
意，從君萬曲梁塵飛」，以此來表達宋玉不接受女性的心意。雖然適宜
引用了六朝至唐代的先行作品，但就整體而言，仍是晁補之的作品。

三　大堤

妾家朱戶在橫塘。青雲作鬢月為璫。常伴大堤諸女士，誰令花
艷獨驚郎。踏堤共唱襄陽樂。軻峨大艑帆初落。宜城酒熟持勸
郎，郎今欲渡風波惡。

　　波惡。倚江閣。大艑軻峨帆夜落。橫堂朱戶多行樂。大堤
　　花容綽約。宜城春酒郎同酌。醉倒銀缸羅幕。

大堤指長江港口。彼處等候著眾多妓女。自六朝樂府以來，有不少與
大堤相關的作品。此詩，與一〈西子〉相同，主要為集句。僅示詩體
的話，第一、二句為唐代李賀的〈大堤曲〉；第三至五句為隋朝無名
氏的〈襄陽樂〉；第六句為唐代劉禹錫〈堤上行三首〉其三；第七句
為唐代溫庭筠的〈常林歡歌〉；第八句為梁朝蕭綱的〈烏棲曲四首〉
其一。均取材於當地與其周邊的歌辭系作品。曲子亦如此，雖結句有
異，但檃栝的是三〈大堤〉中的詩。

四　解珮

當年二女出江濱。容止光輝非世人。明璫戲解贈行客，意比驂
鸞天漢津。恍如夢覺空江暮。雲雨無蹤佩何處。君非玉斧望歸
來，流水桃花定相誤。

　　相誤。空凝佇。鄭子江頭逢二女。霞衣曳玉非塵土。笑解
　　明璫輕附。月從雲墮勞相慕。自有驂鸞仙侶。

解珮指「將佩（垂在腰間的飾玉）解下來」，非人名。第一句「當年二女出江濱」，即《列仙傳》中記載的「江妃二女」。漢水邊邂逅二神女的鄭交甫，不知其為神女而討求玉佩，行走數步懷中玉佩消失，神女亦無蹤影。詩中沒有使用特定作品，而是基於神女與仙女的故事和詞彙來創作。將「天漢津」即被銀河阻隔的牛郎織女，及〈高唐賦〉中與楚懷王相會，臨別時云「朝雲暮雨」的巫山神女，劉晨和阮肇誤入天臺山中遇到的仙女的形象結合在一起。

五　回紋

竇家少婦美朱顏。槀砧何在山復山。多才況是天機巧，象床玉手亂紅間。織成錦字縱橫說。萬語千言皆怨別。一系一縷幾縈回，似妾思君腸寸結。

寸結。肝腸切。織錦機邊音韻咽。玉琴塵暗薰爐歇。望盡床頭秋月。刀裁錦斷詩可滅。恨似連環難絕。

回紋（回文）是一種宛轉循環讀之均能成句的文字遊戲。第一句「竇家少婦美朱顏」，言北朝竇滔之妻蘇蕙。蘇蕙給帶著寵姬共赴戰地的丈夫寄送了回文織錦，丈夫因此回心轉意。詩中除無名氏的古絕句「藁砧今何在，山上復有山」，以及杜甫〈白絲行〉的「象床玉手亂殷紅」之外，似無其他直接典故。此首與四〈解珮〉同樣，疊加了織機女性的形象。

六　唐兒

頭玉磽磽翠刷眉。杜郎生得好男兒。惟有東家嬌女識，骨重神寒天妙姿。銀鸞照衫馬絲尾。折花正值門前戲。儂笑書空意為誰，分明唐字深心記。

　　心記。好心事。玉刻容顏眉刷翠。杜郎生得真男子。況是
　　東家妖麗。眉尖春恨難憑寄。笑作空中唐字。

詩與曲子均檃栝唐代李賀的〈唐兒歌〉。詩的第六句取自李白〈長干行〉的「折花門前劇」。現錄李賀的〈唐兒歌〉如下：

　　頭玉磽磽眉刷翠，杜郎生得真男子。骨重神寒天廟器。一雙瞳
　　人剪秋水，竹馬梢梢搖綠尾。
　　銀鸞睒光踏半臂。東家嬌娘求對值，濃笑書空作唐字。眼大心
　　雄知所以，莫忘作歌人姓李。

李賀的詩題中原注：「杜豳公之子」，詩中刻畫的是騎竹馬但將來有望的孩子。與此相對，晁補之將重心放在對唐兒萌生興趣的東隣的可愛姑娘上，並對其未來充滿期待。

七　春草

劉郎初見小樊時。花面丫頭年未筭。千金欲置名春草，圖得身
行步步隨。郎去蘇臺雲水國。青青滿地成輕擲。聞君車馬向江
南，為傳春草遙相憶。
　　相憶。頓輕擲。春草佳名慚贈璧。長洲茂苑吳王國。自有
芊綿碧色。根生土長銅駝陌。縱欲隨君爭得。

春草，白居易家的舞姬樊素。唐代劉禹錫有〈憶春草〉、〈寄贈小樊〉兩首。詩的前半部分檃栝自〈寄贈小樊〉，內容如下：

　　花面丫頭十三四，春來綽約向人時。終須買取名春草，處處將
　　行步步隨。

詩的後半部分與曲子基於〈憶春草〉，內容如下：

> 憶春草，處處多情洛陽道。金谷園中見日遲，銅駝陌上迎風早。河南大尹頻出難，只得池塘十步看。府門閉後滿街月，幾處遊人草頭歇。館娃宮外姑蘇臺，郁郁芊芊撥不開。無風自偃君知否，西子裙裾曾拂來。

此組詩與曲子均使用劉禹錫的兩首詩，以原作中未出現的「雲水國」、「長洲茂苑吳王國」來表現蘇州，詩曲間共通的語句較少。以「根生土長銅駝陌」、「縱欲隨君爭得」來說明春草的身世，與他組作品的意趣不同。此外還描寫春草憂心男性沉迷於旅途吳地的西施。由此與一〈西子〉中的西施形成閉環。

　　接下來總結一下七組的特徵，並探索一下晁補之的意圖。必要情況下與秦觀的轉踏〈調笑〉進行比較[22]。首先，第二首中的宋玉、第六首中的唐兒雖為男性，但以男性為題的作品不見於其他轉踏中。不過二〈宋玉〉、六〈唐兒〉中對女性的描寫濃墨重彩，且男女均為吟誦對象。此外的五位女性身上有著濃厚的傳統色彩。但是，與秦觀取材於小說《無雙傳》、《會真記》、《煙中怨》、《離魂記》及野史不同，晁補之則在先行詩文中探取人物形象。他避開前節的集句詞中所見的宋代詩詞，從唐代以前的作品中取材。第二，充分運用了集句與檃栝的手法。如第二節、第三節所述，晁補之詞中集句詞、檃栝詞各僅一首，但〈調笑〉卻運用了當時最新的修辭手法。因秦觀的〈調笑〉取材於小說，有敘述故事的必要性，故而注重敘事性。於是秦觀在〈調笑〉的「詩」中敘述客觀狀況，「曲子」中女性變成第一人稱，通過

---

22 由於篇幅原因，割捨秦觀的〈調笑〉。請參照張雅喬：〈秦觀〈調笑令〉十首分析〉。

其口訴說相愛或離別之情，運用此種方法。晁補之則另闢蹊徑，從主題共通的文學作品中取材。當然，他的作品非訴說真情實感，屬文學性較高的典雅之作。第三，鄭僅與毛滂的念語停留在共度良宵，而晁補之則明確展示了其領略各地民俗的意圖。此七組的舞臺範圍為：一、越（浙江省紹興），二、楚（湖南省），三、大塘（湖北省襄陽），四、漢水（湖北省至陝西省），五、前秦（陝西省），六、長安（陝西省西安），七、銅駝街（河南省洛陽）吳（江蘇省蘇州）。傳統認為《詩經・國風》收錄各地民謠以資於政治。同樣，晁補之向皇帝獻曲之際，很有可能已有此認知。表演時，亦很有可能在衣飾及其他方面加入各地特色，在演出上下功夫。這點比較有趣。

　　此外，晁補之的〈調笑〉由七組構成，有觀點認為其非完整作品，七組之後可能有續作，放隊遺失[23]。但即便是遺失，也應是中間三組與放隊。如七〈春草〉的分析，最後以聯想到最初的西施結束，在結構上形成閉環。但不排除現在所見作品即原貌的可能性。本來是提供給宮廷燕樂的作品，《樂府雅詞》不太可能會收錄後半缺失的作品。並且數字七於晁補之有特殊意義。如開頭所述，晁補之憑其《七述》出世。且《文選》立類「七」，如〈七發〉李善注：「猶楚辭七諫之流」[24]，分七部以諫君王的文學樣式。結合〈調笑〉七組比擬國風，且沿襲諷諫的正統樣式「七」，晁補之由此構想出與自己知名度關連較深的作品七組。

23　見張雅喬：〈秦觀〈調笑令〉十首分析〉。

24　〔南朝梁〕昭明太子著，〔唐〕李善注：《文選》（北京：中華書局，1977年），卷卅四。

結語

　　本章嘗試從檃栝、集句的技法來解讀晁補之的詞。凡表達者都會追求獨自的表現方式，而宋時還需具備士大夫圈層的知識分子無法共有的東西。運用先行作品中的詞彙，以達到形象的重疊，此為六朝以來的傳統典故手法，而在這個時代則是「重要的論點」[25]。黃庭堅就曾借用先行作品的語句，添進新內容，以達脫胎換骨進而追求極致。他去世後依然有眾多追隨者，文學史上稱之為江西派。擴張詞彙範圍，將一篇作品變換成其他樣式的檃栝始創自蘇軾，其後追隨者不絕。與之相對，以句為單位的集句詩則是明顯的知識誇示，很容易淪為一種文字遊戲。王安石之後嘗試此種創作的詩人亦不在少數。集句詞則需下功夫將齊言詩句變換成長短句，於是會出現字數的調整，組合一韻單位的檃栝等嘗試。可以說，集句與檃栝正因為捨棄了作者的個人背景、新奇想像，因此完全是作者能力的展示。創作對象的選擇亦表現出作者的志向。除王安石、蘇軾作品中所見的中晚唐詩外，晁補之還採取了北宋的詩詞。

　　在此背景下，再來探討一下《樂府雅詞》中較多采錄晁補之詞的原因。晁補之「溫潤典縟」（前載〈文苑傳〉）的作風，在〈調笑〉中得以集中展示，並且通過其才華橫溢的集句與檃栝中所見的宋代開發的技法，以及對高雅的先行作品的選擇得以體現。而「溫潤典縟」的作風，也正是南宋初期的人們追求雅詞的結果。此後的詞壇增加了專門性，運用抽象度較高的措辭來累積形象，因而象徵性的詞得到高度評價。若由後來的代表人物張炎來看，晁補之的詞在表現上「琢語平

---

25 參照淺見洋二：《中国の詩学認識：中世から近世への転換》（東京：創文社，2008年），第五部〈詩における〈内部〉と〈外部〉、〈自己〉と〈他者〉〉。

帖」即精雕細琢,又淺顯易懂,但又波瀾不驚令人感覺有所不足。即便如此,南宋末當時就稱其為「冠柳」,說明晁補之不遜色於連教坊樂人也曾討求詞作的柳永。由此也反映出晁補之的詞適合歌唱,具有很高的音樂性,而〈調笑〉的創作就是很好的證明。

第三章
毛滂的雅詞

前言

　　毛滂，字澤民，衢州江山人（浙江省江山市），隨父毛維瞻赴任筠州知事時，同貶謫至此的蘇轍有詩唱酬而為人所知。毛滂的出生年存一〇五四至一〇六七年之說並不詳細。元豐七年（1084）蔭補任郢州縣尉。元祐至紹聖年間，歷任杭州法曹參軍，饒州司法參軍，衢州推官和武康縣知縣。因改建武康縣（浙江省湖州市）公舍時將其更名為東堂，故號東堂，後文中將提到。政和四年（1114）任秀州（浙江省嘉興市）知事。雖因專權怙寵的宰相蔡京的連坐而失意，但至少北宋末期尚在世。毛滂並非身居高位，卻留有曾和蘇軾、曾布、蔡京等名人的交友記錄，而他的傳記研究也不在少數[1]。毛滂的作品今所讀者僅有輯本[2]，如南宋陳振孫《直齋書錄解題》卷十七載：「《東堂集》六卷，詩四卷，書簡二卷，樂府二卷」、卷廿一「《東堂詞》一卷」，宋代曾有別集刊行。

1　周少雄編：〈毛滂簡譜〉，《毛滂集》（杭州：浙江古籍出版社，1999年）似乎是唯一的書籍。周氏認為毛滂生於1060年。曹辛華先有〈毛滂年譜〉，《河南師範大學學報（社會科學版）》1999年第2期，後於〈毛滂生年新考〉，《文學遺產》2003年第3期，此文中將其生年定在1056年。
2　《四庫全書》所收《東堂集》輯錄自《永樂大典》。上注周少雄編《毛滂集》輯錄詩詞文。拙稿所引詞據唐圭璋編：《全宋詞》（北京：中華書局，1965年）及孔凡禮輯：《全宋詞補輯》（北京：中華書局，1981年），並以史龍治撰：《東堂詞校注》（臺北：文津出版社，1978年）為參考。

　　毛滂的詞收錄在各類詞選集中，現存最早的是曾慥所編的《樂府雅詞》。《樂府雅詞》正編三卷，又集無名氏作品《拾遺》二卷，成書於南宋前期紹興十六年（1146）。正編《雅詞》收錄詞人卅一名。自一九〇〇年出生的張先至一〇九〇年出生的陳與義止，以北宋後期的詞人為中心。收錄以歐陽脩的八十三首居多，其次是葉夢得五十五首、舒亶四十八首、賀鑄四十六首[3]。其收錄基準正如書名所示，曾慥在序文中云：

> 涉諧謔則去之，名曰《樂府雅詞》。……當時小人，或作艷曲，繆為公詞，今悉刪除。

由「雅詞」這一命名可知當時流行的諧謔豔冶卑俗之詞並不被認可。「樂府」所指內容涉及甚廣，而在當時則意味著入樂歌唱的詩和歌詞。《樂府雅詞》以其首收錄〈轉踏〉和〈大麯〉而為人所知。此之後的《雅詞》中採錄王安中〈六花對冬詞蝶戀花並口號〉。這些均是由女子伴以舞蹈進行演唱的歌詞，如《樂府雅詞》所錄〈雅詞〉中的諸作，正是通過演唱才充分顯示出其魅力的。北宋後期的詞，有周邦彥（1056-1121）等擅詞樂的太晟府詞人為世所稱道。《樂府雅詞》所收士大夫的詞也具有與此共同的特徵發展而來。關於轉踏〈調笑〉的產生，彭國忠說：「〈調笑〉詞在北宋末期短時間內興起，並因得到蘇門詞人的積極參與而迅速成熟、高度發展」[4]。《樂府雅詞》收錄鄭僅（1047-1113）和晁補之（1053-1110）的〈調笑〉，但毛滂亦有轉踏

3　紹興十九年（1149）序的王灼《碧雞漫志》卷二所舉詞人多同。雖然《樂府雅詞》的出現早於南宋姜夔和史達祖等詞人的登場，但是《樂府雅詞》對《碧雞漫志》嚴格指摘的柳永和評價頗高的蘇軾亦未採錄。

4　彭國忠：〈論宋代〈調笑〉詞〉，《華東師範大學學報（哲學社會科學版）》2000年第2期。

〈調笑〉。另外趙令畤（1061-1134）有鼓子詞〈商調蝶戀花〉，這些都無不顯示著其與民間歌曲相關聯。並且這些詞人與蘇軾關係匪淺，如彭國忠所言，可以說自成一派。本文旨在通過探討毛滂詞的特徵來考察北宋後期詞的展開情況。

一　贈妻詞

夫贈妻的詩詞文，已有數篇論考。在任地為官的宋代士大夫，他們人生中志同道合的妻子的存在不容小覷[5]。毛滂亦平生為官，士大夫社會中的社交之作，如壽詞和宴席間所作詞幾乎占了全部。其中的贈妻詞[6]，在傳記研究方面亦頗受矚目。詞序中云「家人生日」的詞有〈浣溪沙〉（日照遮簷繡鳳凰）、〈小重山〉（鶴舞青青雪裡松）、〈點絳脣〉（柏葉春醅）、〈點絳脣〉（何處君家）四首，而且都是以春為背景的令詞。〈點絳脣〉的內容如下所示：

> 柏葉春醅，為君親酌玻璃盞。玉簫牙管。人意如春暖。　鬢翠綠長留，不使韶華晚。春無限。碧桃花畔。笑看蓬萊淺。

詞中祝福妻子永遠美麗並為妻斟酒，明快自然的措辭讓人感受到幸福夫妻的模樣。

毛滂的詞序為「約歸期偶參差，戲作寄內」的〈殢人嬌〉亦算作

5　中原健二：〈夫と妻のあいだ——宋代文人の場合〉，荒井健編：《中華文人の生活》（東京：平凡社，1994年）。彭國忠：《元祐詞壇研究》（上海：華東師範大學出版社，2002年）。黃文吉：〈壽詞與宋人的生命理想〉，《黃文吉詞學論集》（臺北：臺灣學生書局，2003年）。

6　贈妻壽詞中，晁補之的詞序為「永嘉郡君生日」的五首詞廣為人知。此詞亦以春為背景，且詞句與毛滂相重合者不少。應是壽詞這類題目類型化的表現。

贈妻之詞。無法遵守歸期，在旅途中寄給妻子的這首詞，是基於李商隱的〈夜雨寄北〉和杜甫的〈月夜〉等傳統的贈妻詩所作而成的。

> 短棹猶停，寸心先往。說歸期、喚做的當。夕陽下地，重城遠樣。風露冷、高樓誤伊等望。　　今夜孤村，月明怎向。依還是、夢回繡幌。遠山想像，秋波蕩漾。明夜裏、與伊畫著眉上。

至於收到這些詞作的毛滂之妻是何許人這個問題，已有不少考證。首先有毛滂自書的〈趙氏夫人墓誌銘〉，據此可知，其妻趙英年十八出嫁，育有一女三男，於十年後的元祐四年（1089）去世。南宋王明清《揮塵後錄》卷七記錄：元祐年間，蔡卞與毛滂都是臨川王氏家的女婿。錢鍾書在《宋詩紀事補正》卷廿九中對此紀事進行否認，而周少雄則推論毛滂於元祐八年和王氏再婚[7]。儘管年代的確定存在困難，一般認為，上述祝壽詞四首是毛滂送給最初的妻子趙英的詞作[8]。

　　毛滂的代表作之一的〈惜分飛〉（淚濕闌干花著露），近年也被認為是贈妻詞[9]。

　　《樂府雅詞》卷下及彊村叢書本《東堂詞》中有此詞之序「富陽僧舍代作別語」，明毛晉《宋六十名家詞》及四庫全書本《東堂詞》中詞序為「富陽僧舍代別語贈妓瓊芳」，其中記錄一位名叫瓊芳的歌妓。詞的內容如下：

7　周少雄編：〈毛滂簡譜〉，指出此門婚事乃通過王安石的女兒即蔡卞妻子的從中介紹。

8　李朝軍：〈北宋詞人毛滂愛情詞探勝〉，《求索》2004年3月號，文中論及，毛滂的愛情詞抒發的是對亡妻即趙英的愛情，表現出明顯的雅化、詩化傾向。

9　朱德才主編：《增訂注釋全宋詞》（北京：文化藝術出版社，1997年）及李朝軍：〈北宋詞人毛滂愛情詞探勝〉等文。

淚濕闌干花著露。愁到眉峰碧聚。此恨平分取。更無言語空相
覷。 斷雨殘雲無意緒。寂寞朝朝暮暮。今夜山深處。斷魂分
付潮回去。

南宋黃昇《唐宋諸賢絕妙詞選》卷六無上述詞序，記載的是當時任杭
州知事的蘇軾對毛滂有知遇之恩的事情[10]。

元祐中，東坡守錢塘，澤民為法曹掾，秩滿辭去。是夕宴客，
有妓歌此詞。坡問誰所作，妓以毛法曹對。公語坐客曰：「郡
寮有詞人不及知，某之罪也。」翌日折簡追還，留連數月，澤
民因此得名。

但現在的考證是：元祐四年夏末，毛滂離杭赴京，在杭州西的富陽，
其妻趙英因得疾無法同行，臨別之際毛滂作此詞，之後趙英辭世[11]。
　　而「代」作之詞序則見於北宋的這個時期。毛滂除〈惜分飛〉外，
〈臨江仙〉（莫恨那回容易別）有「客有逢故人者，代書其情」；〈菩
薩蠻〉（端端正正人如月）有「代贈」；〈于飛樂〉（記嘗騰）有「代人
作別後曲」；〈一落索〉（月下風前花畔）有「東歸代同舟寄遠」，推定
均為席間之作。除毛滂外，李之儀（1048-1128左右）的〈蝶戀花〉
（簾外飛花湖上語）有「席上代人送客，因載其語」；晁補之（1053-
1110）的〈菩薩蠻〉（絲篁鬥好鶯羞巧）有「代歌者怨」、〈惜分飛〉
（消暑樓前雙溪市）有「代別」；謝逸（1063-1113）的〈西江月〉

---

10 《咸淳臨安志》卷九十一所錄曾慥《本朝百家詩選》之序文亦無甚差異，可知此事
　曾廣為流傳。
11 李朝軍：〈北宋詞人毛滂愛情詞探勝〉引周少雄〈〈惜分飛〉詞話考辨〉，《浙江師範
　大學學報（社會科學版）》1986年第3期，為佐證。

（滴滴金盤露冷）有「代人上許守生日」，均為社交之作。李之儀受知於蘇軾，此外的其他詞人之名均見於《樂府雅詞》。詞序中無特別說明者，則可認為是宴席間代妓女所作之詞。與此前將作品的主體屢屢假託於妓女的詞所不同的是，上述詞作都有或與蘇門相關聯或為宴席間所作這一背景，似乎也可以認為，在詞中明確表示自作的應開始於這一時期。

提到代妻之作，晁補之的詞序中云「代妻」的有〈虞美人〉（梅花時候君輕去）和〈臨江仙〉（馬上匆匆聽鵲喜）兩首，與此前介紹的毛滂〈殢人嬌〉（短棹猶停）「約歸期偶參差，戲作寄內」同樣，還有兩首序為「寄內」的詞。無論哪首都是寄給遠在故鄉等候的妻子的作品，詞序為「待命護國院，不得入國門。寄內」的〈御街行〉（年年不放春閑了）為連作，後接詞序為「同前。感舊」的〈生查子〉（宮裡妒娥眉）和〈青玉案〉（十年不向都門道）。詞中描寫的是元祐四年舊法黨失勢情況下的情緒，不僅僅止於表達夫妻間的愛情。

與此相對，毛滂的〈惜分飛〉，從字面很難斷定此詞是代替妻子來傾訴離別的感傷，也很難看出與男女離別的一般感傷之情有何差異。因此，這首詞被看作是描寫與歌妓的離別之情也不是沒有原因的。

考慮到詞這種體裁本來是在宴席間由歌妓來演唱這點，那麼詞中帶入妻子這一女性類型則是更進一層的發展。需要注意的是，晁補之和毛滂都曾以歷史上的女性為題連作轉踏〈調笑〉，二人作為同一時期活躍的詞人，應該會意識到對方的存在。儘管妻子是身邊最親近且共同生活的女性，但此處所見的毛滂的詞，無論送給哪位妻子，或者是妓女也並無不妥之處。而將所贈對象理解為年紀輕輕便離世的原配妻子，大概是因為詞中的女性形象是年輕女子的緣故。與詩文中「盡可能具體地保留對妻子的記錄」[12]不同，這些詞中被一般化的女性形

---

12 見中原健二：〈夫と妻のあいだ──宋代文人の場合〉。

象較為強烈，並不能使人聯想到妻子的個性特點。這是詞的特徵還是毛滂這位詞人的個性使然，很難得出結論，或者可以說是一種不出傳統歌辭範圍的一種寫作態度。

二　疊韻詞

　　近體詩中被當作禁忌的疊韻和疊字、或者同字連用，在歌辭文學中屢屢可見，而詞中自唐詞以來也被使用[13]。詞中根據詞牌有不少固定成型的重複，中田勇次郎說：「填詞表現出了填詞獨具一格的意境，特別是自由駕馭長短句這點，可以說在詩歌的世界裡甚至比詩經更進一步，且不用說穿插其間的疊韻尤其大放異彩」[14]。《樂府雅詞》中，這種句法見於句首、句中和句末，而晁端禮有〈菩薩蠻〉「幕簾風入雙雙燕，燕雙雙入風簾幕」的回文句法。雖然不太使用這種句法的大有人在，但歐陽脩、晁補之和曹組的作品中卻屢屢出現，可以說北宋的這個時期詞人們在有意識地使用此種句法，毛滂則是其中之一。接下來將探討一下毛滂詞的特徵。

　　置於句首的例子有〈菩薩蠻・富陽道中〉中的「春潮曾送離魂去。春山曾見傷離處」，還有詞序為「戊寅冬，以病告臥潛玉，時時策杖寒秀亭下，作〈漁家傲〉三首」的連作〈漁家傲〉其一及其二「恰則小庵貪睡著」一首的結句：「渾忘了。渾教忘了長安道」、「從今莫。從今莫負雲山約」。還有詞序為「初春泛舟，時北山積雪盈尺而水南梅林盛開」的〈浣溪沙〉以一「水」字開兩句之頭：「水北煙寒雪似

13　唐圭璋：《詞學論叢》（上海：上海古籍出版社，1986年），〈二、考證・讀詞劄記・疊字詞〉。
14　中田勇次郎：〈詞律に見えたる重疊韻の例に就いて〉，《支那學》第9卷第2號（1938年7月）。

梅。水南梅鬧雪千堆。月明南北兩瑤臺。」第一、二句句首的「水北」和「水南」及兩句的第五個字「雪」相對仗，第一句句末的「梅」字在第二句以「梅鬧」重複出現，第三句則重複一二句的「北」和「南」字，呈現的句法稍微複雜一些。

　　置於句中的有〈浣溪沙・詠梅〉的開頭「月樣嬋娟雪樣清」。連用字數不同句子的有，〈七娘子・舟中早秋〉前段的末句「這番一日涼一日」，還有〈浣溪沙・泊望仙橋月夜舟中留客〉中的「更深風月更清妍」等。特別是〈減字木蘭花・李家出歌人〉的前段，如下所示：「小橋秀絕。露濕芙蕖花上月。月下人人，花樣精神月樣清。」其中不僅有「花樣精神月樣清」這種形式，還有中間夾雜句讀變「上月」為「月下」的類似回文的用法。以移上花朵之月和月下戀人引出如花似月的清麗美人的風姿，詞句構成和前文的〈浣溪沙〉相似，富含遊戲意味的機智。這也同樣適用於〈西江月・侑茶詞〉的「勸君不醉且無歸。歸去因誰惜醉」。

　　置於句末的例子，除了像〈如夢令〉和〈秦樓月〉這種疊字已成定格的詞外，毛滂還有〈清平樂〉（桃夭杏好）中的「桃夭杏好。似個人人好」，〈更漏子・和孫公素泛舟觀競渡〉後段的「波面樂。太守與民同樂」，〈點絳脣〉（何處君家）後段的「今年見。明年重見」。比較少見的例子如〈滿庭芳・西園月夜賞花〉，前段第五句「持燭有佳人」的「佳人」用於後段第一句[15]。

　　　馬絡青絲，障開紅錦，小晴初斷香塵。芳醪滿載，持燭有佳
　　人。飛蓋西園午夜，花梢冷、雲月朧明。折還惜，留花伴月，

---

15 上述中田氏論文：「隔句の疊韻」條云：「此例在目之所及詞律詞譜中極為罕見。下述例子便是如此」，隨後例舉晁補之的〈過澗歇〉（歸去）。只是，晁補之詞的隔句疊韻僅出現在前段，毛滂的這首詞可以說更為稀有。

　　占定可憐春。　　佳人。爭插帽，已殘芳樹，猶綴餘英。任紅
　　辭香散，蝶恨蜂嗔。醉也和春戴去，深院落、初馥爐熏。玉臺
　　畔，未教卸了，留映晚粧新。

上述疊韻即詞句的重複，重複單字的疊韻則不勝枚舉。毛滂〈憶秦
娥‧二月二十三日夜松軒作〉中就使用疊字，《詞律》卷四中作「又
一體」，並云：「起韻疊字。次句即頂上一字。下換三韻」。

　　夜夜。夜了花朝也。連忙。指點銀瓶索酒嘗。　　明朝花落知
　　多少。莫把殘紅掃。愁人。一片花飛減卻春。

「夜夜」二字不但相疊，而且置於第二句的句首，每兩句一換韻。其
他的〈憶秦娥〉詞體都是開頭三字句或五字句。毛滂的另一首〈憶秦
娥‧冬夜宴東堂〉中，如下所示有三處兩字句疊韻的句式。

　　醉醉。醉擊珊瑚碎。花花。先借春光與酒家。　　夜寒我醉誰
　　扶我。應抱瑤琴臥。清清。攬月吟風不用人。

像這樣同字連用的詞句中，也有如〈菩薩蠻‧代贈〉的前段這樣：

　　端端正正人如月。孜孜媚媚花如頰。花月不如人。眉眉眼眼春。

上述詞句不僅六個字分別重疊使用，而且成對偶句的第一句和第二句
的「如」，在第三句中為「不如」，結句只置一「春」字。此詞雖獨具
匠心，但論其抒情性則遠不及以「冷冷清清」開頭後面重疊六字、評
價頗高的李清照的〈聲聲慢〉，由詞序「代贈」也可認為此詞是宴席
間的戲作。

　　如上將疊韻疊字置於句首、句中和句末的這種手法，給同一首詞帶來複雜的音聲和意思上的連貫。如果這些是在歌詞中經過歷史洗練而形成的句法的話，那麼，其效果只有在詞被演唱的時候才能發揮，才能柔和地呼應共鳴。

三　東堂的詞作

　　本章主要探討毛滂在東堂所作的詞。雖然有以府邸庭院和別院各處為題吟詩作對的歷史，但對詞來說比較新。在詞序中明確記載自築的較早的例子，如蘇軾在黃州東坡的雪堂中所作的詞。

> 公舊注云，陶淵明以正月五日游斜川……乃作斜川詩，至今使人想見其處。元豐壬戌之春，余餘躬耕於東坡，築雪堂居之。南挹四望亭之後丘，西控北山之微泉，慨然而嘆，此亦斜川之游也。
>
> 〔〈江城子〉（夢中了了醉中醒）〕

蘇軾的另一首詞〈哨遍〉（為米折腰），詞序言檃栝〈歸去來辭〉之事，這兩首詞都是自比陶淵明的作品。

　　不約而同的是，晁補之亦有一系列的作品幾乎占了《晁氏琴趣外篇》卷一的全部篇幅。晁補之晚年閒居緡城（山東省金鄉縣）東皋時的作品，詞序「東皋寓居」之後有詞十四首，接著是緣〈歸去來辭〉起名〈遐觀樓〉並以此作為詞序的作品三首，前後共計十七首[16]。詞序為「東皋寓居」的第一、二首〈摸魚兒〉和〈永遇樂〉，前段描寫庭院的風景，後段描寫離開政壇的生活且評價頗高。現舉〈摸魚兒〉如下：

---

16 晁補之〈永遇樂・東皋寓居〉及〈木蘭花・遐觀樓〉詞，《樂府雅詞》中亦收。

買陂塘、旋栽楊柳，依稀淮岸江浦。東臯嘉雨新痕漲，沙觜鷗
來鷺聚。堪愛處。最好是、一川夜月光流渚。無人獨舞。任翠
幄張天，柔茵藉地，酒盡未能去。　　青綾被，莫憶金閨故
步。儒冠曾把身誤。弓刀千騎成何事，荒了邵平瓜圃。君試
覰。滿青鏡、星星鬢影今如許。功名浪語。便似得班超，封侯
萬里，歸計恐遲暮。

又晁補之《雞肋集》卅一〈歸來子名緡城所居記〉中有云：

讀陶潛〈歸去來辭〉，覺己不似而願師之。買田故緡城，自謂
歸來子。廬舍登覽游息之地，一戶一牖，皆欲致歸去來之意。

由上可知，晁補之和蘇軾同樣曾自比陶淵明。據劉乃昌《晁補之年
譜》[17]，晁補之被罷官後於崇寧二年（1103）始閒居此地，直至大觀
四年（1110）去世。

毛滂在東堂的作品，因其詞集《東堂詞》按詞牌分類編輯，所以
東堂之作並未整理排列。但據詞序來推算，至少有十八首的寫作時間
據年譜應該在元符元年（1098）左右，比晁補之還要早。晁補之的詞
序極其簡潔，與此相對毛滂的詞序比較具體。尤其是〈驀山溪〉（東
堂先曉）的詞序，其篇幅超乎尋常，或許可稱之為〈東堂記〉：

東堂，武康縣令舍盡心堂也，僕改名東堂。治平中，越人王震
所作。自吳興刺史府與五縣令舍，無得與東堂爭廣麗者。去年
僕來，見其突兀出翳薈閒，而菌生梁上，鼠走戶內，東西兩便

17　〔北宋〕晁補之，晁沖之撰；劉乃昌，楊慶存校注：《晁氏琴趣外篇》（上海：上海
　古籍出版社，1991年）。

室，蛛網黏塵，蒙絡窗戶。守舍者云：「前大夫憂民勞苦，眠飯於簿書獄訟閒。」是堂也，蓋無有大夫履聲，姑以為田廬耳。又縣圃有屋二十餘閒，頃撓於蒿艾中，鳴嘯其上，狐吟其下，磨鐮淬斧，以十夫日往夷之，纔可入。欲以居人，則有覆壓之患。取以為薪，則又可憐。試擇其螻蟻之餘，加以斧斤，乃能為亭二，為庵，為齋，為樓各一，雖卑隘僅可容膝，然清泉修竹，便有遠韻。又伐惡木十許根，而好山不約自至矣。乃以生遠名樓，畫舫名齋，潛玉名庵，寒秀，陽春名亭，花名塢，蝶名徑。而疊石為漁磯，編竹為鶴巢，皆在北池上。獨陽春西窗得山最多，又有醾醿一架。僕頃少時喜筆硯淺事，徒能誦古人紙上語，未嘗與天下史師遊，以故邑人甚愚其令，不以寄枉直。雖有疾苦，曾不以告也。庭院蕭然，鳥雀相呼，僕乃得飽食晏眠，無所用心於東堂之上。戲作長短句一首，托其聲於驀山溪云。

大意是：得居野菌生長、老鼠四竄、蛛網蒙窗的武康縣令之舍後，改舊名盡心堂為東堂，又用雜草叢生農地中的屋舍舊材建含秀亭、陽春亭、潛玉庵、畫舫齋、生遠樓，將清泉修竹各處取名為花塢、蝶徑、漁磯、鶴巢，在陽春亭的西窗外製作酴醿花架，如此悠然度日。

上述詞序後的〈驀山溪〉詞，描寫的是自東堂漫步至庭院，在陽春亭飲酒吟詩的風雅，其中穿插了序文中出現的名稱，亦是一首戲作。

東堂先曉，簾掛扶桑暖。畫舫寄江湖，倚小樓、心隨望遠。水邊竹畔，石瘦蘚花寒，秀陰遮，潛玉夢，鶴下漁磯晚。　　藏花小塢，蝶徑深深見。彩筆賦陽春，看藻思、飄飄雲半。煙拖山翠，和月冷西窗，玻璃盞，蒲萄酒，旋落酴醿片。

這種手法是將藥名詩的藥名替換成了建築的名稱。

　　藥名詩的歷史可以追溯至六朝，北宋中期，因陳亞的登場再度為世人所知[18]。北宋吳處厚《青箱雜記》卷一中稱陳亞為「近世滑稽之雄」，亦有陳亞用藥名體作詞的記載。書中收錄的四首詞均為七字句和五字句構成的〈生查子〉。其中一首的開頭云：「相思意已深，白紙書難足」。「相思」是「相思子」、「意已深」是「薏苡仁」、「白紙」是「白芷」藥名的化用，詞句中使用藥名的時候，有時會用諧音字置換。但毛滂的〈驀山溪〉詞中並未進行置換而是直接嵌入，其中一部分使用離合體。所謂離合體，即在句和句的連接部分或一句中將名字進行拆分，隱藏其固有名詞意思的一種手法。不僅有中晚唐的藥名詩，皮日休等還有拆分縣名的離合詩[19]。上述毛滂的〈驀山溪〉詞中的「寒秀」和「花塢」便是如此。雖說帶有戲作性，但就離合體起源於唐詩以前、詞序和詞中內容相一致的作品整體的旨趣而言，跟滑稽沒有關係。另外，不同於陳亞，毛滂所寫對象是長短句這點也值得注意。

　　〈驀山溪〉之外的詞在時間上亦早於晁補之的東皋所作詞。這些都是以士大夫的交遊為背景，描寫四季的風景和心情，可以說開拓出了吟詠別墅名勝的新題材。現僅舉詞牌、首句和詞序如下：

　　　　清平樂（雲峰秀疊），東堂月夕小酌，時寒秀亭下娑羅花盛開。
　　　　清平樂（杏花時候），送賈耘老、盛德常還郡。時飲官酒於東堂，二君許復過此。

18　包括下文引用，詳見田中謙二：〈藥名詩の系譜〉，收入藪內清，吉田光邦編：《明清時代の科學技術史》（京都：京都大學人文科學研究所，1970年）。再收入《田中謙二著作集》（東京：汲古書院，2000年），第二卷。

19　詩中嵌入地名的有皮日休〈懷鹿門・縣名離合二首〉及陸龜蒙的和詩。例如，皮日休第一首詩云：「山瘦更培秋後桂，溪澄間數晚來魚。臺前過雁盈千百，泉石無情不寄書。」

清平樂（杯深莫厭），春晚與諸君飲。〔詞中云「東堂花為誰
開。」〕

浣溪沙（小圃韶光不待邀），仲冬朔日，獨步花塢中，晚酌蕭
然，見櫻桃有花。

浣溪沙（小雨初收蝶做團），寒食初晴東堂對酒。

浣溪沙（晚色寒清入四簷），八月十八夜東堂作。

南歌子（庭下新生月），東堂小酌賦秋月。

夜遊宮（長記勞君送遠），僕養一鶴，去田間以屬鄭德俊家。
今縣齋新作陽春亭，旁見近山數峰，因德俊歸，以此語鶴，便
知僕居此不落寞也。

蝶戀花（相見江南情不少），戊寅秋寒秀亭觀梅。

蝶戀花（三疊闌干鋪碧甃），東堂下牡丹，僕所栽者，清明後
見花。

西江月（煙雨半藏楊柳），縣圃小酌。

憶秦娥（醉醉），冬夜宴東堂。

漁家傲（年少莫尋潛玉老）（恰則小庵貪睡著）（鬢底青春留不
住），戊寅〔1098〕冬、以病告臥潛玉，時時策杖寒秀亭下，
作漁家傲三首。

虞美人（百花趂定東君去）〔詞中云「誰見東堂日日，自春
風。」〕

還有一首詞，據其詞序所書戊寅，亦可知為毛滂的東堂之作[20]。現錄

詞序內容如下：

> 玉樓春（西風吹冷沈香篆），戊寅重陽，病中不飲，惟煎小雲
> 團一杯，薦以菊花。

透過這些詞可窺得其中所含的隱逸思想，種花飼鶴則和中唐的白居易
及北宋的林逋不約而同，雖然身處士大夫的世界，卻是遠離朝廷風雅
度日的中隱，由此我們可以看到毛滂對這種處世態度的共鳴。

毛滂還有〈東堂獨座懷琳老二首〉及〈次韻成允寒秀亭〉[21]在東
堂所作的七言律詩三首，其中云：

> 東堂枉把歸來賦，慚愧寒空倦翮還。
>
> 　　　　　　　　　　　〔〈東堂獨座懷琳老二首〉其一〕
> 陶令醉時煩客去，夢魂瀟灑與誰云。
>
> 　　　　　　　　　　　　　　〔〈次韻成允寒秀亭〉〕

詞中明顯是以陶淵明自比。但是，和因罪左遷的蘇軾和晁補之失意時
期的諸詞不同，這個時期的毛滂以官赴任，對於家世顯赫父祖皆高官
的毛滂來說，陶淵明似乎比較遙遠。亦有可能是詩詞分離的緣故，毛
滂的東堂詞，使人聯想到每一處地方的格調，對其詞的評價往往會提
到「瀟灑」一詞[22]，此語恰如其分。

---

21 此詩自注中云：「此亭舊為蒿萊之地，今亭畔石，乃故牆兩堵材也。」
22 薛礪若：《宋詞通論》（上海：上海書店，1985年）中設〈瀟灑派的毛滂〉一節，對
　　毛滂進行高度評價。房日晰：〈毛滂在詞史上的貢獻〉，《古典文學知識》2009年第1
　　期，文中說：「毛滂詞在詩化的過程中，有些寫得秀美文瀟灑」，並舉〈西江月·縣
　　圃小酌〉。

結語

以上主要通過三個方面對毛滂的詞進行了探討。毛滂的詞富含音樂性、向轉踏和藥名詩等遊戲文藝靠攏的特徵也十分明顯。雖然本文未曾涉及，但毛滂詞中的口語要素也不少。毛滂處於北宋後期的、如田中謙二所云的「設雅俗之分的歌曲的自由風潮」[23]中，而毛滂似乎較早順應了詞壇的這股潮流。或許也正是因為這樣，在南宋以後雅詞的進一步雅化中，他的詞不再被重視。另外明代盛行的《草堂詩餘》中輯錄〈玉樓春·立春日〉一首。

> 小園半夜東風轉。吹皺冰池雲母面。曉披閶闔見朝陽，知向碧階添幾線。　　小煙弄柳晴先暖。殘雪禁梅香尚淺。殷勤洗拂舊東君，多少韶華聊借看。

這首詞的詞牌和題材都不稀奇，亦不帶戲作性質，作者敏銳地捕捉到春天到來的細微的徵兆，描寫得柔婉而又雅致。毛滂的詞，因贈妻和描寫靜謐庭院的題材和內容、巧妙的擬人化手法和措詞[24]、或者詩句的化用等等，現在以「瀟灑」的雅詞來評價他的作品。但是，如本文所述，毛滂的詞在當時是以其時代性和音樂性為人所知。當然，並不只毛滂一個人的作品如此。

---

23 田中謙二：〈元代散曲の研究・二　散曲誕生の前夜〉，《東方学報》第40冊（1969年3月）。又收錄于《田中謙二著作集》（東京：汲古書院，2002年），第一卷。

24 房日晰：〈毛滂在詞史上的貢獻〉中曾指出〈南歌子·席上和衢守李師文〉中運用多重擬人手法，並且指出所用字眼之巧妙。

第四章
康與之生涯與作品編年初探

前言

　　活躍於北宋至南宋間的康與之，字伯可，號順庵[1]。一說其生年為紹聖年間（1094-1097）[2]，至少年長於高宗（1107-1187）[3]，孝宗淳熙四年（1177）之後卒[4]。河南人，南渡後居江南與嶺表。祖父為武人康識[5]，父康倬[6]，弟舉之、譽之同樣進士及第。附淳祐九年（1249）序的《中興以來絕妙詞選》中，康與之置於卷一之首，南宋詞人第一位，作品數排第八位[7]，錄廿三首。其名下附黃昇原注（以

1　康與之，《宋史》無傳，有周南著抨擊康與之的〈康與之傳〉（《全宋文》卷六六九七）。周南（1159-1213），據《宋史》卷三九三，字南仲，江平人。從學葉適，紹熙元年進士及第，池州教授。因直言遭罷免，開禧三年試任館職，因抨擊韓侂冑再度遭罷免，在故鄉去世。關於康與之的生涯，相關研究展開於2010年左右。見劉尊明：〈康與之傳〉，收入傅璇琮主編：《宋才子傳箋證》（成都：遼海出版社，2011年）；劉尊明，徐海梅：〈宋南渡詞人康與之生平事蹟考述〉，《蘭州大學學報（社會科學版）》第38卷第2期（2010年3月），文中詳細收錄先行研究；鍾振振：〈《全宋詞》康與之小傳補正〉（以下略稱鍾振振：〈小傳補正〉），《浙江大學學報（人文社會科學版）》第39卷第3期（2009年5月），文中詳細搜索了歷史資料。本章以先行研究為基礎，確認其出典，不一一注出。
2　見劉尊明：《康與之傳》及劉尊明，徐海梅：〈宋南渡詞人康與之生平事蹟考述〉。
3　見鍾振振：〈小傳補正〉。
4　見鍾振振：〈小傳補正〉。
5　劉琳等校點：《宋會要輯稿》（上海：上海古籍出版社，2014年），元豐五年至元祐七年中見其名。
6　《宋史》卷廿六有紹興元年二月「犯臨江軍，守臣康倬遁」。
7　最多為辛棄疾及劉克莊，四十二首，編者黃昇卅八首，其次姜夔、嚴仁、張孝祥、盧祖皋。

下稱黃昇注），內容如下：

> 渡江初有聲樂府，受知秦申王，王薦於太上皇帝，以文詞待詔
> 金馬門，凡中興粉飾治具。及慈寧歸養，兩宮歡集，必假伯可
> 之歌詠，故應制之詞為多。書市刊本，皆假託其名，今得官
> 本，乃其婿趙善貢及其友陶安世[8]所校定，篇篇精妙。汝陰王
> 性之，一代名士，嘗稱伯可樂章，非近代所及，今有晏叔原，
> 亦不得獨擅。蓋知言云。[9]

康與之作為南渡後詞人，冠其名出版的坊刻本不少，可見人氣之高。
但因阿諛追隨奸臣秦檜而遭非難。南宋趙彥衛《雲麓漫鈔》將其列入
「秦太師十客」：

> 康伯可狎客。……康伯可，捷於歌詩及應用文[10]，為教坊應
> 制。秦每宴集，必使為樂語詞曲。[11]

批判的同時也認可康與之在詩歌、應用文、樂語詞曲方面的文學才
能。宋末元初周密的《浩然齋雅談》亦有如下記載：

8　趙善貢，太宗六世孫。《宋史》卷二二九有：「宗室世系・太宗九子・商王房」，雖
　　見其名但不詳。陶定將在後文論述。

9　〔宋〕黃昇：《花庵詞選》（北京：中華書局，1958年）。

10　應用文指用於宏詞科選舉，士大夫必須掌握的官文。以駢文作，發展於南宋初期。
　　〔南宋〕李心傳《建炎以來朝野雜記・甲集》，卷十三「博學宏詞科」中載：「紹興
　　三年七月始置，紹聖間既廢制科不用，乃創宏詞科，大觀中改為詞學兼茂，至是，
　　用工部侍郎李擢奏，別立此科，以制誥詔書表露布檄箴銘記贊頌十二件為題，古今
　　雜出六題，分三場」。文體隨時代有若干變化。參照管琴：《詞科與南宋文學》（北
　　京：北京大學出版社，2018年），第四章〈詞科批評及南宋駢文的發展導向〉。

11　〔南宋〕趙彥衛撰，傅根清點校：《雲麓漫鈔》（北京：中華書局，1996年），卷
　　十。陸游：《老學庵筆記》卷三「十客」中無其名。

> 康與之伯可詩云，……余家有與之手書古詩一卷，自號八本，
> 辭語亦騷雅，往往反為樂府所掩也。[12]

評價其詩「騷雅」，即認可其詩的正統性。

高宗朝，康與之在多數詩歌創作，以及宋代官僚必備的各類公文寫作方面，機敏有才華，可謂能吏，同時其詩詞亦受到頗高評價。在對秦檜嚴苛批判的影響下，康與之的人物評價極低，他的作品也幾乎散佚[13]，亦鮮有研究涉及。即便如此，作為一介詞人、南渡以後的官僚文人之一，仍值得一探。本章以近年的先行研究為基礎，參照當時的政治背景追溯其生涯，同時著眼於鮮有人關注的離開朝廷後的時期，並嘗試將其數篇作品進行編年。

一　南渡前後

（一）官場活動

康與之曾背誦《春秋左氏傳》，經學師從宛丘（河南省淮陽）晁以道（1059-1129），書法師從陳恬（1058-1131），與政和八年（1118）進士及第的常同（1090-1149）比鄰而居。同時出入開封（河南省）遊玩。熟悉詞大概是在此時。南渡以前的康與之，明代鎦績《霏雪錄》中有如下記錄：

---

12 〔南宋〕周密撰，孔凡禮點校：《浩然齋雅談》（北京：中華書局，2010年），卷中。

13 《全宋文》卷四一四○收錄四篇；《全宋詩》卷一八九六收錄十首；《全宋詞》收錄卅八首，斷句四首。見唐圭璋編：《全宋詞》（北京：中華書局，1965年）；曾棗莊，劉琳主編：《全宋文》（上海：上海辭書出版社，2006年）；北京大學古文獻研究所編，傅璇琮等主編：《全宋詩》（北京：北京大學出版社，1991-1998）。本文中所用詩文如無注明，均據以上版本。

其為人，備見於其友吳興（缺）君所為引。謂其少時，性豪放，
殆麒麟天馬，不可羈及，揮塵劇談，浩歌滿飲，發為詞章，秀
潤風雅。[14]

由此可知，雖然康與之旁若無人性格豪放，但不能否認其優美的詩
文。他是一位才華橫溢的少年。

　　靖康之變後，徽宗第九子趙構得地方官僚黃潛善、汪伯彥等支
持，靖康二年（1127）五月一日於北宋南京（河南省商丘）即位，改
元建炎，即南宋初代皇帝高宗。高宗召回之前因主戰而遭流放的李
綱，任命其為宰相。對黃、汪將駐蹕地移至揚州（江蘇省）的主張，
李綱提出駐蹕南陽（河南省）重組民間武裝力量以防衛中原。但李
綱八月被罷免宰相，高宗於十月移至揚州。此時，康與之為淮南西路
安撫使幕僚，在淮陽（揚州）上奏〈中興十策〉主張抗戰，其中第
二條云：「請移蹕關中，治兵積粟，號召兩河，為雪恥計，東南不足
立事」。當然，朝廷未予採納，但康與之因此名聲大振。建炎二年
（1128）二月，高宗南下至江南，八月末至十二月末反對黃潛善派的
官僚群被放逐[15]。大概康與之亦在其中。建炎三年（1129）正月，高
宗暫回揚州，但二月下旬，金軍再度南下，揚州淪陷。此後高宗頻繁
往復江南。

（二）落魄詞人

　　黃昇注中云康與之：「南渡初有聲樂府」。較康與之年長的王銍評

---

14 四庫全書《霏雪錄》卷上。文中的「引」，應為陶定〈序〉。陶定，吳興人，曾校訂
　《順庵樂府》。涉及陶定之〈序〉，宋代陳振孫《直齋書錄題解》中有：「陶定安世
　之序，王性之、蘇養直皆稱之。」宋代董更《書錄》卷下有：「吳興陶定序其詞集
　云：『君嘗謂余曰，我昔在洛下，受經傳於晁四丈以道，受書法於陳二丈叔易。』」
15 政治情勢等，參照寺地遵：《南宋初期政治史研究》（廣島：溪水社，1988年）。

價康詞云：「如此等詞居然不俗、今有晏叔原亦不得獨擅」。[16]紹興七年（1137）王銍遭秦檜排擠，隱居剡溪山（浙江省紹興市），卒於此地。因此，此詞大概作於建炎年間或紹興初。全詞如下：

訴衷情令・長安懷古

阿房廢址漢荒丘。狐兔又群游。豪華盡成春夢，留下古今愁。
君莫上，古原頭。淚難收。夕陽西下，塞雁南飛，渭水東流。

此首寄託失地之悲的懷古詞[17]中，前段用典杜牧的〈阿房宮賦〉，後段用李商隱的〈登樂遊原〉。後段開頭令人聯想到古詩，結句三對句分別對應西、南、東方向，暗示不能「北」歸。懷古主題，此外還有〈菩薩蠻令〉二首，詞序為「長安懷古」、「金陵懷古」。二首詞中均懷念失去的繁榮。對故鄉河南被掠奪的康與之而言，收復北地與故鄉之思是自然而然的情感，同時亦是眾多南渡的北方人共同擁有的情感。

　　未被任用的康與之，遷至江南避開了南渡後的混亂。前揭《靠雪錄》提及〈中興十策〉後又有云：

　　南渡後，落魄吳越間，抱志鬱鬱，以詞章自娛，且曰：「吾必追漢晉風流，唐宋諸賢非我師也。」嘗以小闋，促蘇養直赴雪

---

16 《歷代詩餘》卷一一七以「王性之」引此評。王銍（元祐年間-1144），字性之，汝陰人。自稱汝陰老民，世稱雪溪先生。據張劍，王銍北宋為官，與常同亦有關連。見張劍：〈王銍及其家族事蹟考辨〉，《中國社會科學院文學研究所所刊》2008年第2輯。

17 陽繁華高度評價其懷古詞：「卻與現實緊密相關，有著沉痛的歷史興亡之感，風格沈鬱悲愴，為南渡詞壇又注入了一股沉重的力量。」見陽繁華：〈論康與之的詞〉，《長江師範學院學報》第27卷第3期（2011年11月）。

　　夜溪堂之約，即〈醜奴兒令〉者是也。溪堂在荊州，蘇公報
　　章，其略云：「自秋晚迄今，凡三作書並酒去，今日雪後，方
　　辱報並以佳詞見招，數十年來無此風味。某已裝酒上船，來日
　　若晴，須有月，若溪堂聞橫笛聲，即我至矣。」所謂莫掩溪
　　門，真成一段奇事。[18]

據此，康與之在江南時，曾逗留荊州（湖北省）。上述記事中出現的
蘇庠（1065-1147，字養直）在南渡混亂中右眼失明，未赴高宗召見
的隱士。如後述，紹興七年（1137）康與之已居臨安，因此與蘇庠交
游為此之前的事情。康與之有〈醜奴兒令〉，詞序：「促養直赴雪夜溪
堂之約」，全詞如下：

　　馮夷剪碎澄溪練，飛下同雲。著地無痕。柳絮梅花處處春。
　　山陰此夜明如畫，月滿前村。莫掩溪門。恐有扁舟乘興人。

前段中，將司陰陽的馮夷降下的雪比作春天的柳絮、樹上開出的花
朵。後段中使用六朝風雅故事「雪夜訪戴」，催促蘇庠應邀。而蘇庠
也的確應約而來。
　　落魄度日的康與之終於為官，任監杭州太和樓酒庫。有如下記載：

　　初，伯可監杭州太和酒樓，盜庫錢飾翠羽為妓金盼履，坐免
　　官。[19]

18　見《霏雪錄》卷下。
19　見周南：〈康與之傳〉。

康與之任此官職的時期不明，僅知罷免於紹興七年（1137）左右[20]。杭州的太和樓為官庫，設官妓，士大夫可遊玩的酒樓[21]。金盼應為官妓。再次遭免官的康與之，於紹興八年（1138）到吳興（浙江省湖州）拜訪宛丘時的鄰人常同。如後文所述，常同先前為秦檜而彈劾宰相呂頤浩，因在和議時主張慎重論而離開朝廷，任吳興長官。而康與之此時稱因父去世，要贍養老母，請求常同為之周旋。常同以月額三萬緡為其準備檢察御書一職，但康與之絲毫未有將母接來之意，因此要替康與之接其母前來時，他卻離去。

二　臨安的活動

（一）秦檜的狎客

　　建炎四年（1130）十月，被金擒獲的秦檜回到宋土。他建議高宗講和，於次年紹興元年（1131）八月任宰相。但朝廷內部的方針依舊不安定。紹興二年七月呂頤浩雖成功罷免秦檜，但次年紹興三年，呂頤浩遭常同彈劾。紹興四年起，趙鼎為宰相。紹興七年（1137）正月，徽宗、寧德皇后崩後，高宗與秦檜共同推進和議的締結，八年（1138）十月，趙鼎辭任宰相，十二月締結和議。秦檜再任宰相，此後至紹興廿五年（1155）去世前長期握權。

　　康與之回到杭州後，獲得秦檜的賞識大概在紹興九年（1139）或稍後，據說是因獻呈壽詞〈喜遷鶯〉。為迎合秦檜、飽受非議的此壽

---

20 從鍾振振說。劉尊明認為是紹興元年，推測原文「初」為紹興初，但參照其他記載，此說時間過早。

21 〔南宋〕周密：《武林舊事》卷六中記錄：「酒樓。……太和樓東庫……已上並官庫，屬戶部點檢所，每庫設官妓數十人……往往皆學舍士夫所據，外人未易登也。」南宋初期的規模不明。見孟元老等著：《東京夢華錄・都城紀勝・西湖老人繁勝錄・夢粱錄・武林舊事》（北京：中國商業出版社，1982年）。

詞[22]，詞序中云「丞相生日」，內容如下：

> 臘殘春早。正簾幕護寒，樓臺清曉。寶運當千，佳辰餘五，嵩
> 岳誕生元老。帝遣阜安宗社，人仰雍容廊廟。盡總道，是文章
> 孔孟，勳庸周召。　　　師表。方春遇，魚水君臣，須信從來
> 少。玉帶金魚，朱顏綠鬢，占斷世閒榮耀。篆刻鼎彝將遍，整
> 頓乾坤都了。願歲歲，見柳梢青淺，梅英紅小。

開頭從年末寒冷的拂曉說起。接著用柳永〈透碧霄〉（月華邊）詞的
「帝居壯麗，皇家熙盛，寶運當千」稱頌皇帝，然後言秦檜生日為
「佳辰餘五」，即臘月廿五日。將深受皇帝信賴的一朝宰相，稱譽為
孔孟、輔佐周成王的周公旦與召公奭。下段首的「師表」，用司馬遷
《史記・太史公自序》中「國有賢相良將，民之師表也」，甚至譬作
劉備與諸葛亮的魚水之交。此外還歌頌儀表堂堂的宰相榮耀至極，稱
讚其整頓陷入混亂的國家，其功績可鐫刻於鼎。結句與首句相呼應，
將歲歲和平的願望寄託於初春的景色之中。康與之未用壽詞常用的
松、鶴、老人星等語，過半內容由對句構成，典故交織顯得較莊重，
而結句詠早春之景，散發著柔和的風趣。此詞，黃昇注云：「此詞雖
佳，惜皆媚灶之語，蓋為檜相作耳」，卻輯錄於《中興以來絕妙詞
選》，以此詞為上乘壽詞。

　　康與之同秦檜的關係，在康任官後也未曾改變。康與之仍為秦檜
的宴席作樂語、詞曲，這點在開頭所引的《雲麓漫鈔》中已提及。
「樂語」流行於宋代，在皇帝的盛大宴會中，以駢文形式的致語、律

---

22 紹興十二年十二月廿五日秦檜生日，高宗賜宴，此後成為每年慣例。當日獻呈的作
　品可謂是汗牛充棟，宋代周紫芝〈時宰相生日樂府四首〉序（《太倉稊米集》卷廿
　四）中言及。紹興十五年，高宗賜宅邸。

體的口號開始，接著為小兒隊、女弟子隊、雜劇的演出。但在官吏的宴席、民間婚宴等上演時通常簡略化。其內容從慶祝到滑稽，範圍較廣。多數情況下樂語被當成文章來看，但近年出現了不少論說認為其是向戲曲過渡的一種形態。民國況周頤很早就認為：「柳屯田《樂章集》、為詞家正體之一、又為金元已還樂語所自出」[23]。至於將柳永的詞作為樂語的起源一說是否正確，此處不做論述。從致語用來誦讀，口號用來吟唱這點來看，可以說是一種歌辭文藝。就作品已散佚的康與之而言，要評價其樂語比較困難，但其擅長以駢文形式作應用文與詞，可見其作品卓越的音樂性、娛樂性。由此亦可聯想到康與之能夠創作出如壽詞般滿篇祝賀的華麗作品。宰相秦檜的宴席多半性質屬公，康與之在宴席上創作文辭為一種任務，作為秦檜的私臣，一直存在這種情況。

（二）在朝廷的創作活動

　　紹興十二年（1142），高宗生母韋太后得歸。因靖康之變，大晟府的樂器、樂人都被虜到金國，南宋朝廷亦批評徽宗熱衷於整頓大晟樂而致滅國。秦檜作為宰相需封鎖言論，對文學與音樂採取了嚴格的態度[24]。建炎四年，北宋末大晟府的代表詞人之一万俟詠，比較有名的逸話是其乞進官時，高宗擲其上書[25]。但隨著梓宮及韋太后的歸來，禁樂令解除[26]。應為韋太后開設宴樂的要求，康與之很可能亦活躍其

---

23 〔清〕況周頤：《蕙風詞話》，卷三，收入況周頤著，孫克強輯考：《蕙風詞話‧廣蕙風詞話》（鄭州：中州古籍出版社，2003年）。

24 曾維剛：《南宋中興詩壇研究》（北京：人民出版社，2018年），中編第六章〈南宋中興時期政治文化生態與詩壇代變〉，第一節〈高宗時期的政治文化生態〉。

25 〔南宋〕李心傳：《建炎以來繫年要錄》卷卅四，見建炎四年六月記事。

26 《宋史》卷二四三《后妃列傳》韋賢妃條云：「先是，以梓宮未還，詔中外輟樂。至是，慶太后壽節，始用樂。」關於南宋初的狀況，見村越貴代美：《北宋末の詞と雅樂》（東京：慶應義塾大學出版會，2004年），第四章〈南宋における大晟樂〉。

中，但他所任官職，眾說紛紜未出結論。《雲麓漫鈔》中出現的「教坊應制」，史書中未見。應制原本為翰林學士的任務，或與黃昇注中所云「招待金馬門」同樣，亦可認為是紹興十四年（1144）二月教坊再興[27]時所得官職[28]。即便如此，韋太后歸來後不久，康與之便已作為詞人開始活躍於朝廷。

康與之為高宗與韋太后所作應制〈瑞鶴仙〉一詞，見《中興以來絕妙詞選》卷一之首，詞序云「上元應制」，分類本《草堂詩餘》、《節序・上元》也置於卷首，以其為代表作。此詞亦遭到非難，言其「諛豔粉飾、於是聲名拂地、而世但以比柳耆卿輩矣」[29]，但也被用於話本[30]，可見其流傳之廣。全詞如下：

> 瑞煙浮禁苑。正絳闕春回，新正方半。冰輪桂華滿。溢花衢歌市，芙蓉開遍。龍樓兩觀。見銀燭、星球有爛。卷珠簾、盡日笙歌，盛集寶釵金釧。　　堪羨。綺羅叢裏，蘭麝香中，正宜游翫。風柔夜暖。花影亂，笑聲喧。鬧蛾兒滿路，成團打塊，簇著冠兒鬥轉。喜皇都、舊日風光，太平再見。

滿月懸掛在元夕夜空，充滿歌聲與燈籠亮光的地面景象，以「花衢、歌市」展現城內的繁華，宮城「龍樓、兩觀」，燈籠「銀燭、星球」，頭戴「寶釵、金釧」的女性等，以對語展現出來，同時由遠景聚焦到

---

27 《宋史》卷一四二〈樂志・教坊〉中有：「高宗建炎初，省教坊。紹興十四年復置，凡樂工四百六十人，以內侍充鈐轄。紹興末復省。」

28 鍾振振〈小傳補正〉中提到，或任命為當時教坊所設「掌撰文字一人」、「制撰文字、同制文字各一人」之類。

29 〔南宋〕羅大經著，王瑞來點校：《鶴林玉露》（北京：中華書局，1983年），乙編，卷四〈中興十策〉。

30 〔明〕洪楩輯，程毅中校注：《清平山堂話本校注・戒指兒記》（北京：中華書局，2012年）。

華麗的宴席。後段描寫盛裝打扮的女性們遊山至深夜，熱鬧非常，由此可見繁榮的再現。最後以對皇帝的祝語結句。元夕詞數量眾多，康與之此詞襲承柳永的〈傾杯樂〉（禁漏花深），歐陽脩的〈驀山溪〉（新正初破），周邦彥的〈解語花〉（風銷焰蠟）等描寫北宋首都開封元夕的作品，詞中所描寫的光聲滿溢的繁華夜景正是和議的結果，高宗大悅亦是自然。

　　與禁樂的對象燕樂不同，人們很早就意識到重整雅樂的必要性。因國家祭祀所伴的雅樂為昭告王朝復興的重要政治活動。締結和議後，整備正式化，紹興十三年（1142），雖不充分，但朝廷仍舉行了郊祀。《宋史·樂志》中記載紹興年間的歌辭就超過兩百首[31]。《雲麓漫鈔》中的「歌詩」，即國家祭祀與宮中禮儀所用的雅樂的歌辭[32]。兩百首中康與之的作品應該不少。除高宗御制外未記撰者之名，因此雖無法明示具體作品，但籍田歌辭為康與之所作的可能性較高[33]。

　　紹興十二年（1142）四月與金締結和議後，紹興十五至十八年

31　〈紹興親享明堂二十六首〉（《宋史》卷一三三〈明堂大饗〉）；〈高宗郊前朝獻景靈宮二十一首〉、〈高宗明堂前朝獻景靈宮十首〉（卷一三五〈朝享景靈宮〉）；〈紹興祀嶽鎮海瀆四十三首〉（卷一三六〈祀嶽鎮海瀆〉）；〈紹興祀大火十二首〉（卷一三六〈祀大火〉）；〈紹興祀太社太稷十七首〉（卷一三七〈祭太社太稷〉）；〈紹興祭風師六首〉、〈（紹興）雨師雷神七首〉（卷一三七〈祭風雨雷師〉）；〈紹興享先農十一首〉、〈紹興祀先農攝事七首〉（卷一三七〈祭先農先蠶　親耕藉田〉）；〈紹興釋奠武成王七首〉〈紹興祀祚德廟八首〉（卷一三七〈釋奠文宣王武成王〉）；〈紹興朝會十三首〉（卷一三八〈朝會〉）；〈紹興登門肆赦二首〉（卷一三八〈禦樓肆赦〉）；〈紹興十（校記：原有一。一為衍字）年發皇太后冊寶八首〉（卷一三八〈恭上皇帝皇太后尊號上〉）；〈紹興十三年發皇后冊寶十三首〉（卷一三九〈冊立皇后〉）。

32　《宋會要輯稿·樂三》中有：「今（宋）祁請陛下取三聖寶錄，撫其武功文德，作為歌詩，別詔近臣略依〈生民〉、〈公劉〉、〈狩〉、〈那〉、〈長髮〉之比，裁屬頌聲」，均與宮中禮儀相關。

33　邢皇后被虜去北方，其去世後立吳皇后。康與之亦有可能參與製作紹興十三年〈發皇后冊寶十三首〉。

（1145-1148）年，臨安祭祀所用主要設施的整備基本完成[34]。完成之際舉行祭祀時需要雅樂。紹興十五年，確定雅樂基準音高的鐘已鑄成，秦檜撰銘文[35]。康與之此年任籍田司令。籍田司管理籍田禮諸事，籍田令為正九品京官。次年紹興十六年（1146）正月廿二日，南宋舉行初次籍田禮。先導兩千人，高宗前往嘉會門南的玉津園南的籍田祭祀先農，行籍田禮[36]。康與之作〈紹興享先農十一首〉、〈親耕籍田七首〉、〈紹興祀先農攝事七首〉、〈祀先蠶六首〉，可見康與之因此才被任命。現從〈親耕籍田七首〉中選取一首描寫皇帝親耕籍田的作品〈親耕〉，內容如下：

> 元辰既擇，禮備樂成。洪廙在手，祗飾專精。三推一墢，端冕朱紘。靡辭染屨，以示黎甿[37]。

如這種極官方的措辭亦是康與之文學的一面。當然前面探討的壽詞與應制詞亦屬公開性較高的作品，無論何種，作品中均多用對句、多用典故，由此亦展現了他的文才。雅樂方面造詣頗深的康與之，在朝廷這一舞臺上留下了各種詩文。在追求「雅樂」的時代[38]，康與之的應

34　高橋弘成：〈南宋の国都臨安の建設〉，收入宋史研究会編：《宋代の長江流域──社会経済史の視点から・Ⅱ　長江流域の諸相》（東京：汲古書院，2006年）。

35　《宋史》卷一三〇。

36　《宋史》卷卅記載：「紹興十六年春正月……壬辰，親饗先農於東郊，行籍田禮，執耒邦九推，詔告郡縣」；《宋史》卷一三〇記載：「親耕籍田，則據宣和舊制，陳設大樂，而引呈耒邦，護衛耕根車，儀仗鼓吹至以二千人為率。先農樂用靜安，高禖樂用景安，皇帝親行三推禮，樂用幹安。其補苴軼典，搜講彌文者至矣。先朝凡雅樂皆以安名，中興一遵用之。」

37　《宋史》卷一三七。

38　吳雄和：《唐宋詞通論》（杭州：浙江古籍出版社，1985年），第五章〈詞論〉第五節云：「靖康之變後，詞風慷慨任氣，論詞亦多重在家國之念，經濟之懷」，及此節之四〈倡導「復雅」〉等。

制詞由華麗的詞藻優美的語言構成，即使被抨擊為阿諛奉承之作，但在音樂被解禁的喜悅中，大概也曾受到人們的青睞。

三　從江南到福建

　　紹興十七年（1147）五月，彗星出現。康與之呈報彗星與政治無關，讓不得不辭官宰相的秦檜大悅，於是康與之被任命監尚書省六部門[39]，九月從八品軍器監丞[40]。然而次年，康與之妄稱受秦檜之命，赴鎮江府購買玉帶，向都統王勝借金五十兩。此事被高宗知曉後遭革職，六月外任宮觀。因無法留京，康與之奔赴吳地。

　　康與之曾受道士喻抱元之託，作〈招真詞並記〉。《全宋詩》錄自宋代陳思《兩宋名賢小集》。明代王鏊《姑蘇志》「致道觀・乾元宮」條中有相同作品，名〈宋康舉之招真庵記〉。據《姑蘇志》，北宋年間，徐神翁的弟子申元道道士，於姑蘇郊外的虞山築竹林庵，紹興十七年（1147），喻抱元改建，改名招真庵[41]。記中提到受託而作，又因辭中描寫秋風，故可認為是紹興十八年（1148）秋康與之外任宮觀時所作。此作篇幅較長，現錄此。內容據《姑蘇志》，劃線部分為《全宋文》中缺文或異文，《》內為《全宋詩》之字句。

　　　　自姑蘇出齊門，沿西《而》北望山，形如巨鼇，橫亙原野，蓋

---

39 差遣官，管理六部大門的開閉與人員出入等。

40 職事官，「軍器監」管理軍器，衣甲等的製造。

41 〔明〕吳寬等纂：《姑蘇志》（國立國會圖書館藏和刻本，明正德元年序），卷三十〈寺觀・致道觀・乾元宮〉：「在虞山，北宋元祐中，海陵申元道建，元道將南游請于其師徐神翁，翁曰逢虞則止，無雪則開，申始未悟，及至是山，遂插竹，為庵名竹林，山舊無井，一日大雪，惟山坳不積，因浚井得美泉，名雪井。紹興丁卯，道士喻抱元改築招真庵，取致道舊額名乾元宮，舊有極目亭米芾書扁，元燬，永樂初重修，申道人煉丹之地。別有熙真館在梅里，潛真館在福山，與此為三真云。」

常熟縣之虞山也。山之東瞰萬戶治劇邑，邑去江不及程《一程》，陂湖畎《畝》澮之積自南至者，傾馳會于江，江河既應，則迅瀾倒流，逆於市橋之下，二水相制，移時而不能去。山無奇谷，惟荒墟白草醜石，散亂坡陀。迤邐而西，有修林《竹》橫抹《林》，隱見於兩峰《山》之閒，其中為招真庵。元祐中，道人申氏，泰陵徐處士高弟《弟子》也，基營於此，庵成遽去，不知所終。松林森茂，庭《亭》宇簡寂，如隱君子之居，通川《州》道士喻抱元增治之，舊名竹林，至是更以招真。請記於僕，乃歌招真之辭《詞》以繫之。辭《詞》曰，白鶴巢兮丹井空，蓬山杳兮煙靄蒙《霞蒙》。陵谷變兮今古，木葉下兮秋風。飛僊去兮朝太微，黃冠野服兮以遨《遊》以嬉。飡霞臥月兮世不我違，與世滌映兮天門可馳。蒼龍嘷兮雲漫扉，石泉冽兮山芋肥。俯仰宇宙兮日月蔽虧，靈秀回薄兮野芳呈姿。山中之樂兮萬化莫移，僊人不來兮隱者曷歸。

此篇描寫姑蘇出發後的沿途景觀，從山水記的書寫樣式。古詩中刻畫了居住在招真庵的喻抱元的形象，言其在龍鳴雲繞的清淨山中，如仙人般生活。文中結合了《楚辭》中的「木葉」、「秋風」、「天門」、「蒼龍」、「石泉」等語，以及宋代被用於詩中的「黃冠野服」、「山芋」等詞彙[42]。

紹興十九年（1149）十二月，康與之引發了一起事件，周南〈康伯可傳〉中有詳述。事件起因為，康與之拜訪蘇州知事周三畏時，脫官妓趙芷之樂籍並將其帶回家。三畏與蘇州通判蘇師德相談後，令歸還趙芷，康與之因此生恨。蘇師德與常同各自娶方氏姐妹為妻，是連

---

42 蘇軾〈贈寫真何充秀才〉詩有：「黃冠野服山家容」；文彥博〈和副樞蔡諫議植山芋〉詩有：「平臺山芋傳區種種，久餌能令玉壽延。」

襟關係，師德之子玭娶常同之女為妻[43]。同月十二日，恰逢常同去世，周三畏請蘇師德撰寫祭文。祭文中諷刺秦檜「奸人在位，公棄而死」，康與之將此告發。結果，周三畏遭罷官，蘇師德貶官臨汀（福建省汀州）編管，其子玭遭停官。此外還有多位官員捲入其中，引發震動蘇州的疑獄。此案件當時人人皆知[44]，亦為後來康與之遭彈劾埋下伏筆。蘇州為富庶之地，周三畏前任官員為秦檜妻弟王晌，後任補秦檜妻之外甥徐琛，在任約三年[45]，由此看來，周三畏的免官對秦檜來說十分有利。康與之於此事的第二年，即紹興廿年（1150）任福建路安撫司，主管機宜文字，直至秦檜去世都在福建。此期間無編年作品。

四　失勢以後

（一）貶謫嶺表

紹興廿五年（1155）十月廿二日，秦檜去世，十二月上百名秦檜派系官員被罷免。康與之亦遭彈劾，任欽州（廣西壯族自治區欽縣）編管。而彈劾康與之的是同樣曾得秦檜提拔的「惡客」[46]湯鵬舉，其在上奏文[47]中列出的彈劾理由為收受賄賂與周三畏事件。

康與之任欽州編管期間[48]，紹興廿八年（1158）三月，因與當地

---

43 劉尊明〈康與之傳〉中，對周南〈康與之傳〉作批正，從之。

44 〔南宋〕陳振孫：《直齋書錄解題》卷廿一《順庵樂府》五卷中亦記錄此事概要及周南曾作傳之事。見陳振孫：《直齋書錄解題》：（上海：上海古籍出版社，1987年）。

45 關於蘇州知事的人事，見寺地遵：《南宋初期政治史研究》，頁364整理的表格。

46 〔南宋〕趙彥衛撰，傅根清點校：《雲麓漫鈔》中云：「湯鵬舉惡客。……湯，金壇人，本亦出秦門，既薨，攻之不遺餘力。」

47 《全宋文》卷三九一六。

48 據辻正博，編管任期為六年，因此紹興卅一年末應被赦免，但或因發生變故而被延長。見辻正博：《唐宋時代刑罰制度の研究》（京都：京都大學學術出版会，2010年）。

居民起爭執引發死亡事件而入獄雷州（廣東省湛江市海康縣），四月再移新州（廣東省雲浮市新興縣）收監[49]。新州時所作的〈洪聖王廟記〉，應在康與之出獄後。洪聖王即南海神，作為鎮海之神，宋朝時人們為其建造了許多祠廟，紹興七年（1137）封為洪聖廣利昭順威顯王，稱為洪聖王[50]。殘存下來的文章為斷章，僅記錄因當地往來舟楫失事，遇難者眾多，故休咎禪師授神三歸五戒之事[51]。

紹興卅一年（1161）逼近長江北岸的金國海陵王被部下殺害，但金與南宋間的戰爭仍在持續，第二年辛棄疾加入南宋朝政。高宗退位，六月孝宗即位。雖大赦天下，但秦檜的黨人依舊禁止前往行在所，受嚴格審視。此時康與之是否被大赦不得而知。史書中無法確認，有傳康與之在秦檜死後，被流放五羊（廣州市）[52]。大概是從新州貶至五羊。改元乾道後，其於當地遇陶定。

陶定，曾校訂《順庵樂府》，字安世，吳興人。紹興廿一年（1151）潭州善化縣令（湖南省）[53]，紹興廿四年（1154）衢州龍游縣（浙江省）縣令在任期間，建通駟橋[54]。乾道二年（1166）提舉市

49 認為是康與之著作的《昨夢錄》中記載，紹興卅一年在建昌軍（江西省南城）。顧國瑞：〈《昨夢錄》作者考辨——訂正《四庫全書總目提要》的一則錯誤〉，《文學遺產》1981年第2期，與鍾振振《小傳補正》中考證為其弟康舉之的作品。舉之於紹興廿九年流放南康軍（江西省）。

50 孫廷林，王元林：〈論宋代嶺南祠神信仰的新變化〉，《海南師範大學學報（社會科學版）》第30卷第1期（2017年2月），文中所引宋代王象之《輿地紀勝》卷九十七〈新州・古蹟〉。

51 全文如下：「休咎禪師憩于洪聖王廟，中夜，師語王曰：『竊以大王為性嚴急，往來舟楫遭風波溺死甚多，王謹無為此。貧道今為大王摩頂受記，自茲以往，勿害生靈，保扶社稷。』即為授三歸五戒而行。」

52 鍾振振《小傳補正》中列舉《鶴林玉露》與《兩宋名賢小集》卷一七一。

53 〔宋〕汪藻：《浮溪集》（四庫全書本）卷廿六〈朝請郎陶君墓誌銘〉，陶定父墓誌銘。

54 《浙江通志》（四庫全書本）卷卅七〈關梁・衢州府〉。宋代范成大《驂鸞錄》（《知

舶赴任廣州，四年（1168）晉升廣南東路轉運使。六年（1170）轉江南西路提點刑獄公事[55]，同七年（1171）正月，除直秘閣[56]，十二月荊湖南路提防刑獄公事[57]。陶定在蘇庠去世後不久作〈蘇後湖遇黃真人記〉[58]，可知道其與蘇庠（號後湖）交情匪淺。康與之與陶定在赴廣州之前不曾謀面，應是通過彼此的共同好友蘇庠而相互知曉。

　　以提舉市舶赴任廣州的陶定，在修復南海縣（廣東省佛山市南海區）的南海神廟之際，又新築風雷雨師殿。康與之曾作〈創建風雷雨師殿記〉[59]。碑石有磨損，陳紅軍對此拓本做過介紹[60]。據此，建築落成於「乾道三年（1167）閏七月庚申」。記中言當地為海外貿易之要地，「公清名峻節，聞於天下，精辭麗句，推於前輩，至則辨治，歲貢倍□」，稱讚陶定的人品、文采與政績。末尾有「洛師康與之記並書」。無官名，康與之自稱洛師即首都臨安[61]人。

　　康與之在廣州時，居白雲山玉虹洞（現能仁寺）之南的聚龍崗[62]，

不足齋叢書》）中有：「（乾道九年正月）十二日，早飯舍利寺，宿龍游縣龍丘驛，未至，有長橋，工料嚴飾他處所未見，前令陶定所作。」

55　據《全宋文》卷四一四○，陶定小傳。

56　《宋會要輯稿‧選舉卅四》中，有乾道七年正月「二十九日，詔江南西路提點刑獄公事陶定除直秘閣。」

57　〔南宋〕周必大：《文忠集》（四庫全書本）卷一○○。

58　《全宋文》卷四一四○。有日期「戊辰（紹興十八年，1148）正月二十五日記」及自注「後二十年（乾道六年，1168），定手書，再刻石於羅浮山水簾洞，以廣其傳。」

59　據〔南宋〕祝穆：《方輿勝覽》（北京：中華書局，2003年）卷卅四，當時，廣東路廣州亦治南縣‧番禺縣。〔清〕葉昌熾撰，柯昌泗評：《語石‧語石異同評》（北京：中華書局，1994年）卷八〈詞人一則〉中有：「宋詞人雖多石刻，流傳惟康與之廣州風雷雨師殿記耳。」

60　陳紅軍：〈廣州南海神廟宋〈創建風雷雨師殿記〉碑刻拓本紀略〉，《中國港口》2019年增刊第1期，總第8期。《全宋文》錄自光緒《廣州府志》，「乾道」以下缺字。

61　陸心源《宋史翼》中記洛師為洛陽，示其籍貫。顧國瑞〈昨夢錄〉作者考辨〉一文從此。但洛師指首都，此處指臨安較為妥當。

62　〔宋〕陳思：《兩宋名賢小集》，《宋集珍本叢刊》卷一七一，《椒亭小集》小傳。

因愛虹洞勝景,於是建小築,名「順庵」[63]。《大明一統志》中云:

> 白雲山,在府城北二十里,常有白雲覆其上,相傳為安期生飛
> 升之地,上有水廉洞、白雲洞、鶴舒臺,宋轉運使陶定於山半
> 建龍果寺,其軒題曰千峰紫翠,亭曰天南第一峰[64]。

由此可知其與陶定的緣分。康與之亦有七言絕句〈玉虹洞二首〉及七
言律詩〈鶴舒臺〉。其中〈玉虹洞〉其二內容如下:

> 滿山一夜風篁響,透屋三更月露寒。自掩殘書推枕睡,江湖秋
> 夢水雲寬。

徹夜不止的風,深夜半空淒冷的明月,前二句以對句敘景,描寫觀照
自然的清淨閑居光景[65]。此時康與之邁入老年。《兩宋名賢小集》中收
錄,可見這些晚年的詩亦獲得一定評價。在廣州的康與之大概曾得到
陶定的幫助。乾道六年(1170)陶定離開廣州,或以此為契機,康與
之亦結束其在嶺表長達十年的生活回到臨安。

---

63 見陳紅軍〈廣州南海神廟宋〈創建風雷雨師殿記〉碑刻拓本紀略〉所引嘉靖《廣東
通志》。

64 〔明〕李賢等奉敕撰:《大明一統志》(國立國會圖書館藏,明萬壽堂刊本)卷九十
七〈廣州府・南海縣・山川〉。

65 韓玉〈感皇恩・廣東與康伯可〉詞有:「塵世利名,於身何有」句。韓玉,紹興末
至隆興元年間北伐時從金國入南宋,隆興二年(1164)九月,流放柳州,乾道三年
(1167)復歸袁州(江西省宜春市)通判。參照鍾振振:〈《全宋詞》韓玉小傳補
正〉,《南京師大學報(社會科學)》2010年第2期。此後韓玉未曾赴嶺表,因此在廣
東會康與之,應為乾道初三年間之事。

（二）晚年

下面所錄為康與之的〈醜奴兒令〉，詞序中云「自嶺表還臨安作」。

> 紅樓紫陌青春路，柳色皇州。月淡煙柔。嫋嫋亭亭不自由。
> 舊時扶上雕鞍處，此地重游。總是新愁。柳自輕盈水自流。

前段描寫京城春宵的風景。連用紅、紫、青表色彩之語來描寫皇帝所居京城的繁華景象。月夜，柳樹翠色繁茂籠罩在霧靄中，無法自由舒展。下段追憶風光歲月。雖再次踏上京城之地，而所見皆勾起愁緒。結尾柳樹自顧搖曳，河水自顧流淌。康與之似乎服侍過在臨安退位的高宗，他亦曾目睹過高宗退居的德壽宮中繁華的中秋節[66]。乾道年間（1165-1173）曾給高宗獻詞〈菩薩蠻〉（弱柳小腰）[67]。於高宗而言，大概康與之亦是為數不多的能一起追述南渡之後時光的人。

最後能得編年的為淳熙三年（1176）中秋所作〈訴衷情令〉。詞序中云：「登鬱孤臺、與施德初同讀坡詩作」。康與之曾拜訪因辛棄疾彈劾而被罷免贛州（江西省）知事的施元之（字德初），與之同度中秋[68]。全詞如下：

---

66 周密《癸辛雜識》別集下〈德壽賞月〉中有「康伯可云」內容：「德壽宮有橋，乃中秋賞月之所。橋用吳璘所進階石甃之，瑩徹如玉，以金釘校。橋下皆千葉白蓮花，御几御榻，至於瓶爐酒器，皆用水精為之。水南岸皆宮女童奏清樂，水北岸皆教坊樂工，吹笛者至二百人。」德壽宮，高宗賜秦檜之宅邸。見〔南宋〕周密撰，吳企明點校：《癸辛雜識》（北京：中華書局，1988年）。

67 況周頤《歷代詞人考略》卷廿五〈康與之〉中有：「葦航識小錄，乾道中，德壽劉妃以綠華、璚玉二內人進納壽皇時，康伯可侍宴獻〈菩薩蠻詞〉，有曰：『弱柳小腰身，雙雙蛾翠顰』。」見〔清〕況周頤：《歷代詞人考略》（北京：全國圖書館文獻縮微複製中心，2003年）。

68 陳乃乾〈宋長興施氏父子事蹟考〉中記為淳熙元年（頁五〇二九），卷首（頁五〇一

> 鬱孤臺上立多時。煙晚暮雲低。山川城郭良是，回首昔人非。
> 今古事，祇堪悲。此心知。一尊芳酒，慷慨悲歌，月墮人歸。

施元之因注釋蘇軾詩而為人所知。所讀蘇軾詩作為〈過虔州登鬱孤臺〉或〈鬱孤臺・再過虔州，和前韻〉，或兩首均讀，不得而知。或者康與之曾看過施元之的注釋。詞中描寫的時光荏苒、物是人非、悲傷滿懷，均為常見的吟詠表達。不過蘇軾的〈過虔州登鬱孤臺〉為赴嶺表途中作，而詩首云「吾生如寄耳，嶺海亦閑游」[69]的〈鬱孤臺・再過虔州，和前韻〉為蘇軾最晚年從嶺表歸途中所作，對康與之而言，與他自身的經歷相似。「此心知」一句，飽含對遭彈劾罷官的施元之的同情。

淳熙四年（1177）康與之得除罪名復官。下文以慶元二年（1196）傳聞之事記錄，可知康與之最晚年之情況：

> 頃在嚴州，見康與之以糟雜細糠和土種竹，隨即甚茂盛，明年生筍成林，種荷花，以羊角提水池中，立成。[70]

雖不知康與之居嚴州（浙江省建德市）是否為一時之事，但其應在江南度過了安穩的餘生。

○）叢刊編者據鄧廣銘《辛稼軒年譜》訂正為三年。雖此期間施元之的詞不傳，但存通判羅願所作〈水調歌頭・中秋和施司諫〉詞，有「鬱孤高處張樂，語笑脫氛埃。」見吳洪澤，尹波主編：《宋人年譜叢刊》（成都：四川大學出版社，2003年）。

69 〔清〕王文誥輯注，孔凡禮點校：《蘇軾詩集》（北京：中華書局，1982年），卷四十五所收。

70 〔南宋〕周必大：《二老堂雜誌》，卷四〈種植之法〉，收入《叢書集成初編》（北京：中華書局，1985年），第2767冊。

結語

　　將本章中所提及作品[71]的寫作時期及地點整理如下：

建炎元年，揚州	〈中興八策〉
建炎三年至紹興七年，江南	〈醜奴兒令・促養直赴雪夜溪堂之約〉、〈訴衷情令・長安懷古〉
紹興九年或稍後，臨安	〈喜遷鶯・丞相生日〉
紹興十二至十八年，臨安	〈瑞鶴仙・上元應制〉等應制詞、樂語、歌詩
紹興十八年，蘇州	〈招真詞並記〉
紹興廿八年以後，新州	〈洪聖王廟記〉
乾道三年，廣州	〈創建風雷雨師殿記〉
至乾道六年，廣州	〈鶴舒臺〉、〈玉虹洞二首〉
乾道年間，臨安	〈醜奴兒令・自嶺表還臨安作〉、〈菩薩蠻〉（弱柳小腰）
淳熙三年，贛州	〈訴衷情令・登鬱孤臺與施德初同讀坡詩作〉

南渡後國家陷危急存亡，士大夫們的選擇各異，而選擇的要因亦較複雜，如是否失去北宋朝的官位、故鄉，主戰抑或講和等。最初主張抗金的康與之，在追隨秦檜後選擇了為官之道。他兩度癡迷妓女且強行

---

71 除此之外，宋代魏慶之《詩人玉屑》卷十九中有：「康伯可與之紹興間過清江游慧力寺，題二詩於松風亭」，〈游慧力寺〉（原注：清江縣）二詩，無法確定為紹興出荊州時作，或為紹興十八至廿年（1148-1150）的作品，還有嶺表時期的〈風流子〉，亦無法確定時期，因此未編年。

霸占，誤入歧途。通過阿諛奉承秦檜做官，對友人忘恩負義，因此，他的評價極惡。但亦有喜愛他的人，並得以成為宗室之婿，出版官刻本。若僅一味追隨秦檜受其提拔的話，康與之或許會在貶謫地度過一生。但無論是在嶺表還是回到臨安，他都曾尋得棲身之地，繼續創作詩詞文。他憑藉自己的文學才華、為官能力及人際關係頑強地生活。雖然殘存至今的僅有詞，但此亦非偶然。《直齋書錄解題》中著錄，長沙商業出版的叢書《百家詞》中可見其《順庵樂府》五卷，錄於柳永《樂章集》九卷之後，與姜夔《白石詞》五卷並列[72]。康與之作為南宋初期的代表詞人，可與姜夔匹敵。關於其詞，將在別章探討。

---

72 〔南宋〕陳振孫：《直齋書錄解題》卷廿一。

第五章
康與之的詞

前言

　　康與之，字伯可，號順庵，北宋至南宋的官僚、詞人[1]。河南人，父親康倬，弟弟舉之、譽之均進士及第。推測為北宋徽宗即位的元符三年（1100）前後出生。南宋孝宗淳熙四年（1177）以後去世[2]。南渡之際因獻策〈中興十策〉而為人所知，之後無官職，在江南落魄十餘年，其間因詞而得名。因文學才能得到宰相秦檜提拔，此後約十年活躍於臨安高宗朝，並曾作為秦檜一派的官員居福建七年。紹興廿五年（1155）秦檜去世，康與之遭貶謫，在嶺表度過十五年，孝宗乾道年間返回臨安，晚年復官去世。康與之的詩詞文大部分散佚，現《全宋文》卷四一四○收錄文四篇，《全宋詩》卷一八六九收錄詩十一首，《全宋詞》收錄詞卅八首、斷句四首[3]。南宋時，不論聲名好壞均為人所知，且作為文學家，尤其是詞人而聞名。南宋陳振孫《直齋書錄解題》卷廿一以長文對其進行介紹：

1　關於康與之的傳記的研究，有劉尊明：〈康與之傳〉，收入傅璇琮主編：《宋才子傳箋證》（成都：遼海出版社，2011年），及鍾振振：〈《全宋詞》康與之小傳補正〉，《浙江大學學報（人文社會科學版）》第39卷第3期（2009年5月）。筆者另有：〈康與之の生涯と作品編年試探〉，《日本宋代文學學會報》第7集（2020年7月），現收入本書第四章。

2　見鍾振振：〈《全宋詞》康與之小傳補正〉。

3　本章所引詞均據唐圭璋編：《全宋詞》（北京：中華書局，1979年）。

《順庵樂府》五卷　康與之伯可撰。與之父倬惟章詭誕不檢，
事見《揮塵錄》[4]。與之又甚焉，嘗挾吳下妓趙芷以遁。與蘇
師德仁仲有隙，遂與蘇玭訕直之獄。玭、仁仲之子、而常同子
正之壻也。與之受知於子正，一朝背之，士論不齒，周南仲嘗
為作傳[5]道其實如此。康伯可詞鄙褻之甚，此集頗多佳語，陶
定安世為之序，王性之蘇養直皆稱之，而其人不自愛如此，不
足道也[6]。

言佳作雖多，但父子兩代人品低劣無法評價。如此種飽受士大夫階
層非難，但又以詞人博得人氣的情況，不禁令人想起北宋的柳永。實
際上，南宋時期將康與之柳永相提並論的情況並不少見。如有以下
記載：

康伯可、柳耆卿音律甚協，句法亦多有好處。然未免有鄙俗
語。[7]

（沈義父《樂府指迷·康柳詞得失》）

值寧歸養，兩宮燕樂，伯可專應制為歌詞，諛艷粉飾，於是聲
名掃地，而世但以比柳耆卿輩矣。[8]

（羅大經《鶴林玉露》乙編卷四〈中興十策〉）

4　〔南宋〕王明清：《揮塵錄》（《四庫全書》）前錄卷廿三記載，康倬以假名來詭騙妓
　　女，又將其抛棄自己逃跑的逸話。
5　〔南宋〕周南：〈康伯可傳〉，《全宋文》卷六六九七。
6　〔南宋〕陳振孫著，徐小蠻，顧美華點校：《直齋書錄解題》（上海：上海古籍出版
　　社，1987年）。
7　〔南宋〕沈義父：《樂府指迷》，收入唐圭璋編：《詞話叢編》（北京：中華書局，
　　1986年）。沈義父，理宗朝（1225-1264）人。
8　〔南宋〕羅大經撰，王瑞來點校：《鶴林玉露》（北京；中華書局，1983年），乙編
　　卷四〈中興十策〉。乙編序記淳祐辛亥（十一）年（1251）。

　　詞欲雅而正，志之所之，一為情所役，則失其雅正之音。耆卿、
　　伯可不必論，雖美成亦有所不免。[9]

（張炎《詞源・雜論》）

　　康、柳詞亦自批風抹月中來，風月二字，在我發揮，二公則為
　　風月所使耳。

（張炎《詞源・雜論》）

　　總之，對康與之詞的評價，在其生前頗高，南宋中期褒貶不一，且常
與柳永並列遭批判。筆者認為，這與雅詞的尊崇和進一步典雅化相一
致，不僅僅如陳振孫所云，原因在於周南的〈康與之傳〉。本章中以
康與之的代表作詞為中心，通過探討康詞所受的評價或批判，試分析
當時人們所傾向的詞。

一　通曉詞律之詞人

　　清代萬樹《詞律》中云：「如漢老、伯可、耆卿、美成、勝欲，
皆詞人宗匠」[10]，所錄康與之詞僅六首[11]。但萬樹在定詞之句讀及平
仄時言及康詞[12]，可見是以康與之的詞律為基準。其中還提及康與之

9　〔宋末元初〕張炎：《詞源》，收入唐圭璋編：《詞話叢編》（北京：中華書局，1986
　　年）。參照《詞源》研究會編著：《宋代の詞論――張炎《詞源》――》（福岡：中國
　　書店，2004年），此文譯注。

10　〔清〕萬樹：《詞律》（上海：上海古籍出版社，1984年，影印光緒二年刊本），卷三
　　〈女冠子〉。該詞又作柳永詞，《全宋詞》將其列為柳永詞，而萬樹所論非止於該詞。

11　卷二〈江城梅花引〉，卷三〈女冠子〉，卷十二〈洞仙歌〉，卷十四〈漢宮春〉，卷十
　　六〈金菊對芙蓉〉，卷二十〈寶鼎現〉。

12　卷五〈應天長〉的周邦彥詞，將在後文論述。卷三〈女冠子〉所舉蔣捷詞的按語
　　云：「又按春風飛到句，漢老用叶，伯可亦叶，此獨不用韻，想所不拘」；卷十二
　　〈洞仙歌〉的按語云：「與綠荷下十字，作五字兩句，龍川亦有此體，若謝勉仲，

作應制詞用於歌唱的事情。因此，首先以萬樹的評語為線索，探討康
與之意氣風發時期的應制詞，以〈漢宮春〉（雲海沉沉）為例。

此首詞序云：「慈寧殿元夕被旨作」。慈寧殿，高宗於紹興九年
（1139）為仍因於北方的生母韋太后建造的宮殿。自紹興十二年
（1142）三月韋太后歸至崩，一直居此殿。《中興以來絕妙詞選》中評
價康與之云：

> 受知秦申王，王薦於太上皇帝，以文詞待詔金馬門，凡中興粉
> 飾治具。及慈寧歸養，兩宮歡集，必假伯可之歌詠，故應制之
> 詞為多[13]。

慈寧殿的應制詞，還有〈杏花天〉（帝城柳色藏春絮）及〈舞楊花〉
（牡丹半坼初經雨），均為紹興十八年（1148）六月前康與之在朝時
所作。現錄〈漢宮春〉詞如下：

漢宮春・慈寧殿元夕被旨作　　康與之
雲海沉沉，峭寒收建章，雪殘鳷鵲。華燈照夜，萬井禁城行
樂。春隨鬢影，映參差、柳系梅萼。丹禁杳，鰲峰對聳，三山
上通寥廓。　　　春衫繡羅香薄。步金蓮影下，三千綽約。冰輪
桂滿，皓色冷浸樓閣。霓裳帝樂，奏昇平、天風吹落。留鳳
輦、通宵宴賞，莫放漏聲閑卻。

開頭「雲海沉沉」，用柳永詠宸游的〈破陣子〉（露花倒影）的結句

則與綠荷下，仍用兩三一四，又稍不同」。卷十一〈風入松〉所舉周紫芝與吳文英
詞，卷十九〈大聖樂〉所舉周密與蔣捷的詞等，均可與康與之詞對照。

13　《中興以來絕妙詞選》即宋代黃昇：《花庵詞選》（北京：中華書局，1958年）。

「漸覺雲海沉沉，洞天日晚」。次句「峭寒收建章，雪殘鳷鵲」描寫
雪尚未完全融化，略帶寒意的元宵。以漢宮殿名「建章、鳷鵲」作對
偶，以此來呼應詞牌〈漢宮春〉。第三句用杜甫〈宣政殿退朝晚出左
掖〉詩「雪殘鳷鵲亦多時」句。北宋大晟府的詞人万俟詠有描寫元宵
夜的〈雪明鳷鵲夜慢〉（望五雲多處春深）詞，此首或已置於康與之
的念頭中。接著描寫盛裝女性，以及皇帝住居處以燈籠飾成的「鰲
峰」閃耀的光景。下段描寫慈寧殿。以「春衫綉羅」將三千宮女的形
象訴諸於視覺，滿月白色的光輝灑向樓閣，夜半冷冽的空氣，風載著
霓裳曲飄到耳畔。「霓裳」三句取自北宋丁仙現的元宵詞〈絳都春〉
（融和又報），由「風傳帝樂，慶三殿共賞，群山同到」換骨奪胎而
來。「霓裳」為宮中演奏的大曲[14]。「奏昇平」用唐代張祜〈元日仗〉
詩「萬方同軌奏昇平」句。「天風吹落」用秦觀詠元宵的〈雨中花慢〉
（指點虛無征路）詞的「天正風吹落，滿空寒白」句。結句描述皇帝
去慈寧殿探訪母后，通宵宴賞之事。將元宵的風景訴諸於視覺、聽
覺、觸覺，描述極盡華麗，恭賀皇帝，讚賞母子和睦之光景。

關於此詞，萬樹云：「所用峭、焰、鬢、映、禁，對上、繡、
步、桂、帝、奏、宴、漏，諸去聲，宜學」[15]，稱讚其以去聲字填詞
的方法。言詞中去聲為不能以他聲替代、需多加注意的聲調。〈漢宮
春〉詞牌，普遍印象為前後各段後半部為「四，三、四。三、四，
六。」，但如詞中所示，需頻繁填入去聲。萬樹指出，康與之詞以入
聲押韻，但亦指出〈漢宮春〉本來為平聲韻詞牌[16]。

---

14 〔南宋〕周密撰，張茂鵬點校：《齊東野語》（北京：中華書局，1983年），卷十：
「霓裳一曲共三十六段。……太后令內人歌之，凡用三十人，每番十人，奏音極高
妙。」

15 〔清〕萬樹：《詞律》卷十四〈漢宮春〉。

16 田玉琪：《北宋詞譜》（北京：中華書局，2018年），頁580，〈漢宮春〉有「此詞與無
名氏偶用入聲韻」。

　　萬樹在詞體校訂中以康與之詞為例，接下來例舉〈應天長〉。康
與之該詞除收錄於《中興以來絕妙好詞》之外，還收錄於類編本《草
堂詩餘》，明代《天機餘綿》、《花草粹編》，清代《詞綜》與歷代的詞
選集中。〈應天長〉為康與之的代表作之一。萬樹在詞牌〈應天長〉
中，以九十八字體舉周邦彥詞，並將方千里和韻周邦彥的詞，康與
之、吳文英、蔣捷的詞進行比較。例如，就前後段第十句的下三字，
萬樹云：「亂花過，市橋遠，宜仄平仄，方、康、吳、蔣皆同。譜圖
云可平平平，俱不顧腔調，而信意亂注，真為怪事。至於閉字細字，
方用易漸，康用頓夜，吳用醉墮，蔣用畫墮，俱是去聲，概曰可
平。」指出《嘯餘譜》與《填圖詞譜》中錯誤的同時又論及平仄。萬
樹的平仄論如下所示，可知去聲及三字平仄的問題[17]。

應天長·閨怨　　康與之

管弦繡陌，燈火畫橋，塵香舊時歸路。腸斷蕭娘，舊日風簾映
朱戶。鶯能舞，花解語。念後約、頓成輕負。緩雕轡、獨自歸
來，憑欄情緒。　　楚岫在何處。香夢悠悠，花月更誰主。惆
悵後期，空有鱗鴻寄紈素。枕前淚，窗外雨。翠幕冷、夜涼虛
度。未應信、此度相思，寸腸千縷。

前段第四句、第五句，周邦彥詞作「正是夜堂無月，沉沉暗寒
食」，為「六，五」句式，康與之作「腸斷蕭娘，舊日風簾映朱戶」。關於
這點，萬樹云：

---

17 參照荻原正樹：《「詞譜」及び森川竹蹊に關する研究》（京都：中國藝文研究會，
　　2017年），第一部第二章〈《詞律》の四聲說について〉。

伯可於正是二句，作上四下七，不拘。此十一字，語氣總一貫
耳[18]。

田玉琪《北宋詞譜》指出，此詞牌自柳永以來押入聲韻，但康與之詞
混用上去聲押韻，拗句作律句，平仄破格[19]。正因為充分瞭解歌唱的
實際情況，才可能進行變動。

　　將視線放在詞牌上就可以注意到，康與之詞中，如〈訴衷情
令〉、〈醜奴兒令〉、〈玉樓春令〉、〈憶少年令〉、〈洞仙歌令〉、〈菩薩蠻
令〉，附加「令」字的詞牌名較多。「令」為唐代宴席上與「酒令」相
關的文字，亦用於字句不多的詞牌，「令」字的有無並不影響詞體[20]。
但〈憶少年〉、〈菩薩蠻〉中加「令」的作例，《全宋詞》中不見有其
他。柳永、張先、周邦彥、晏幾道等作品中亦散見附「令」之詞牌，
可見他們的作品作為宴席上的歌曲還是比較受歡迎的。康與之的詞，
具備在宮中及宴席上歌唱的音樂性。

---

18 〔清〕萬樹：《詞律》卷五〈應天長〉。

19 田玉琪《北宋詞譜》的〈應天長〉中有：「雙片九十四字，上片四十七字十句六仄
韻，下片四十七字十句七入聲韻。康與之和無名氏二詞用上去韻，其他皆用入聲
韻，宜用入聲韻」（頁398）。又云：「『滿』字惟康與之詞作平聲，皆偶用不常參
校。『滿地狼藉』用拗句（上下片相同），此句惟葉夢得、康與之及無名氏詞作律句
（且上下片相同），當另列別體」（頁401）。句中的平仄問題，〈杏花天〉（帝城柳
色）中亦曾指出，不再贅述。另七十三字〈風入松〉詞，由前段七十二字體，後段
七十四字體組成。

20 參見施蟄存：〈八、令・引・近・慢〉，《詞學名詞釋義》（北京：中華書局，1988
年）；施蟄存著，宋詞研究會譯：《詞学の用語――《詞学名詞釈義》訳注》（東
京：汲古書院，2010年）。

二　應制詞中對句與典故的多用

接下來再舉應制詞中的〈舞楊花〉（牡丹半坼初經雨）詞。雖無
詞序，但據「慈寧玉殿慶清賞」及下述《貴耳集》記事，可知〈舞楊
花〉與前文〈漢宮春〉、〈應天長〉詞一樣，應該是在慈寧殿所作的應
制詞。《貴耳集》有如下記載：

> 慈寧殿賞牡丹。時椒房受冊，三殿極歡。上洞達音律，自製
> 曲，賜名〈舞楊花〉，停觴命小臣賦詞，俾貴人歌以侑玉卮為
> 壽，左右皆呼萬歲。[21]

據此，〈舞楊花〉為高宗自製曲[22]，「小臣」即命康與之填詞。〈舞楊
花〉詞，除此詞外，不見他詞流傳。周密《武林舊事》中記載家廟的
燕樂中有「第五盞，鼓板‧觱篥合小唱舞楊花[23]」，雖不明確是否指康
與之此詞，但可以確定的是〈舞楊花〉傳唱至後世。

舞楊花　　康與之

牡丹半坼初經雨，雕檻翠幕朝陽。<u>嬌困倚東風，羞謝了群芳</u>。
洗煙凝露向清曉，步瑤臺、月底霓裳。<u>輕笑淡拂宮黃</u>。淺擬飛
燕新妝。　　楊柳啼鴉晝永，<u>正鞦韆庭館，風絮池塘</u>。三十六

21　〔北宋〕莊綽，〔南宋〕張端義撰，李保民校點：《雞肋編‧貴耳集》（上海：上海
　　古籍出版社，2012年），《貴耳集》卷下有淳祐丙午六年（1246）序。
22　萬樹《詞譜》中，〈舞楊花〉下作康與之。唐圭璋《宋詞互見考》中舉「宋高宗與
　　康與之」，亦有可能為康與之自度曲。
23　〔南宋〕孟元老等著：《東京夢華錄‧都城紀勝‧西湖老人繁華錄‧夢粱錄‧武林
　　舊事》（北京：中國商業出版社，1982年），周密《武林舊事》，卷八〈皇后歸謁家
　　廟〉。

宮，簪豔粉濃香。慈寧玉殿慶清賞，占東君、誰比花王。良夜
萬燭熒煌。影裏留住年光。

前段將雨後清晨含苞待放的牡丹比作仙女，後段描寫白天到結句夜
晚，按時間經過展開。細緻描寫風景的同時，將牡丹與皇后的形象相
重合，明秀華麗又不流於冶豔。除「嬌困倚東風，羞謝了群芳」，「輕
笑淡拂宮黃。淺擬飛燕新妝」句外，以「正」為領字，用對句「鞦韆
庭館，風絮池塘」，使之與〈舞楊花〉詞牌相呼應。原文對句附下劃
線（下同）。前段以李白詠楊貴妃的應制〈清平樂〉其一「會向瑤臺
月下逢」，及其二「借問漢宮誰得似，可憐飛燕倚新妝」為基調，穿
插北宋周邦彥〈瑞龍吟〉（章臺路）詞中的「侵晨淺約宮黃，障風映
袖，盈盈笑語」。後段中，仿照詠漢宮的「離宮別館三十六所」[24]之
句，其中還交織前人吟詠春景的詩詞，如趙令時〈小重山〉（樓上風
和玉漏遲）詞的「鞦韆庭院靜，百花飛」；柳永〈拋球樂〉（曉來天氣
濃淡）詞的「近清明、風絮巷陌，煙草池塘，盡堪圖畫」；唐代李賀
〈答贈〉詩的「楊柳伴啼鴉」。「東君」，司春之神，「花王」為牡丹，
云皇后集高宗的寵愛於一身[25]。

　　下述〈望江南〉詞亦為應制詞，但在康與之的詞中獨具一格。康
與之曾以此詞博高宗一笑[26]。重陽節大雨，康與之為解高宗之不悅而充

---

24 見後漢班固〈兩都賦〉中的〈西都賦〉，《文選》卷一所收。見〔南朝梁〕昭明太子
　　著，〔唐〕李善注：《文選》（北京：中華書局，1977年）。

25 「椒房」，皇后的居室。雖受冊封，但吳貴妃被立為皇后是在紹興十三年（1143）
　　閏八月二日。李賀〈答贈〉詩末句「新買後園花」，此首為送給家中已有嬌妻卻仍
　　買妾的男性的詩。立后後，是否次年春又重新立為貴妃，待考。此處譯為皇后。

26 〔南宋〕周必大《二老堂詩話》（《四庫全書》）中以「康與之在高宗時謔詞云：……
　　為之一笑，與之自語人云」引此詞。清代沈雄《古今詞話・詞品》，下卷「禁忌」中
　　有：「蔣一葵曰：『康伯可從駕時，重陽遇雨，口占〈望江南〉，有云：……高宗大

當滑稽角色[27]，但實際上戲謔應制詞極稀少[28]，此詞的措辭極富技巧，底線為筆者所加：

望江南　　康與之

重陽日，四面雨垂垂。<u>戲馬臺前泥拍肚，龜山路上水平臍。</u>浻浸倒東籬。　　茱萸胖，黃菊濕薝薝。<u>落帽孟嘉尋箬笠，漉巾陶令買蓑衣。</u>都道不如歸。

前段七字句，「戲馬臺」典故據南朝宋武帝劉裕，「龜山路」據東晉大將軍桓溫，二人均在重陽宴會上作詩。在據典故四字的基礎上，再添較滑稽的三字構成描寫大雨的對句。「東籬」源自東晉陶潛的〈飲酒〉，指重陽特有的「菊」花開放的地方，但此處菊花遭大雨浻浸。後段的「茱萸」亦與重陽相關。「孟嘉落帽」見《晉書・孟嘉傳》，故事言孟嘉參加桓溫舉行的重陽宴席，席間帽落而不覺，被嘲諷後，以美文答之。「落帽孟嘉」後加尋箬笠三字。「漉巾陶令」雖無關重陽，但指陶潛用頭巾濾酒的故事，見《宋書・隱逸傳》。由此還令人聯想到重陽無酒，閑坐菊叢的陶潛得人贈酒的故事。康與之將此故事濃縮成四

笑，問之，伯可對云：「此蒜酪體也。」』見唐圭璋編：《詞話叢編》（北京：中華書局，1986年）。《圓機活法》，卷三〈節序門・九日遇雨〉亦有收錄，詩句略異。關於「蒜酪體」，詳見藤田優子：《明代における詞の受容：文字の文學と音の文藝》（東京：汲古書院，2020年），附考〈明代後期における南北・詞曲の交叉と分岐〉。

27 〔南宋〕周必大《文忠集》（《四庫全書》）卷六十二「龍圖閣學士宣奉大夫贈特進程公（大昌）神道碑〔慶元三年〕」，「四年八月……康與之在紹興時，以談諧進。後坐事長流廣南。至是有與為地刊除舊犯，還其資歷，公封還敕黃，上喜曰：『待邊擢卿，其益盡心，毋避忌。』」，為迎合高宗而作。

28 王毅：《中國古代誹諧詞史論》（上海：上海古籍出版社，2013年），第二章〈宋代誹諧詞〉中介紹該詞云：「康與之的口占類似於北宋王齊叟，都受容敏捷的思惟，迅速的反應。作為應制詞，帶有諧謔意味，實屬少見。」

字，再添上買蓑衣三字，與「落帽孟嘉」組成對句。旨趣在於，總能泰然自若的孟嘉陶潛二人，在大雨中亦會慌張。結句用蜀望帝變成杜鵑，啼叫「不如歸」的故事，與陶潛〈歸去來辭〉相關連。再加之運用擬態詞「雨垂垂」、「濕齏齏」，以及口語用語「胖」、「都道」，營造出極輕快的調子[29]。雅語中糅雜俗語，將文雅的典故戲謔化。

　　包括前節的〈漢宮春〉詞在內，康與之的此種應制詞引用多數先行作品，文中未涉及到的〈瑞鶴仙・上元應制〉（瑞煙浮禁苑）詞，還有獻給秦檜的壽詞〈喜遷鶯・丞相生日〉（臘殘春早）等，以應制為基準的詞，為演繹出格調，技法上多用對句與典故[30]。若細數康與之流傳至今的全部詞作，對句並不多見。由此可知，康與之有意識地將此手法運用於應制詞一類中。若是特意的話，則有必要探討一下多用對句的詞。下面一首作於嶺表。

　　應制詞為康與之得志時的作品，與之相對的則是嶺表時期的作品。明確知道屬這一時期作品的僅〈滿江紅〉（惱殺行人）與〈風流子〉（結課少年場）。〈風流子〉為賀鑄詞的和韻（平聲三江七陽通用）之作，詞序記：

　　　昔賀方回作此道都城舊游。僕謫居嶺海，醉中忽有歌之者，用其聲律，再賦一闋。恨方回久下世，不見此作。

29　附紹興十九年序的王灼的《碧雞漫志》，卷二「各家詞長短」中云：「組……滑稽無賴之魁也。……組之子……嘗以家集刻板，欲蓋父之惡。近有旨下揚州毀其板云」。北宋後期流行的「滑稽無賴之魁」曹組（曹勛之父）的詞集，紹興十年被令毀去版木，而康與之此詞並未得罪高宗，大概是因為其措辭周到的緣故。見〔南宋〕王灼著，岳珍校正：《碧雞漫志校正（修訂本）》（北京：人民文學出版社，2015年）。

30　別稿已有論述，此處不再贅述。全廿三句中有五組對句。參見本書第四章〈康與之生涯與作品編年初探〉。

賀鑄原詞及康與之的和韻詞，均為懷念繁華昔日之作。康與之不僅和韻，還有意沿襲對句。下面舉二人的詞，底線為筆者所加：

風流子　　賀鑄

何處最難忘。方豪健，放樂五雲鄉。<u>彩筆賦詩，禁池芳草，香韉調馬，輦路垂楊</u>。綺筵上，<u>扇偎歌黛淺，汗浥舞羅香</u>。蘭燭伴歸，繡輪同載，閉花別館，隔水深坊。　　零落少年場。琴心漫流怨，帶眼偷長。<u>無奈占床燕月，侵鬢吳霜。念北裏音塵，魚封永斷，便橋煙雨，鶴表相望</u>。好在後庭桃李，應記劉郎。

風流子　　康與之

結客少年場。繁華夢，當日賞風光。<u>紅燈九街，買移花市，畫樓十里，特地梅妝</u>。醉魂蕩，<u>龍跳撝萬字，鯨飲吸三江</u>。嬌隨鈿車，玉驄南陌，喜搖雙槳，紅袖橫塘。　　天涯歸期阻，衡陽雁不到，路隔三湘。難見謝娘詩好，蘇小歌長。<u>漫自惜鸞膠，朱弦何在，暗藏羅結，紅綬消香</u>。歌罷淚沾宮錦，襟袖淋浪。

康與之詞開頭的「結客少年場」，樂府名，刻畫一名英俊少年的形象。賀鑄詞後段開頭用「零落少年場」。兩詞均在前段描述過去京城游興的時光。賀鑄以開封為舞臺，彩筆作詩，與舞姬同乘而歸。而康與之詞描寫在臨安時揮筆飲酒豪氣衝天，騎馬乘船嬉戲。後段則描述身在南方，想念北方繁華街路的女性。與身處吳地的賀鑄相比，康與之在南方天涯，此地比候鳥、大雁飛來後都要折返的衡陽還遠，與屈原被放逐的三湘相隔，在更遙遠的「天涯」。居此地的康與之懷念繁華京城中的詩妓與歌妓。

　　參校兩首對句，賀鑄用隔句對「彩筆賦詩，禁池芳草，香韉調

馬，輦路垂楊」，而康與之的詞中雖無完美的對句[31]，但亦有「紅燈九街」、「畫樓十里」。與賀鑄詞的「蘭燭伴歸，繡輪同載」，「閉花別館，隔水深坊」兩組對句不同，康與之詞用隔句對「嬌隨鈿車，玉驄南陌，喜搖雙槳，紅袖橫塘」。該詞中巧妙地加入不遜色於華麗應制詞的對句，因此更能加強應制詞中未見的抒情性。雖然此首為賀鑄詞的和韻之作，但亦有可能是對皇帝的陳情作。

三　閨怨詞中的即興性

詞中的抒情，首要特徵就是描寫男女之間的愛情。康與之亦有很多閨怨詞，下面一首〈憶秦娥〉收錄於南宋類書《全芳備祖・杏花門》中，為名作。

> 春寂寞。長安古道東風惡。東風惡。臙脂滿地，杏花零落。
> 臂銷不奈黃金約。天寒猶怯春衫薄。春衫薄。不禁珠淚，為君彈卻。

前段描寫可惡春風，通往長安的古道上散落紅白花瓣，與後段中的女性形象相接。後段開頭兩句中的對句構成較鬆散，因此並不明顯。「黃金約」，將不渝之約與黃金臂鐲相關連。眼淚與前段的落花呼應。初春的景色中，以寥寥數語表現出曾經山盟海誓的男性與被拋棄女性的嘆息。《全芳備祖》中以詠物收錄此詞，亦為一首閨怨詞，或者亦可讀出其中的亡國之思。而入聲押韻更顯其意境。還有〈風入松・春晚〉詞，內容如下：

---

31 康與之詞中的「買移花市」，意味不明，似為「邁異」之誤，待考。

一宵風雨送春歸。綠暗紅稀。畫樓整日無人到，與誰同拈花
枝。門外薔薇開也，枝頭梅子酸時。　　　玉人應是數歸期。翠
斂愁眉。塞鴻不到雙魚遠，嘆樓前、流水難西。新恨欲題紅
葉，東風滿院花飛。

詞中使用當句對「綠暗紅稀」、「塞鴻不到雙魚遠」，對句「門外薔薇
開也，枝頭梅子酸時」，此外，綠與紅、鴻與魚、薔薇與梅子的組合
亦多見於先行研究中，典故亦常見。此詞為典型的閨怨詞。前段描寫
春暮，夏天的氣息越來越濃。玉人在畫樓整日等待戀人，但雁與魚都
未帶來書信。結句描寫欲書寫心中怨恨時，東風吹來落花滿院飛舞。
結句所用為唐朝宮女題詩紅葉，將此拋於宮中流水的故事[32]。葉與
花，均與紅相關，但也因此遭到「詠春卻說秋」的批判。如下文：

前輩好詞甚多，往往不協律腔，所以無人唱。如秦樓楚館所歌
之詞，多是教坊樂工及閭井做賺人所作，只緣音律不差，故多
唱之。求其下語用字，全不可讀。甚至詠月說雨，詠春卻說
秋，如〈花心動〉一詞[33]，人目之為一年景。又一詞之中，顛
倒重複。如〈曲游春〉云「臉薄難藏淚」，過云「哭得渾無氣
力」，結又云「滿袖啼紅」，如此甚多，乃大病也[34]。

（沈義父《樂府指迷》）

---

32 後宮的宮女將題詩紅葉拋於御溝，拾到紅葉的男子書寫回詩，送到宮女處的故事。
　　《青瑣高議》、《北夢瑣言》等多數筆記中可見，此故事為人周知。〈玉樓春令〉（青
　　箋後約無憑據）中亦用，云：「春來無限傷情緒。擬欲題紅都寄與。東風吹落一庭
　　花，手把新愁無寫處。」
33 此處的〈花心動〉不見於《全宋詞》。是否為康與之的詞，不詳。
34 沈義父《樂府指迷》有「可歌之詞」。

康與之的詞並非季節的變遷。如〈感皇恩〉詞以「一雨一番涼，江南秋興」開篇，又云「綠荷風已過」、「一片花飛墮紅影」，令人想到夏春的光景。或如〈金菊對芙蓉〉詞以秋景「梧葉飄黃」開篇，卻以「花前月下，黃昏院落，珠淚偷垂」結尾，確實令讀者困惑。諸如此類，參照上述評言，於宴席間歌唱時可忽略。康與之所關心的是吸引坐席間諸人的注意力，以及詞能否被流暢地歌唱。作為歌詞，即便不十分整合，但在實際的宴會上，優先考慮的是機敏的措辭與更高的音樂性。大概康與之亦有此認知。

　　上述《樂府指迷》中指摘的〈曲游春〉僅存斷句，《拙軒詞話》亦曾言及，且如此稱讚此詞：

> 康伯可〈曲游春〉詞，頭句云「臉薄難藏淚，恨柳風不與，吹斷行色。」惜別之意已盡。辛幼安〈摸魚兒〉詞，頭句云「更能消幾番風雨。匆匆春又歸去。」惜春之意亦盡。二公才調絕人，不被腔律拘縛。至「但掩袖，轉面啼紅，無言應得」與「閒愁最苦。休去倚危欄，斜陽正在，煙柳斷腸處」，其惜別惜春之意，愈無窮。頃見范元卿杜詩說，載〈上韋左丞〉一詩，假如大宅第，自廳而堂，自堂而房，悉依次序，便不成文章。前二詞不止如范所云，而末後餘意愈出愈有，不可以小伎而忽焉[35]。

此首〈曲游春〉描寫男女離別，乘船遠遊的男人與離別之際女人的悲傷，這點不難想像。此詞[36]直至南宋後半期仍在宴席上被歌唱。但對

35　張侃：《拙軒詞話》有「康辛二公詞」，收入唐圭璋編：《詞話叢編》（北京：中華書局，1986年）。

36　〈曲游春〉，《全宋詞》據上述兩書，內容為：「臉薄難藏淚，恨柳風，不與吹斷行

該詞的評價兩書卻不相同。《拙軒詞話》中未言及按時間構成，稱讚此詞「餘意」、「無窮」。《樂府指迷》則批判詞中的重複構成，開頭已描寫女性因離別流淚，中途又云痛哭，結句進一步描寫滿袖啼紅擦花妝容。將女性哭泣的形象直接、豔冶，甚至近乎執拗地進行各種描寫的手法，令人想到賦的表現方法。但是這種敘述，《樂府指迷》中並未予以評價。

　　兩書中評價的不同，可看作是受詞壇變化的影響。《拙軒詞話》中言及的辛棄疾的〈摸魚兒〉詞，詞序中有「淳熙己亥」，即淳熙六年（1179）。《拙軒詞話》的作者張侃，與辛棄疾一樣為南渡人物，較康與之年紀小。從上述評語中亦可窺得康與之去世不久，孝宗朝至寧宗朝期間的詞壇狀況。繼康與之詞的流行，或者說同時期，辛棄疾的詞亦流行起來。另一方面，《樂府指迷》為姜夔、吳文英等專業詞人登場之後的理宗朝的著作。進一步推崇典雅化的詞壇更傾向於姜夔、吳文英所作的象徵性的詞。如開頭所引，南宋後半的詞話將康與之、柳永相並列進行批判，由此反映出一種普遍認知，即類似賦般的描寫、直白的表現不受認可。康與之的詞格外注重洗練的表現，這與南宋後期傾向雅詞的方向不同。

　　下列康與之的〈滿庭芳·冬夜〉詞，詞中詳盡細緻地刻畫了度過寒夜的男女形象。

色。……但掩袖，轉面啼紅，無言應得。……哭得渾無氣力。」《樂府指迷》，開頭為「臉薄難藏淚」，過片「哭得渾無氣力」，結句「滿袖啼紅」。《拙軒詞話》，開頭為「臉薄難藏淚，恨柳風不與，吹斷行色。」又「但掩袖，轉面啼紅，無言應得。」因其參照辛棄疾〈摸魚兒〉的起句與結句，可認為是開頭與結句。詞牌〈曲游春〉的句式為周密詞的「五，五，四。四，五，四。五。三、四。三，四，六。二。四。五，四。四，五，四。五。三、四。三、四，四。」入聲押韻一〇三字體為正體。據此，開頭應為「臉薄難藏淚，恨柳風不與，吹斷行色。」，過片為「哭得。渾無氣力。」，結句為「但掩袖、轉面啼紅，無言應得」。本章不討論結構。

霜幕風簾，閑齋小戶，素蟾初上雕籠。玉杯醽醁，還與可人
同。古鼎沉煙篆細，玉筍破、橙橘香濃。梳妝懶，脂輕粉薄，
約略淡眉峰。　　清新，歌幾許，低隨慢唱，語笑相供。道文
書針線，今夜休攻。莫厭蘭膏更繼，明朝又、紛冗匆匆。酩酊
也，冠兒未卸，先把被兒烘。

清代徐釚在《詞苑叢談》中高度評價此詞，云其雖豔冶但不流於穢
褻，兼備詞、議論及敘事。內容如下：

> 又曰，詞雖宜於艷冶，亦不可流於穢褻，吾極喜康與之〈滿庭
> 芳·寒夜〉一闋，真所謂樂而不淫，且雖填詞小技，亦兼詞
> 令、議論、敘事三者之妙。首云：「霜幕風簾，閑齋小戶，素
> 蟾初上雕籠」，寫其節序景物也。繼云：「玉杯醁，……約略淡
> 眉峰」，則陳設之濟楚殽核之精良，與夫手爪顏色一一如見
> 矣。換頭云：「清新，歌幾許，低隨慢唱，語笑相供，道文書
> 針線，今夜休攻，莫厭蘭膏更繼，明朝又、紛冗匆匆」，則不
> 惟以色藝見長，宛然慧心女子小窗中喁喁口角。末云：「酩酊
> 也，冠兒未卸，先把被兒烘」，一段，溫存旖旎之致咄咄逼
> 人，觀此形容節次，必非狹斜曲里中人，又非望宋窺韓者之
> 事，真所云真個憐惜也。[37]

如上所述，以描寫風景開始。室外夜風凜冽，明月初上，卷簾垂下的
溫暖室內。兩人對酌，上品沉香製成的篆香，從高雅的香爐中飄出一
縷縷輕煙。著淡妝的女子用雪白的手指剝開蜜柑，散發出陣陣清香，

---

37 〔清〕徐釚撰，唐圭璋校注：《詞苑叢談》（上海：上海古籍出版社，1981年），卷
一。

不由令人想到周邦彥〈少年游〉（並刀如水）詞中的「纖手破新橙。錦幄初溫，獸煙不斷，相對坐調笙」。但康與之詞對各種陳設與女性的容貌進行更加細緻的描寫。後段描寫兩人的形象。女子低吟淺唱，男子亦附隨，兩人笑語相供，道：「文書針線，今夜休攻。莫厭蘭膏更繼，明朝又紛冗匆匆。」男子醉酒，未卸冠就去烘被。明顯是受到柳永〈菊花新〉（欲掩香幃論繾綣）「催促少年郎，先去睡、鴛衾圖暖。須臾放了殘針線」的影響[38]，而被非難「鄙俗之語」[39]，亦屬無奈。《詞苑叢談》極力主張詞中的女性非妓女。如小說般構成一個場景，以直接敘述的方法讓作品中的人物說話，康與之的此類作品，除了此詞之外再無其他。《全宋詞》亦從小說中輯詞，如〈減字木蘭花〉就輯自小說《一窟鬼》[40]。可以認為，康與之亦曾有類似小說的詞，「鄙褻之甚」[41]，豔冶至極，但作品散佚不傳。

康與之的應制詞在其創作當時非常流行，但長期受人們喜愛的詞一般都為無艱澀典故，以機敏清新的語言描述常見的男女之情，且適用於宴席的作品。本節中所舉的詞就是如此。

結語

如第一節、第二節中所討論，應制詞在語言的選擇上，包括典故在內都較慎重，且多用對句。追求一定程度上的格調與華麗，如賦般

---

38 陽繁華：〈論康與之的詞〉分主題進行論述。其中第一節〈情愛詞〉中分析了柳永的影響，亦言及康與之沒有柳永的反叛精神。見氏著：〈論康與之的詞〉，《長江師範學院學報》第27卷第3期（2011年5月）。

39 〔南宋〕沈義父：《樂府指迷》「康柳得失」。

40 藤田優子：《明代における詞の受容》，第三章〈《花草粹編》における白話小說の利用〉中對此部分進行分析，認為此詞為既存詞的改寫，或附會名人的偽作的可能性極高。附會的成立，就已反映出對作者的評價。

41 陳振孫《直齋書錄解題》中云：「康伯可詞鄙褻之甚」。

述盡說竭是其責務之一，而內涵深奧則顯得不太重要。清代宋徵璧
云：「康伯可排敘整齊，而乏深邃」[42]，應是基於應制詞與壽詞的評
價。另外，南宋柴汪云：「宋作尤莫盛於宣靖間，美成、伯可各自堂
奧，俱號稱作者」[43]，言康與之的詞繼承了大晟府的風格。也即康與
之非常瞭解應制詞的需求之所在，並將此成功表現出來。

　　康與之知其所需而作詞這點，亦可從側面論證。康與之為南渡之
人，無所有地亦未能成為隱者。姜夔與藝術方面的權貴友人交遊，劉
過以干謁生活。與二者相比，康與之生活的時期更早，他不得不尋找
為官之道。蘇庠、韓玉、吳芾曾和韻康與之的詩詞[44]。康與之的詞一
定是作於這些士大夫們的交遊場所。康詞留存至今的僅四十餘首，但
題材與表現範圍寬廣。既有高雅的詠物詞，亦有模仿女性口吻的豔
詞；既有多用對句技巧的作品，亦有民歌風格的樸素之作。但多數無
詞序，創作背景不明[45]。究其原因，康與之的詞並非為了某種特定的
密切關係中的某一個人，或者為了表明這一點而進行創作。所用無偏
僻典故，均為詩詞中較常見的，大概亦是優先考慮到要讓當時的所有
人都明白這點。

　　如此一來，康與之看重的應是時代的氛圍。就其大致明確創作時
期的作品而言，如南渡後有描寫亡國之悲的懷古詞〈訴衷情・長安懷
古〉，還有為迎合與金締結和約以求繁榮而作的應制詞，均強烈反映

---

42 孫克強：《唐宋人詞話》（天津：南開大學出版社，2012年），引宋徵璧〈倡和詩余
　　序〉。

43 〔南宋〕柴望：《秋堂詩餘》（《彊村叢書》）有「涼州鼓吹自序」。

44 康與之曾贈蘇庠〈醜奴兒令〉（馮夷剪碎澄溪練），詞序云：「促養直赴雪夜溪堂之
　　約」。蘇庠亦有〈鷓鴣天・和康伯可韻〉；韓玉配流廣東時有〈感皇恩・廣東與康伯
　　可〉；寫作時期不明，吳芾亦有〈和康伯可重陽〉詩。

45 藤原祐子指出，《草堂詩餘》、《花庵詞選》所收詞的詞序，很有可能非本來內容。
　　若將這些排除，則剩下僅數首。見氏著：〈《草堂詩餘》の来源にかかわる一考察：
　　辛棄疾詞の分析から〉，《風絮》第5號（2009年3月）。

出當時急劇變化的社會狀態。這亦是其作品博得好評的理由之一。另一方面，分類本分調本《草堂詩餘》中均未錄其懷古詞，可見康與之的部分詞亦隨著時代的變遷而急速褪色。

　　若翻閱反映南宋市井好尚的《花庵詞選》、《草堂詩餘》兩書所收詞的話，應制詞〈瑞鶴仙〉（瑞雲浮禁苑），〈漢宮春〉（雲海沉沉），獻給宰相秦檜的壽詞〈喜遷鶯〉（臘殘春早），贈給詞人蘇庠的〈醜奴兒令〉（馮夷剪碎澄溪練），以及閨怨詞〈風入松〉（一宵風雨送春歸）、〈應天長〉（管弦繡陌）、〈憶秦娥〉（春寂寞）、〈賣花聲〉（蹙損遠山眉）共八首，其中除應制詞〈瑞鶴仙〉不見於《天機餘錦》外，上述詞均收錄於明代詞選集《天機餘錦》與《花草粹編》[46]。可見，康與之的應制詞與閨怨詞長期受到人們的青睞。〈喜遷鶯・丞相生日〉、〈瑞鶴仙・上元應制〉收錄於明樂集《魏氏樂譜》，直至明末仍被歌唱、演奏[47]。重視定格的壽詞與應制詞，因其樣式優美頗受好評而傳唱下來。另一方面，閨怨詞若沒有巧妙的構思與表現技巧，很難成為優秀作品。第三節舉出的三首詞，描繪出作為舞臺的時間空間，運用恰到好處的典故，能令接受者獲得知識上的滿足，同時又巧妙地加入相關語與代言體等技法。康與之巧妙地把握住宴席參加者的需求，然後進行創作。這與應制詞的寫作亦相通。可以說，創作出眾人共享的歌謠，即詞，這才是康與之的本領之所在。

46　清朝浙西詞派《詞綜》中有：〈洞仙歌令・荷風〉（若耶溪路）、〈喜遷鶯・秋夜聞雁〉（秋寒初勁）、〈訴衷情令・長安懷古〉（阿房廢址漢荒丘），還有〈應天長〉、〈玉樓春令〉（青箋後約無憑據）五首。常州詞派《宋四家詞選》中僅一首將蓮花比作美女的詠物詞〈洞仙歌令・荷風〉（若耶溪路），置於王沂孫下。〈訴衷情令〉之外的作品，表面上都可讀出閨怨。雖然各詞派主張不同，但可看出對康與之的閨怨詞評價頗高。

47　村越貴代美：〈《魏氏樂譜》中の詞〉，《風絮》第5號（2009年3月）。

第六章
劉過的詞

前言

　　自北宋末的周邦彥完成慢詞後，至南宋，詞在士大夫之間廣泛普及的同時，活躍著由姜夔（號白石道人）和吳文英（號夢窗）為代表的精於音樂的專業詞人。雖然和姜夔生於同一時代，本章所探討的對象劉過（字改之）的詞在現在並不為人所稱道。但是，正如後文所述，劉過的詞在當時還是擁有一定的知名度。不僅如此，劉過繼承總結北宋詞的辛棄疾詞而開啟了江湖派詞人的填詞姿態[1]。宋末元初的張炎所著的初期詞論書《詞源》中，姜夔作為典範，受到一味稱讚，而劉過則和辛棄疾並為一類，受到以下批評：

> 辛稼軒、劉改之作豪氣詞，非雅詞也。於文章餘暇，戲弄筆墨為長短句之詩耳。
>
> （〈雜論〉）

即使到現在，對劉過詞的評價也多基於此。對此，清朝的劉熙載在《藝概》中說：

1　中原健二：〈宋代士大夫と詞〉，《風絮》第9號（2013年3月）中說南宋時期有兩種詞人，即姜夔、史達祖、吳文英、周密、張炎等會作曲的詞人和魏了翁、葛長庚、劉克莊等填很多詞而詞牌種類很少的詞人。劉過的詞中，慢詞占百分之五十八（辛棄疾百分之卅五、姜夔百分之四十九），可是使用的慢詞的詞牌僅僅十五種（辛棄疾卅一種、姜夔卅七種），〈沁園春〉、〈賀新郎〉較多，可以說，是後一類的鼻祖。

> 劉改之詞，狂逸之中，自饒俊致，雖沉著不及稼軒，足以自成
> 一家。其有意效稼軒體者，如〈沁園春‧斗酒彘肩〉等闋，又
> 當別論。
>
> （〈詞曲概〉）

劉過的相似於辛棄疾的作品雖是有意模仿，但卻被認為是擁有不同詞
風的詞人。實際上，《詞源‧詠物》中例舉了劉過的〈沁園春〉詞二
首，並評價「亦自工麗」。可見，對劉過詞的評價並不簡單。本章旨
在探討劉過詞的特點，考察其詞在當時詞壇中的所處位置，並想進一
步考察詞這種形式的歌辭文藝的特點。

一　劉過的生平和著述

　　劉過，字改之，號龍洲道人。南宋常和北方的異民族關係緊張。
劉過出生的紹興廿四年（1154），主張同金講和的秦檜去世。劉過出生
於吉州太和（江西省泰和縣）[2]，因其出生地也有將其列為江西詩派
的。一生布衣，卒於崇寧開禧二年（1206）。當年韓侂冑的北伐失敗。
劉過比辛棄疾（1140-1207）小十四歲，大概和姜夔（1155？-1221）同
齡。身處這個時代的劉過，是具有愛國這一知識分子的基本姿態的
詩人。

2　關於劉過，〔南宋〕岳珂撰《金佗續編》卷廿八、〔南宋〕張端義《貴耳集》卷上等
　　中為廬陵（江西省）人。〔南宋〕陳振孫撰《直齋書錄解題》卷廿一中為襄陽（湖
　　北省）人。據胡源：《劉過與《龍洲詞》》（北京：中國文聯出版社，2010年），太和
　　縣澄江鎮龍洲村現殘「龍洲劉氏宗祠」，以西的五重塔傳是劉過所建。廬陵是含太和
　　縣的地名，岳珂是直接和劉過交遊的人。關於劉過的傳記，有劉宗彬：〈劉過年
　　表〉，《宋人年譜叢刊》（成都：四川大學出版社，2003年），第十一冊。劉過的詩集
　　《龍洲集》（上海：上海古籍出版社，1978年），為排印本。又見《全宋文》、《全宋
　　詩》、《全宋詞》。

　　淳熙元年（1174）劉過廿一歲的時候離開故鄉。戴溪（？-
1215），字少望，學師於岷隱先生。劉過的最初應試年份不詳，淳熙
十一年（1184）卅一歲的時候和弟劉澥共同赴考，此後淳熙十四年
（1187）卅四歲，紹熙三年（1192）卅九歲，四次考試均落第。在此
期間劉過所贈詩詞文的人當中，周必大（1126-1204）官位最為顯
赫。從〈慶周益公新府〉、〈辭周益公〉、〈上益公壽十絕〉、〈上周少
保〉、〈辭周益公〉的詩題所示官位，可以推測淳熙十六年（1189）的
三月至五月，劉過得識周必大。周必大和劉過同為江西人，是為了得
到賞識而謁見吧。〈投誠齋〉詩是寫給和范成大、陸游齊名的詩人楊
萬里（1127-1206）的[3]。楊萬里也是江西人。但是，劉過仕途多舛。

　　　　某不肖，屬交下風幾年矣。倒指記之，自戊申（淳熙十五年，
　　　　1188）及今己未（慶元五年，1199），日月逾邁，動經一紀，君
　　　　猶書生，我為布衣。嗚呼，人生幾十二年哉。（〈與許從道書〉）

得贈此信的許復道（1162-？，字從道）在劉過死後的嘉定十年
（1217），五十六歲時考上進士。而劉過則如他所述，無官無位結束
一生。但是，從劉過的作品可得知他自始至終都在關心國家的存亡。
在此可列舉跟劉過交往甚密的比較有名的岳珂。岳珂是南宋初主張抗
金、和秦檜相對立的岳飛的孫子。他在《桯史》、《金佗續編》中記述
了劉過的形跡。

　　　　盧陵劉改之過以詩鳴江西，厄於韋布，放浪荊楚，客食諸侯間。
　　　　開禧乙丑，過京口，余為饟幕庾吏，因識焉。廣漢章以初升之，

3　也有贈給其子楊長孺的〈送楊伯子〉詩。

　　　　東陽黃幾叔機、敷原王安世遇、英伯邁，皆寓是邦。暇日，相
　　　　與躧奇弔古。多見於詩，一郡勝處皆有之。不能盡憶，獨錄改
　　　　之〈多景樓〉一篇曰：「金焦兩山相對起，不盡中流大江水。一
　　　　樓坐斷天中央，收拾淮南數千里。西風把酒閒來遊，木葉漸脫
　　　　人間秋。關河景物異南北，神京不見雙淚流。」……以初為之
　　　　大書，詞翰俱卓犖可喜，屬余為刻樓上，會兵事起，不暇也。

　　　　　　　　　　　　　　　　　　　（《桯史》卷二〈劉改之詩詞〉）

　　開禧元年（1205）岳珂等遊覽的多景樓是鎮江（江蘇省）北固山的名
勝。恰好也是韓侂胄北伐前隔長江洞察江北的基地。在此的前一年，
辛棄疾作為知鎮江府而最後出仕，於此年歸鄉。不僅是劉過，多數江
湖詩人聚集前線，是為了謀求一官半職吧[4]。眺望長江之北曾是都會
開封的方向而熱淚盈眶的這首詩，以對被遣歸鄉的辛棄疾的眷顧為背
景，提升了作為愛國詩人[5]劉過的評價。
　　更進一步，劉過的愛國並不單單陳述在詩文中，也體現在有時被
認為是奇狂的舉動中。從南宋末到元著作了眾多筆記的周密，他在
《齊東野語》卷三〈紹熙內禪〉中記述了劉過的事件。淳熙十六年
（1189）讓位於光宗的孝宗，在淳熙五年（1194）六月駕崩。但是，
光宗沒有探訪的意思。對此，劉過以一介布衣上書光宗，請求探訪孝
宗。這一舉動果然招致了朝臣的反對。不愧是：

4　内山精也：〈長淮の詩境　南宋篇——愛國・憂國というイデオロギー——〉，《江湖
　　派研究》第2輯（2012年3月）中有關於包含姜夔、劉過等江湖詩人的淮河詠的考察。
5　見後述。稱揚劉過為愛國詩人的記錄，在元朝後的較引人注目。一九九〇年的論文
　　裡多見題中含有「愛國」字眼的。前述胡源的《劉過與《龍洲詞》》、馬興榮的《龍
　　洲詞校箋》（南昌：江西人民出版社，1999年）都評價劉過為愛國詩人。劉過的特
　　點之一為，對他的以愛國為出發點的行動和作詩沒有異議。只是，至於要如何高度
　　評價愛國，需要注意的是這要聯繫各個時代的風氣和對劉過詞的評價。

　　　　盧陵布衣劉過亦任俠能辯。

　　　　　　　（〔南宋〕葉紹翁《四朝聞見錄》卷二〈函韓首〉）

文中所述的「俠」。他呈給韓侂冑的詩詞也可以看作是期待北伐的具體行動[6]。

　　劉過的贈答詩多寫給武官，雖然是為求職，但是以他本來的為人，也可認為好交武官。例如〈同郭殿帥遊風山寺探桃李〉詩的郭杲，〈謁郭馬帥〉詩的郭倪，〈八聲甘州〉（問紫岩去後漢公卿）詞的序「送湖北招撫吳獵」的吳獵等。

　　但是，對劉過來說，詩詞的創作也是一種謀生手段。

　　　　重尋讀書盟，筆硯已荊棘。只堪把鉏在，趁此尚有力。世途風雨惡，跼履見險側。敢云賣文活，一錢知不直。（〈讀書〉）

此詩中，既表現了借文筆生活的能力不足的挫折感，也承認了靠詩文維持生計這一情況。即使身為布衣也能靠才華寫文字生活的這些人的出現是南宋文壇的動向之一。稱他們為江湖派，名字來源於寶慶元年（1225）陳起出版的《江湖集》。其中包括劉過的作品《龍洲道人詩集》。劉過和姜夔作為初期江湖派的詩人自南宋而著名[7]。江湖派詩人「賣文」、「賣詩」的話題較多，淺見博士已指出，這是「貶低自身不

6　對韓侂冑，除有詩〈代壽韓平原〉、〈代歐陽丞上韓平章〉外，還有「平原納寵姬、能奏方響、席上有作」序的〈賀新郎〉（倦舞輪袍後）詞。

7　下列記事描述了劉過邊作詩詞邊在民間遊走的姿態：「劉過，字改之，能詩詞。流落江湖，酒酣耳熱，出語豪縱，自謂晉宋間人物。其詩篇警策者、已載《江湖集》。」（〔南宋〕張世南《游宦紀聞》卷一）另外，張宏生在《江湖詩派研究》（北京：中華書局，1995年），第七章〈江湖詩品〉中分別例舉了劉過、姜夔、戴復古、劉克莊、方岳五人。

幸遭遇的語言，因此，甚至屢屢帶有自虐的成分」。淺見氏接著指出
「此處的自虐指的是，一邊悲歎自己的不幸，一邊時含戲謔並冷靜客
觀化地捕捉到的這種複雜的自我意識」[8]。劉過也不例外。

那麼，「賣詩」具體所指何事呢？姜夔和劉過一樣以一介布衣結
束一生，但是他長期受到張炎的曾祖父張鑑的照料，所交朋友也涉及
到蕭德藻、尤袤、范成大、楊萬里這樣的高官。前提是，姜夔在詩
詞、書、音樂等方面擁有極高的藝術造詣。與此相對的是，如前文所
述，劉過雖結交高官武將，並沒有姜夔那般顯赫，也沒有長期持續。
不僅如此，筆記中還載有劉過的作品換為錢財的事情。

> 今又得數篇，其一黃書子由帥蜀，中閤乃胡給事晉臣之女，過
> 雪堂，行書〈赤壁賦〉於壁間。改之從後題一闋。其詞云：
> 「按轡徐驅……後黃知為劉所作，厚有饋貺。」
>
> （〔南宋〕張世南《游宦紀聞》卷一）

後文述有劉過曾受到辛棄疾和郭杲大量錢財相贈的事蹟。可以說這種
事情並不常見，因此才得以記錄。劉過也通常通過和地方官及地方在
住詩人們的交遊來維持生計[9]。例如前文所述的許復道。他於東陽家

8　淺見洋二：〈「売詩」、「売文」ということ〉，加地伸行博士古稀記念論集刊行会
　　編：《中国学の十字路：加地伸行博士古稀記念論集》（東京：研文出版，2006
　　年）；後載於淺見洋二：《中国の詩学認識：中世から近世への転換》（東京：創文
　　社，2008年）。

9　順便提一下，姜夔，依存度上有差異但事情並沒有任何改變。《天臺續集・別編》
　　卷五中收錄了劉過和姜夔的同題律詩〈送王簡卿歸天臺〉。大概是同一時期的作
　　品。姜夔的詩中有「城陰當復會，詩卷可頻緘」，劉過的詩中有「放開筆下閒風
　　月，收斂胸中舊甲兵」的句子，兩人詩風的不同一目了然。兩人都是江西出身，並
　　且二人分別同楊萬里、陸游、辛棄疾、朱熹、京鏜等著名人士有交遊。劉過還有
　　〈雨寒寄姜堯章〉詩。

中舉家招待逗留於此的劉過，並著有當時詩文集《東陽遊戲序》，劉過也作詩〈贈許從道之子祖孫〉。而胡榘（字仲芳）同為江西人，除送別詩外有〈清溪閣，交胡仲芳韻〉、〈雨華臺次胡仲芳韻〉。除劉過的作品外很多人的名字無從得知。因此，一生中能多次得到「千緡以致萬緡」饋贈的劉過，在當時是引人注目的。元朝的方回首先例舉了江湖謁客的代表劉過。

> 蓋江湖游士，多以星命相卜，挾中朝尺書，奔走闒臺郡縣餬口耳。慶元、嘉定以來，乃有詩人為謁客者，龍洲劉過改之之徒不一人。石屏亦其一也。相率成風，至不務舉子業，干求一二要路之書為介，謂之闒匾，副以詩篇，動獲數千緡，以至萬緡。
>
> （《瀛奎律髓》卷廿〈寄尋梅〉戴復古）

　　劉過的墓在崑山也是由於他在人生的最後一年，即開禧二年（1206）受到縣令潘友文的招待，並在崑山娶妻的緣故。但是，不久便去世，葬於此。
　　劉過的作品由其弟劉澥收集編輯成別集《龍洲集》十五卷。

> 予兄改之晚出，每有作，輒伸尺紙以為藁。筆法遒縱、隨為好事者所拾。故無鈔集，詩章散漫人間。無從會稡。澥嘗游江浙，涉淮甸，得詩詞表啟賦序於所交游中，纔成帙。……用是鋟木以廣其傳。每得名賢序跋詩文亦多，嘗陸續以刻。少有舛闕，不敢輕易竄易。或收善本，能一賜參對，至願。時端平紀元六月望日，劉澥謹題。
>
> （《龍洲集・序》）

作此序文的端平元年（1234）金為蒙古所滅。南宋的滅亡只是時間問題。現在無宋版《龍洲集》，有明王朝用的嘉靖年間重刻本，收錄詩三百七十二首，文十一篇，詞不足九十首分為二卷[10]。明汲古閣《六十名家詞》、吳訥《百家詞》所收劉過的詞集都基於《龍洲集》二卷。

只是，關於詞集還存在著若干問題。首先，距離劉澥的序的年份並不遠的陳振孫（1237年知嘉興府）在《直齋書錄解題》中云：

劉改之詞一卷　襄陽劉過改之撰。

（卷廿一）

著錄詞集的元代泰定元年（1324）馬端臨的《文獻通考》中也引：

劉改之詞一卷　陳氏曰：襄陽劉過改之撰。

（卷二四六）

名為《劉改之詞》的詞集現在無法確認，所以不能明確其所收錄的作品。恐怕不是其弟所收錄，而是坊刻的詞集所編纂[11]。並且從《文獻通考》僅著錄詞集來看，沒有流傳別集，可見當時的詞更具人氣。

第二，不同於《龍洲集》詞二卷，還有《全宋詞》等作為底本而採用的《沈愚本懷賢錄》。這指的是和明代正統三年（1438）刻弘知間遞修《懷賢錄不分卷龍洲詞》一卷合刻的《龍洲詞》一卷[12]。崑山的沈

---

10 胡源試作了詩詞文的繫年，但無法確定的內容居多，具體不明。

11 關於《直齋書錄解題》的詞籍，《笑笑詞集》附有「自南唐二主詞而下，皆長沙坊刻，號百家詞」，類推為現在的《百家詞》。王兆鵬《詞學史料學》作為「南宋所傳單刻本」，例舉了《直齋書錄解題》所載《劉改之詞》一卷，「已佚」。

12 有關《懷賢錄》本篇，有余意：〈群體詩祭與詩人接受——從《懷賢錄》考察劉過影響的另種形式〉，《文學遺產》2012年第3期。劉過死後，元朝殷奎和袁華等修復

愚將劉過奉為故鄉的先人而重建祠堂，將自己的詩文連同追慕劉過所作的歷代詩詞文進行編集。沈愚本收錄的詞比《龍洲集》多廿八首，也有說法是輯錄了劉過晚年流傳在崑山的稿本。即如其弟劉澥在《龍洲集》序中所述，這也證明了輯錄多有不備。沈愚的此書經民國的羅振常補足資料排列整理，有蟫隱廬叢書本《懷賢錄龍洲詞附錄》，上海古籍出版社的《龍洲集》和馬興榮的《龍洲詞校箋》都基於此。

二　對劉過詞評價的變遷

如前節所述，劉過去世不久其詞的評價最高。本節中想按年代追溯並確認對其詞的評價。

首先來確認一下從南宋到清朝編纂的主要詞選集的收錄狀況。劉過死後三十餘年的淳熙九年（1249）的冠序《中興以來絕妙詞選（以下稱為《花庵詞選》）中收錄了劉過的十首詞。其中〈沁園春〉（斗酒彘肩）、〈念奴嬌〉（知音少）是贈給辛棄疾的詞，和〈水調歌頭〉（弓劍出榆塞）一起被看成是「豪氣」詞。除此之外還有，〈水調歌頭〉（春事能幾許）、〈糖多令〉（蘆葉滿汀洲）、〈天仙子〉（別酒醺醺容易醉）、〈賀新郎〉（老去相如倦）、〈賀新郎〉（睡覺鶯啼曉）、〈賀新郎〉（曉印霜花步）、〈賀新郎〉（多病劉郎瘦）。淳熙十年（1250）以後所編《陽春白雪》中收錄了〈沁園春〉（斗酒彘肩）、〈糖多令〉（蘆葉滿汀洲）外，還收錄了〈沁園春〉（玉帶猩袍）、〈四字令〉（情深意真），和李煜詞的互見〈憶所歡〉（玉一梭）共五首詞。至宋末元初《絕妙好詞》裡記載了〈糖多令〉（蘆葉滿汀洲）、〈賀新郎〉（老去相

墓地，楊維楨書寫了〈墓表〉、追和〈登多景樓〉，表彰劉過為愛國詩人。明朝更有沈愚等再度修墓作詩。正因為當地人們的集中追和，作為愛國詩人的劉過的記憶才在不斷更新。

如倦）、〈四字令〉（情深意真）三首詞。一邊帶著如何評價「豪氣」
詞的問題，一邊也可以認為以上所例舉的詞選對劉過的詞進行了一定
程度的評價。對此，原本追溯到南宋的《草堂詩餘》，其中僅收〈賀
新郎〉（睡覺鶯啼曉）一首。不得不說對劉過詞的評價之低。但是，
《草堂詩餘》重視北宋詞的編集方針，在南宋當時來說是個例外，從
其他詞選的收錄狀況來看，宋元時期，劉過的詞還是比較著名的。關
於《花庵詞選》，村上哲見博士說：「基於當時社會中詞的存在方式而
編纂的」[13]。作品數量以辛棄疾、劉克莊、黃昇、姜夔、蘇軾為前五
位，輯錄十首以上的詞人南宋居多。而且劉過、戴復古、劉仙倫等現
在被稱之為江湖派詩人的也較多。

這些詞選集中所採錄的劉過的作品，在筆記中言及的較多。辛棄
疾在劉過所結交的人中，是處於高位的。他在金所支配的山東發起抵
抗戰爭，後赴南宋高宗的身邊的經歷較出名。如前文所述，劉過因寫
〈沁園春〉（斗酒彘肩）詞而受到辛棄疾的重金相贈。

　　又嘉泰癸亥歲，改之在中都。時辛稼軒棄疾帥越，聞其名，遣
　　介招之。適以事不及行，作書歸輅者。因做辛體〈沁園春〉一
　　詞，併緘往，下筆便逼真。其詞曰：「斗酒彘肩……。」辛得
　　之大喜，致餽數百千，竟邀之去。館燕彌月，酬倡疊疊，皆似
　　之，逾喜。垂別，賙之千緡，曰：「以是為求田資。」改之歸，
　　竟蕩於酒，不問也。詞語峻拔如尾腔，對偶錯綜，蓋出唐王勃
　　體而又變之。余時與之飲西園，改之中席自言，掀髯有得色。
　　余率然應之曰：「詞句固佳，然恨無刀圭藥，療君白日見鬼證

---

13 村上哲見：〈歷代諸選本における辛棄疾の詞〉，松浦友久博士追悼記念中國古典文
　　學論集刊行會編集：《松浦友久博士追悼記念中國古典文學論集》（東京：研文出版，
　　2006年）；後載於村上哲見：《宋詞研究——南宋篇》（東京：創文社，2006年）。

耳。」坐中哄堂一笑。既而別去，如崑山，大姓某氏者愛之女
焉。余未及瓜，而聞其訃。以初後四年來守九江，以憂免，至
金陵亦卒。游從歷歷在目，今二君墓木拱矣，言之於邑。

（〔南宋〕岳珂《桯史》卷二）

此處記載了劉過自己也頗有得意之色地闡述此事。雖不免有潤色之
嫌，但是，《花庵詞選》的序中也有「風雪中欲詣稼軒，久寓湖上，
未能一往，因賦此詞以自解」，交代了受到辛棄疾知遇之恩的經過，
一同流傳後世。

　　同樣的，劉過因〈沁園春〉（玉帶猩袍）一詞而受到郭杲重金相
贈的事，《游宦紀聞》中有記載。

壽皇（孝宗）銳意親征，大閱禁旅，軍容肅甚。郭杲為殿岩，
從駕還內，都人昉見，一時之盛。改之以詞與郭云：「玉帶猩
袍，遙望翠華，馬去似龍。」……郭餽劉亦踰數十萬錢。

（〔南宋〕張世南《游宦紀聞》卷一）

以上記事可以知道，劉過的行動和詞引人注目。

　　南宋張端義《貴耳集》中例舉了〈糖多令〉（蘆葉滿汀洲）一整
首詞。

盧陵劉過，字改之，有詞云：「行道橋南無酒賣，老天猶困英
雄。」〈南樓詞〉：「蘆葉滿汀洲。」（略。見後文）上周相詩
云：「太平宰相不收拾，老死山林無奈何。」送王簡卿詩：「班
行失士國輕重，道路不言心是非。」又云：「事可語人酬對
易……」有劉仙倫亦以詩名，淳熙間有盧陵二劉。　　（卷上）

並且從此記載可以得知，當時將此統稱為〈南樓詞〉而廣為人知。

關於〈賀新郎〉（老去相如倦），在《游宦紀聞》中也有言及。

> 又嘗於友人張正子處，見改之親筆詞一卷云：「去年秋，予求牒
> 四明，嘗賦〈賀新郎〉與一老娼，至今天下與禁中皆歌之。江
> 西人來，以為鄧南秀詞，非也。」「老去相如倦，向文君……」
>
> （卷一）

在此記述了對作為他人作品而盛傳的抗議。但是，一旦作者被誤傳，
並且如這裡所寫的以歌謠的形式被接納後，要改正恐非易事。

更值得注意的是，收錄了〈天仙子〉（別酒醺醺容易醉）的洪邁
的《夷堅志·支丁》卷六的〈劉改之教授〉[14]。為了趕考初次離鄉
時，對妾說不用等我可自便的詞。但是筆記〈劉改之教授〉的後半
部，則和韻此詞，說的是後來結為夫妻的女子是古琴精，劉過科舉及
第成為教授，歸途中遇一道士得到指點而獲救的傳奇小說。在小說中
成出場人物的有，和妓女留有韻事的柳永、秦觀、周邦彥。他們在世
時便在閭巷間頗有人氣。劉過的詞作為歌而流行一事在上述《游宦紀

---

14 不過，語句中不同之處較多。如下：

　劉過，字改之，襄陽人。雖為書生，而貲財贍足，得一妾愛之甚。淳熙甲午，預秋
薦，將赴省試，臨岐，眷戀不忍行，在道賦〈水仙子〉一詞，每夜飲旅舍，輒使隨
直小僕歌之。〈天仙子〉其語曰：「宿酒醺醺猶自醉。回顧頭來三十里。馬兒只管去
如飛。騎一會，行一會。斷送殺人山共水。　是則青山深可喜。不道恩情拆得未。
雪迷前路小橋橫，住底是。去底是，思量我了思量你。」其詞鄙淺，姑以寫意而
已。到建昌，游麻姑山，薄暮獨酌，屢歌此詞，思想之極，至於墮淚。二更後，一
美女忽來前，執拍板曰：「願唱一曲勸酒。」即歌曰：「別酒未斟心先醉。忍聽陽關
辭故里。揚鞭勒馬到皇都，三題盡，當際會，穩跳龍門三汲水。　天意令吾先送
喜，不審使君知得未。蔡邕博識爨桐聲，君背負，只此是，酒滿金杯來勸儞。」蓋
賡和元韻。劉以龍門之句喜甚，即令再唱，書之於紙，與之歡接。（略）

聞》中也有記載。可以想像劉過作為流行歌的作家在當時人氣不衰。

　　但是，到明代詞逐漸失去音樂性而作為朗讀韻文被人們所接受。與此同時，對劉過詞的評價也發生變化。在明代《草堂詩餘》系統的詞選占絕對流行。《花草粹編》是明代詞選中收詞最多的，達約三千二百八十首。以周邦彥為典範、開頭附錄沈義父的《樂府指迷》來看，依然是北宋的詞受重視，而劉過的詞僅錄三首。只是值得注意的是，僅三首詞中詠美人手和腳的詞〈沁園春〉便有兩首。南宋張炎在《詞源》卷下〈詠物〉中，將此二首分別和史達祖、姜夔的詠物詩並列，並評價「二詞亦自工麗，但不可與前作同日語耳」。但是，自南宋至元所編集的詞選集裡並沒有收錄。選錄此二首的背景不詳，也許是受《詞源》卷下的公刊和明代思潮的影響吧。即使到了清朝，劉過詞的評價也不高。但《詞綜》、《歷代詩餘》中收錄了〈沁園春〉二首詞。《詞綜》的編者朱彝尊曾高度評價張炎等南宋末的詠物詞人，所以才收錄了《詞源》中所採用的此二首詞[15]。此後，詞論研究、尤其是《詞源》研究不斷發展的過程中，毀譽褒貶、意見不一。

　　另一方面，建立了清詞隆盛基礎的萬樹的《詞律》出現後，才初次收錄了〈轆轤金井〉（翠眉重掃）、〈八聲甘州〉（問紫岩去後漢公卿）、〈四犯剪梅花〉（水殿風涼）、〈竹香子〉（一瑣窗兒明快）四首詞。《詞譜》中新收錄了〈六州歌頭〉（鎮長淮）。這些都擁有詞體上的特點，具體見後述。

　　如上述，雖然根據時代或者編集方針有所不同，但是無論哪個時代的選集所選的代表作是，〈糖多令〉（蘆葉滿汀洲）、〈賀新郎〉（老去相如倦）、〈四字令〉（情深意真）三首詞。接下來通過分析這些詞來看一下劉過詞的表現特色。

---

15 但是，不是正編，收錄在補篇六卷。

三　詞的表現特徵

　　目前為止介紹過的作品中，首先看一下劉過沒有應辛棄疾所招而寫的拒詞〈沁園春〉。

> 斗酒彘肩，風雨渡江，豈不快哉。被香山居士，約林和靖，與坡仙老，駕勒吾回。坡謂西湖，正如西子，濃抹淡妝臨照臺。二公者，皆掉頭不顧，只管傳杯。　　白言天竺去來。圖畫裏崢嶸閣開。愛縱橫二澗，東西水遶，兩峰南北，高下雲堆。逋曰不然，暗香浮動，不若孤山先訪梅。須晴去，訪稼軒未晚，且此徘徊。

詞中出現的北宋蘇軾（坡仙老）、唐白居易（香山居士）、北宋林逋（林和靖）三位詩人和杭州西湖淵源頗深，被祭為三賢。此三人挽留自己的奇思妙想在當時為人稱頌，這件事情在前文所述的《程史》中有記載。蘇軾的〈飲湖上初晴後雨二首〉其二、白居易的〈留題天竺靈隱兩寺〉、〈春題湖上〉、〈寄韜光禪師〉，林逋的〈山園小梅二首〉其一的詩句，作為各個詩人的所言而引入詞中。這些作品都是在西湖周邊所作，符合該詞的內容。可以說這是援引自北宋中期流行發展的集句詩的結果。但是，與集句詩的從他人作品中收集詩句而另成一篇相對的是，本詞中，不僅僅作為典故的引用，而且引入集句的手法，集句部分通過直接對話的方式來表明引用，整體又成新作品。例如，劉過曾學辛棄疾〈沁園春・將止酒，戒酒杯使勿近〉，辛棄疾只用他與酒杯二者對話，但劉過擴大人數成三人，並且打破兩者限制，並把不同朝代的人放在一起[16]。另外，《程史》的「對偶錯綜，蓋出唐王勃

---

16 關於這點，本文得自東吳大學蘇淑芬老師的寶貴意見。

體，而又變之」指的是，「愛縱橫二澗，東西水遶，兩峰南北，高下雲堆。」的工整對仗句式，和「皆掉頭不顧，只管傳杯。」的口語部分相對照，作品整體輕快而又不失風雅。也可謂既滿足了當時人們的愛好[17]，又展示出了新內容。

接下來列舉別稱為〈南樓詞〉的〈糖多令〉。

> 安遠樓小集，侑觴歌板之姬黃其姓者，乞詞於龍洲道人，為賦此〈糖多令〉。同柳阜之、劉去非、石民瞻、周嘉仲、陳孟參、孟容。時八月五日也。

> 蘆葉滿汀洲。寒沙帶淺流。二十年重過南樓。柳下繫船猶未穩，能幾日，又中秋。
> 黃鶴斷磯頭。故人曾到不。舊江山渾是新愁。欲買桂花同載酒，終不似，少年遊。

據序，八月五日，和當時在武昌的江湖詩人們[18]於南樓舉行宴席的時候，為姓「黃」的歌妓即興作的詞。不用說當場也讓黃姬歌唱了。詞的過片中出現「黃鶴磯」的名字，由此可以聯想到此處所建黃鶴樓的由來的黃色的鶴。結句詠「桂花」即黃色的金木樨花，和歌妓的「黃」姓相關。同時和廿年前的來訪相比較，細膩地渲染出秋天的旅

---

17 關於包含「集句」、「檃栝」流行的宋代的狀況，詳見淺見洋二：〈詩はどこから来るのか、それは誰のものか〉，伊原弘，小島毅編：《知識人の諸相：中国宋代を基点として》（東京：勉誠出版，2001年）；後載於淺見洋二：《中国の詩学認識：中世から近世への転換》（東京：創文社，2008年）。

18 夏承燾在《姜白石詞編年箋校》中推測劉去非為劉立義。周嘉仲、陳孟參在戴復古的詩題、陳孟榮在喻良能的詩題中可見名字。可以推測江湖派詩人們的交遊是有交集的。

愁。雖是即興之作，卻富含機智。

接下來的〈賀新郎〉（老去相如倦）也如先前筆記中所見，是在旅行地四明寫給年長妓女的詞。和〈糖多令〉（蘆葉滿汀洲）同樣為即席歌唱而寫的作品。

老去相如倦，向文君，說似而今，怎生消遣。衣袂京塵曾染處，空有香紅尚軟。料彼此、魂銷腸斷。一枕新涼眠客舍，聽梧桐、疏雨秋風顫。燈暈冷，記初見。　　樓低不放珠簾捲。晚粧殘，翠蛾狼藉，淚痕流臉。人道愁來須殢酒，無奈愁深酒淺。但託意焦琴紈扇。莫鼓琵琶江上曲，怕荻花楓葉俱淒怨。雲萬疊，寸心遠。

詞從司馬相如和卓文君的故事開始，交織焦尾琴和班婕妤的典故，喻自身命運於零落江湖的妓女的白居易的〈琵琶行〉來借喻此身而結束。在眾多詠年輕貌美女子的豔詞中，這首詞便成為流露傷感的獨樹一幟的作品。

劉過寫給歌姬的作品很多[19]，周密的《浩然齋雅談》中記錄，劉過贈詞給朋友所寵妓女而引起傷人紛爭[20]。

劉過改之嘗遊富沙，與友人吳仲平飲於吳所歡吳盼兒家，嘗賦詞贈之。所謂：「雲一緺，玉一梭，淡淡衫兒薄薄羅，輕顰雙黛蛾。」盼遂屬意改之。吳憤甚，挾刃刺之，誤傷其妓，遂悉繫有司。

19　曾榮耀：〈劉過與歌妓交遊考論〉，《鄖陽師範高等專科學校學報》2008年第6期。
20　劉過從獄中送的請願文〈建康獄中上吳居父啟〉，不用懷疑也是圍繞妓女，吳芳仲平虎揮劍的事。

此處所引〈長相思〉被認為是李煜的詞，真假難辨。但是，此逸話顯示出了劉過在妓女中的人氣之高。

〈沁園春〉序「詠指甲」是通過指尖的動作來詠妓女姿態的豔詞，在《詞源》中載為「工麗」，但頗受爭議。

> 銷薄春冰，碾輕寒玉，漸長漸彎。見鳳鞋泥污，偎人強剔。龍涎香斷，撥火輕翻。學撫瑤琴，時時欲剪，更掬水魚鱗波底寒。纖柔處，試摘花香滿，鏤棗成斑。　　時將粉淚偷彈，記切玉曾教柳傳看。算恩情相著，搔便玉體。歸期倦數，劃遍闌干。每到相思，沉吟靜處，斜依朱唇皓齒間。風流甚，把仙郎暗入，不放春閑。

幾乎每押韻處都在描寫指尖的動作。前段描寫和戀人所度快樂時光。倚著戀人抖落繡花鞋上的泥土，撥旺香爐裡的火，彈琴，掬水，摘花，剝棗皮。滿溢熱、音、香、光、色彩。後段描寫了戀人去遠方，留下獨自一人的女主人公的哀怨。拭淚水，撓玉肌，在闌干上刻上標誌盼望戀人歸來的日子。每每想到戀人便歎氣，將手指放到朱唇皓齒間。一個個的姿態在詞中屢次吟詠並不稀奇，但是詞中通過指甲的描寫來貫通全篇而並不僅止於羅列。用宮體詩風的豔麗來訴說戀人間的故事。詠物作品多為宴席時的競爭之作，儘管不明詳細，但列坐席間所做這種多用對偶、用語極雅的人不像江湖詩人吧。

事實上，劉過的贈答詩詞文居多，根據對象和場合區分使用文體。十一篇文中有四篇是贈給高官的「賀」，而詩則廣贈於形形色色的人。詞中送別詞、祝壽詞等在宴席中的作品較多，而贈詞對象是江湖派的無名人氏、武昌的徐楚楚和韓侂胄的家妓等妓女居多。本節所舉諸作品雖感覺不到其深刻的思想性，但奇妙的構思、豐富的知識、

富含機智的句法、較高的即興性等特徵，使詞在宴席間歌唱、即作為流行歌曲的歌詞具有充分的價值。只是，送給辛棄疾三首、淮西的帥高爕二首、郭殿帥一首這些武官的詞都具有豪氣詞的詞風。但是這也可以說是劉過根據贈詞對象而隨機應變的作詞技巧之一吧。那麼，作為歌曲的音樂性又是如何的呢？

四　編曲家劉過

　　詞在南宋時依然唱誦。也有像姜爕、吳文英這樣自己編曲的著名詞人。但是現在已不可能探討有關何為詞樂的問題。本節從《詞律》、《詞譜》中最初收錄的劉過的詞開始，來探討其詞樂的一隅。

　　首先來探討一下〈四犯翦梅花〉。作品中有序文：「上建康錢大郎壽」。這是南宋流行的賀壽詞，這類詞通常應用典故精煉作成，而劉過又新作曲調。話雖如此，但不是自度曲。該詞是由每韻不同的詞牌組合而成。劉過自己用〔　〕來表示注記的詞牌名。

水殿風涼，賜環歸，正是夢熊華旦。　　　　　　　（〔解連環〕）

疊雪羅輕，稱雲章題扇。　　　　　　　　　　　　（〔醉蓬萊〕）

西清侍宴。望黃傘，日華龍輦。　　　　　　　　　（〔雪獅兒〕）

金券三玉，玉堂四世，帝恩偏眷。　　　　　　　　（〔醉蓬萊〕）

臨安記，龍飛鳳舞，信神明有後，竹梧陰滿。　　　（〔解連環〕）

笑折花看，把荷香紅潤。　　　　　　　　　　　　（〔醉蓬萊〕）

巧妙歲晚。帶河與礪山長遠。　　　　　　　　　　（〔雪獅兒〕）

麟脯杯行，狨韉坐穩，內家宣勸。　　　　　　　　（〔醉蓬萊〕）

第一韻的三句是〈解連環〉，第二韻的兩句是〈醉蓬萊〉，第三韻的三句是〈雪獅兒〉，第四韻的三句又是〈醉蓬萊〉。後段相同。萬樹在《詞律》中如下解說：

> 此調為改之所創。採各曲句合成。前後各四段。故曰四犯[21]。柳詞〈醉蓬萊〉，屬林鍾商調。或〈解連環〉、〈雪獅兒〉亦是同調。
>
> （卷十四）

如「四犯」名，從林鍾商調曲調的三種詞牌中各取一部分組成四段的集句形式。與先前所見集句形式的〈沁園春〉（斗酒彘肩）中語句的排列相對的是，該詞是音樂的排列。不是簡單的排列，而要講究編曲。對此，施蟄存先生說：

> 劉改之不是深通音律的詞人，他自己注出所犯曲調，可知這是一種集曲形式，未必通于音律。
>
> （《詞學名詞釋義》廿〈犯〉）

的確能自己作詞作曲是理想的。但是即使在宋代，填詞、也就是按照既有的曲來附上歌詞是一般詞人的姿態。其中有編曲能力的劉過，似乎不能說其為「不是深通音律的詞人」。對此，以下通過幾點來看看。

第一點，同詞牌異詞體。接下來各例舉〈念奴嬌〉和〈賀新郎〉兩首詞的開頭。

---

21 張炎《詞源》中說，在詞中犯調的條件是住字相通的宮調才可犯。可是萬樹有不同見解。

念奴嬌

並肩樓上，小闌干、猶記年時憑處。

知音者少，算乾坤許大，著身何處。

賀新郎

倦舞輪袍後，正鸞慵鳳困，依然怨新懷舊[22]。

睡覺鶯啼曉。醉西湖、兩峰日日，買花簪帽。

〈念奴嬌〉分別為「四，三，六。」和「四，五，四。」〈賀新郎〉為「五，五，六。」和「五，三，四，四。」一韻字數相同而句讀位置各異[23]。

再者，下列〈六州歌頭〉的開頭部分同樣，字數都是九字而句法不同。

鎮長淮，一都會，古揚州。

中興諸將，誰是萬人英。

〈六州歌頭〉是異體較多的詞牌，《詞譜》裡列舉了九種，起句的他體都為「四，五。」與此相對的是「三，三，三。」的句法僅此一例。可以說是劉過創作的異體。雖說是異體，有若干不同的話歌者通過唱法進行歸納調整。但是，句子和曲調的旋律單位想對應，像上述

---

22 第三節例舉的〈賀新郎〉（老去相如倦）也為此體，而斷句根據書分別有兩種不同異體。其他，與上述的〈四犯翦梅花〉前段第一韻「四，三，六」相對的〈解連環〉是「四，五，四」的句法，而與後段第一韻「三，四，五，四」相對的是「六，五，四」的。

23 「，」表示音樂上的停頓，「、」表示稍微停頓。二者均表示音樂上的停頓，因此，此處視為同樣。

〈賀新郎〉和〈六州歌頭〉句式迥異的場合，單靠歌者的力量僅從唱法進行歸納比較困難，因此編曲也是必要的，儘管只限開頭。

　　第二點，押韻也有破格。各種詞選中收錄最多的作品之一〈四字令〉也有相同的敘述。

> 情深意真。眉長鬢青。小樓明月調箏。寫春風數聲。　　思君憶君。魂牽夢縈。翠銷香暖雲屏。更那堪酒醒。

這首令詞有平韻和仄韻，是一韻到底的通例。但是此作品中，前段的「真·青·箏·聲」後段的「君·縈·屏·醒」，《詞林正韻》中「真·君」是第六部平聲十七真二十文通用，此外是第十一部平聲十三耕十四清十五青（十二庚至十七登通用），都是平聲押韻 ABBB。真文和庚青的通押常見於詩贊系說唱文學和諸宮調[24]，因此可以考慮受此影響通用並一韻到底的可能性。還有別的。前文探討的〈糖多令〉（蘆葉滿汀洲）中，前段「洲·流·樓·秋」後段「頭·不·愁·遊」都用《詞林正韻》第十二部平聲十八尤十九侯來押韻。詞牌〈糖多令〉一般是前後段各五句四平韻。但這首詞有一個問題。後段四句的「酒」同為第十二部上聲四十四有。那麼，這「酒」字到底押不押韻？雖不是押韻位置，但詞中平聲韻可為上聲[25]，也許是以平仄通押為目的而選擇的字。這樣的通押有諸宮調作風[26]。或者不是選擇押韻，而是選

---

24 赤松紀彥、金文京等著：《《董解元西廂記諸宮調》研究》（東京：汲古書院，1998年），解說七〈韻について〉。曲韻有真文韻與庚青韻的差別。此處也得到蘇淑芬老師的寶貴意見。即蘇軾、辛棄疾也有六、十一部通押的情形，因為六部尾音為en，十一部尾音是eng，聽來很靠近，宋人可能受方音影響分不清。

25 〔南宋〕張炎：《詞源》，卷下〈音譜〉有「故平聲字可為上入者此也」。

26 《董解元西廂記諸宮調》，卷五〈高平調糖多令〉是「五。五。六。七。五。」第四句也押韻。

擇了僅聲調不同的文字。這樣的話，就是張炎《詞源》中所說的「長短句之詩」。實際上歌唱的時候，如此細微的差異對曲調有多大的影響？或者並不相關？這已無從考察。但是感覺到和民間歌辭的關聯這一點是必要的。

第三點，《詞律》、《詞譜》都僅收錄了劉過的詞〈竹香子〉（一瑣窗兒明快），《詞譜》中作為孤調收錄了〈西吳曲〉（說襄陽）。〈西吳曲〉中以浪跡天涯的老英雄自詠。雖然劉過自度的可能性較高，輯錄的詞集須得到明代的《花草粹編》，具體不明。〈竹香子〉有序文「同郭季端訪舊不遇，有作」，為贈答作。郭季端就是郭倪[27]。但是從內容上來推斷，似乎是較輕快的探訪老相識妓女的作品，並不是像壽詞般為鄭重的贈答詞。儘管如此，如《詞譜》中「僻調」所記，唐五代宋金元的詞裡檢索不到同題作，也沒有有關劉過的自度曲的資料。《全宋詞》的依據《彊村叢書》中，詞牌為〈行香子〉，如此的話詞牌、曲牌都存在。但是句法各異。馬致遠的〈雙調行香子〉（無也閑愁）每句字數分別為「四。四。七。四。四。三。三。三。」詞牌〈行香子〉也大致相同「四，四。七。四，四。四，三，三。」為前後兩段。而劉過的〈竹香子〉如下：

> 一瑣窗兒明快。料想那人不在。熏籠脫下舊衣裳，件件香難賽。　　匆匆去得忒煞。這鏡兒、也不曾蓋。千朝百日不曾來，沒這些兒簡採。

27　〈沁園春〉（玉帶猩袍）詞的序「御閣還上郭殿帥」中郭杲、字為季端。殿帥是禁軍三衙門的殿前司都指揮使（從二品）、殿前司副都指揮使（正四品）高位。另一方面〈謁郭馬帥〉詩在上海古籍出版社《龍洲集》、原抄目錄、錢本、汲本均作〈謁郭馬帥倪〉。胡源《劉過與《龍洲詞》》中認為郭季端就是郭倪（頁20）。

句的字數為「六。六。七，五。　　六。三、三。七，六。」但是兒
化音較多，實際上是「五。六。七，五。」前後兩段。都和〈行香
子〉相差甚遠。因此判斷《全宋詞》裡的不是〈行香子〉，根據《詞
律》、《詞譜》等為〈竹香子〉。而且詞句中俗語和襯字[28]居多，能夠深
切感覺到和俗曲的關聯。

結語

　　詞本來從民間歌詞發展而來，至北宋為文人所作，到南宋進一步
高雅化。但是，如趙令時所作的鼓子詞那樣，並沒有失去對民間歌辭
文藝的關注。讀詩話可知，宋朝是個諧謔詞和豔詞等受歡迎的時代，
南宋也是諸宮調和唱賺、散曲等在民間蓬勃發展的時代。有士大夫對
諸宮調感興趣的事，這在南宋初王灼的《碧雞漫志》裡有記載[29]。並
且根據記錄南宋末狀況的《夢粱錄》，並演變成由女藝人來說唱[30]。南
宋末成立的《樂府指迷》中指出與詞接近但不雅言及纏令[31]。雖然僅
止於推測，和地方詩人、武官交流較多的劉過，自然接觸的機會也較
多。代替詞而勢力日增的歌謠的新流被快速接納[32]。
　　和劉過活躍在同一時期的姜夔，成為後世作詞的典範，而理由之

---

28 襯字指的是在本來沒有音符的地方作為裝飾音而插入的一個音，在曲中頻頻使用而
　　詞，特別是雅詞中則避開。劉過的〈沁園春〉（銷薄春冰）後段：「學撫瑤琴，時時
　　欲剪，更掬水魚鱗波底寒。」多一字，此處「底」為襯字。
29 卷二有「澤州孔三傳者，首創諸宮調古傳，士大夫皆能誦之」。
30 卷廿〈妓樂〉有「說唱諸宮調，……今杭州有女流熊保保及後輩女童皆效此，說唱
　　亦精。」
31 第一則有「不雅則近乎纏令之體」。
32 關於〈沁園春〉（斗酒彘肩），《程史》接著前面的引用有「詞語峻拔如尾腔」。說
　　的是調子的高度。「尾腔」是指「末尾的腔調」吧。「尾」是在諸宮調裡置於套數
　　最後的短曲。唱賺的一首的纏令則為「尾聲」。

一則是他可以自己作詞作曲。不光會作詞而且會作曲，這在當時便受
到人們的尊崇。他還編曲，比如將琴曲〈淒涼吟〉改為成詞牌〈淒涼
犯〉，並且在可稱之為音樂理論解說的長篇序文中進行了詳細談論。
可以說姜夔在詞樂領域是個特別的存在。在姜夔的光環下雖然並不起
眼，但是，劉過可能是個專門的編曲家。編曲家至今也普遍不受注
目。但是，一進行改編後曲子會煥然一新，這在歌謠的世界裡至今仍
然存在。

　　在詞被傳唱的當時，擅長編曲的詩人應該頗有人氣，而劉過通過
吸收閭巷間的流行並創新。但是，又因士大夫的知識和氣概免於墜入
流俗而踏入了雅詞的世界。如此說來，對於無論在歌詞還是在詞樂中
有傑出編曲才能的劉過，張炎所謂的「工麗」，可以說是對劉過的恰
如其分的批評語言。

附論
詞籍的周邊

附論一
詞之輯錄
——以王觀為例*

　　起源於唐流行於宋的歌謠「詞」，在元代式微，曲調失傳只剩下歌詞。此時製版印刷初始，因其流行歌謠的特性，多數都是即興創作、旋即歌唱，即便書寫於紙上也往往是以歌詞卡片或小冊子的形式出現，很多歌詞隨著時間的推移而消失了。不過，士大夫等知識分子和文人的作品，或被收錄成冊，或以個人全集附錄的形式刊行[1]。然而，隨著詞的衰退，這些作品也散失殆盡，現存的宋版並不多。

　　到了清代，不同於一般的近體詩和古詩，作為韻文文學的詞再度受到關注，清朝後期詞[2]再度盛行起來。在詞的復興中，清末至民國期間，有《四印齋所刻詞》、《景刊宋金元明本詞》、《疆村叢書》等以宋元版為中心的詞籍的覆刻和校訂。另一方面，散佚詞的輯佚工作從清代就已開始，但僅以個別詞人為輯錄對象。

　　作為上述輯錄活動的總括，有人編纂了詞總集，但直到進入民國後才開始刊行。最初是劉毓盤（1867-1927）的《唐五代宋遼金元名家詞六十種》（北京大學，1925年）。此後有王國維（1877-1927）《唐五代二十家詞》（《海甯王忠愨公遺書》所收，1927-1928年）、趙萬里（1905-1980）《校輯宋金元人詞》（中央研究院歷史語言研究所，

---

* 本文所引《冒氏叢書》閱覽於京都大學人文科學研究所，《全宋詞》初編本閱覽於立命館大學詞學文庫。在此表示誠摯的謝意。

1 王兆鵬《宋代文學傳播探原‧下編》一書，記載各詞人。此處為概述。

2 清朝的詞，因樂曲不明，皆按既存詞的平仄填入文字，又叫「填詞」。

1931年)、林大椿（1883-1945）《唐五代詞》（上海商務印書館，1933
年)，還有唐圭璋（1901-1990）《全宋詞》三百卷（國立編譯館，1940
年，以下稱初編本）。初編本《全宋詞》中的詞人按年代排列，各詞
人附小傳，小傳後收錄作品。新中國成立後，初編本又經過增補、訂
正和再次編纂後，成為今天的《全宋詞》（北京中華書局，1965年）
不分卷定版（以下稱再編本）。

　　初編本《全宋詞》由唐圭璋獨自編纂完成。當時唐圭璋所見資料
多為南京圖書館書籍和個人所藏。夏承燾、趙萬里、王仲聞等中國的
詞學與文獻學研究者，甚至日本的中田勇次郎等亦曾提供過資料[3]。即
便如此，仍然存在局限。再編本《全宋詞》形態上為洋裝本，和分卷
線裝的初編本完全不同，而且內容上也進行了全面梳理。通過王仲聞
撰、唐圭璋批註的《全宋詞審稿筆記》，明確可知當時此書的編纂曾得
到王仲聞（1902-1969）的鼎力相助。王仲聞查閱了北京圖書館的善
本，補充了一千多首詞，糾正了包含詞人小傳在內的上千處錯誤[4]。

　　本章將以在世時就已聲名遠揚，並且刊刻詞集行世的北宋王觀為
例，考察其詞作的輯佚過程。

一　王觀《冠柳集》

　　關於王觀，《全宋詞》再編本詞人小傳如下：

　　　　觀字通叟，如皋人。嘉祐二年（1057）進士。元豐二年
　　　　（1079）為大理寺丞。坐知江都縣枉法受財，除名永州編管

3　潘明福、王兆鵬：〈從《全宋詞審稿筆記》看唐圭璋對《全宋詞》的修纂及其人格
　　風範〉，《南京師大學報（社會科學版）》2012年第1期。

4　潘明福：〈《全宋詞審稿筆記》的學術價值〉，《文學遺產》2011年第6期。

（或云曾官翰林學士）。曾著〈揚州賦〉、《芍藥譜》。有《冠柳集》，不傳，今有輯本。

小傳後又加按語：

> 案南宋時另有一王通叟，見韓淲《澗泉集》卷九。又有一王通叟，名塑，見寶祐四年登科錄。《截江網》、《鳴鶴餘音》等所收王通叟詞，未知果王觀作否，俟考。

另外，《全宋詞》再編本刊行後，孔凡禮將明初類書《詩淵》中所得詞輯為《全宋詞輯補》（北京：中華書局，1981年），其中王觀的小傳如下：

> 原作「元豐逐客」。《直齋書錄解題》卷二十一謂王觀「號王逐客」。宋徐光溥《自號錄》亦云王觀自號逐客。觀，《全》已見。觀被逐編管永州。正為元豐間事。則「元豐逐客」即觀。又，《全》所錄王觀〈減字木蘭花〉一首（頁262），《詩淵》亦錄，謂「宋元豐逐客」作，亦足以證明「元豐逐客」即王觀。

總結上文，王觀，字童叟，號逐客。有詞集《冠柳集》，已散佚。《全宋詞》從各書中輯錄其詞，但輯錄原本並非用王觀本名，而以字通叟或號逐客為作者名，因此有些作品不能確定是否為王觀所作。鑒於此，接下來想追溯一下《全宋詞》再編本之前的輯錄情況。

二　冒廣生、劉毓盤的輯詞

關於王觀，早於前述劉毓盤輯本的有清代冒廣生《冒氏叢書》中收錄的《冠柳集》（光緒廿六年，曹元忠序）。《冒氏叢書》是由冒廣生（1873-1959）將一族的詩詞文進行輯錄的叢書。而王觀因是同鄉如皋人，所以破例將其集收入其中。封面為《冠柳詞》，卷頭書名為《冠柳集》，收詞十四首。詞牌下小字注詞序，除最後一首外，均標明出典。以下舉《冒氏叢書》所載，〔〕內為筆者補充的正式書名、卷數等。①-⑨所示為《唐宋諸賢絕妙詞選》卷五中的順序。

詞牌（初句）‧詞序：底本

1 慶清朝慢（調雨為酥）‧踏青：花庵詞選〔唐宋諸賢絕妙詞選卷五①〕、〔＊僅本詞和《陽春白雪》、《草堂詩餘》進行對校，示以小字雙行。〕

2 清平樂（黃金殿裏）‧擬太白應制：同上〔唐宋諸賢絕妙詞選卷五②〕

3 前調（宜春小苑）：同上〔唐宋諸賢絕妙詞選卷五③〕

4 雨中花令（百尺清泉聲陸續）‧呈元淳之〔有校注「草堂詩與題作夏景」。〕：同上〔唐宋諸賢絕妙詞選卷五④〕

5 木蘭花令（銅駝陌上新正後）‧柳：同上〔唐宋諸賢絕妙詞選卷五⑤〕

6 生查子（關山魂夢長）：同上〔唐宋諸賢絕妙詞選卷五⑥〕

7 卜算子（水是眼波橫）‧送鮑浩然之湘東：同上〔唐宋諸賢絕妙詞選卷五⑦〕

8 菩薩蠻（單于吹落山頭月）‧歸思：同上〔唐宋諸賢絕妙詞選卷五⑧〕

9　江城梅花引（年年江上見寒梅）：同上〔唐宋諸賢絕妙詞選
　　卷五⑨〕

10　天香（霜瓦鴛鴦）：樂府雅詞〔拾遺下〕

11　高陽臺（紅入桃腮）：陽春白雪〔卷二〕

12　憶黃梅（枝上葉兒未展）：梅苑〔卷三〕

13　浪淘沙（素手水晶盤）‧楊梅：同上〔梅苑卷九〕

14　臨江仙（別岸相逢何草草）‧〔墨丁〕

　　王觀的詞作，宋代的詞選集《唐宋諸賢絕妙詞選》（編者同，與南宋詞選《中興以來絕妙詞選》合稱《花庵詞選》）中收錄最多，為九首，所載順序亦無變化。此外還從宋代的三個選集中進行補充，《樂府雅詞》一首，《陽春白雪》一首，《梅苑》二首。最後一首〈臨江仙〉詞，詞選集《花草粹編》和清代的《歷代詩餘》、《詞綜》、《詞譜》等均有輯錄，但《冒氏叢書》中，其出典用墨丁抹去，故不明所據。由校記可知，還曾與《草堂詩餘》進行了對校。

　　民國十四年刊行的《唐五代宋遼金元名家詞六十種》是民國八年（1919）劉毓盤在北京大學教授「詞史」課程時所用資料[5]。據趙萬里《唐五代宋遼金元名家詞六十種提要》，該書自李白的《李翰林集》至《高麗人詞》共六十種。「其弊不僅在所見材料之少而在真偽不分、校勘不精、出處不明、使人讀之如墜五里霧中」，其《冠柳集》[6]（以下稱劉毓盤輯本）中，收錄如下所示廿首詞，而《全宋詞》再編本中十三至十六、十八均為存目詞，十三、十八的出典則為「劉毓盤輯《冠柳集》」。

5　劉毓盤著，譚新紅，黃盼整理：《劉毓盤詞學論文集》（鄭州：河南文藝出版社，2016年）。

6　《唐五代宋遼金元名家詞六十種》的原本未見（北京大學，1925年）。《劉毓盤詞學論文集》（鄭州：河南文藝出版社，2016年）收錄四十五種，第八為《冠柳集》。

　　正如趙萬里所說，劉毓盤並未注明出處，如後文所示，「冠柳集校記」中出現的有《梅苑》、《花庵詞選》、《草堂詩餘》、《陽春白雪》、《樂府雅詞拾遺》、《花草粹編》、《詞律》、《詞律拾遺》、《詞律補注》、《歷代詩餘》、《詞譜》、《自怡軒詞譜》、《古今詞話》（楊湜）、《南曲譜》，由此可知還曾利用明清的詞選集和詞譜進行搜索、輯佚和校訂。

　　例如〈慶清朝慢〉詞的校記內容如下：

　　　　〈慶清朝慢〉調雨，「化工」《草堂詩餘》、《歷代詩餘》皆作
　　　　「東君」。「飽飣」句《陽春白雪》作「便帶得芳心」，「撩花」
　　　　作「鏤花」，「翠綠」作「嫩綠」，「眉山」作「眉端」。《詞律補
　　　　注》謂秦氏校本應從改者即據《陽春白雪》本也。

此處以《花庵詞選》為基準和其他選本做比較，且遵從以《花庵詞選》所收詞為底本進行校訂的方針。但〈清平樂〉（黃金殿裏）云：

　　　　〈清平樂〉黃金，「錦茵」《花庵詞選》作「美人」，「君恩」作
　　　　「天恩」。《花草粹編》曰：「一作王介詞」，恐非。

另外此詞的詞序為「應制」，並非來自《花庵詞選》。作「錦茵」、「君恩」、「宣喚」，所據應是《耆舊續聞》卷九作為「王冠卿」詞的〈清平樂〉。參考「校記」可推測出其所用底本如下。對校資料置後，〔　〕內為筆者注記。此處省略初句，無「校記」作品則推測其所用底本，用（　）表示。

詞牌・詞序：使用諸本

1　生查子：（唐宋諸賢絕妙詞選卷五⑥）

2　慶清朝慢・踏青：唐宋諸賢絕妙詞選卷五①、草堂詩餘、歷
　　代詩餘、陽春白雪、詞律補注

3　雨中花・呈元厚之：唐宋諸賢絕妙詞選卷五④〔詞牌〈雨中
　　花令〉〕，樂府雅詞拾遺、花草粹編

4　卜算子・送鮑浩然之浙東：唐宋諸賢絕妙詞選卷五⑦、歷代
　　詩餘、（洪皓）忠宣公集和韻一首、花草粹編、歷代詩餘、
　　詞律拾遺、梅苑

5　菩薩蠻・歸思：（唐宋諸賢絕妙詞選卷五⑧）

6　江城梅花引：唐宋諸賢絕妙詞選卷五⑨、花草粹編、歷代詩
　　餘、詞律拾遺、梅苑

7　清平樂・應制：西塘集耆舊續聞卷九、花庵詞選、花草粹編

8　前調〔清平樂〕：（唐宋諸賢絕妙詞選卷五③）

9　高陽臺：陽春白雪、自怡軒詞譜、南曲譜

10　木蘭花・柳：（唐宋諸賢絕妙詞選卷五⑤〔詞牌〈木蘭花令〉〕

11　天香・冬景：樂府雅詞拾遺、古今詞話、歷代詩餘、花草粹
　　編、詞律

12　臨江仙・離懷：花草粹編、歷代詩餘

13　瀟湘靜：樂府雅詞拾遺、詞律補注

14　蘇幕遮：花草粹編、歷代詩餘

15　滿庭芳：樂府雅詞拾遺

16　感皇恩・憶舊：古今詞話、花草粹編、樂府雅詞拾遺、花庵
　　詞選

17　憶黃梅：不明、梅苑

18　十月桃：（樂府雅詞拾遺）

19浪淘沙・楊梅：（梅苑）

20紅芍藥：詞譜

劉毓盤輯本和《冒氏叢書》相比，選自《花草粹編》、《樂府雅詞拾遺》、《詞譜》的作品有所增加。其中《樂府雅詞拾遺》卷下第四首〈天香〉記為「王觀」，第五首以下十五〈滿庭芳〉、十三〈瀟湘靜〉、十八〈十月桃〉，此三首均不記載作者名。劉毓盤將此作為王觀的作品收錄在內。而再編本《全宋詞》則歸為存目詞，認為此三首分別是秦觀，無名氏，無名氏的作品。

三　趙萬里和初編本《全宋詞》

第二個輯本是《校輯宋金元人詞》所收《冠柳集》（以下稱趙萬里輯本）。編著者趙萬里是書誌學家，他在輯錄的十五首附二首詞後，均列出各詞在其他資料中的收錄狀況，並且每句均以雙行注出文字異同，以求精確。部分作品附錄作者按語以標出異文，在下文一覽中用帶圈數字表示。據按語可知附錄的兩首詞並不是王觀的作品。由此可知，校輯之際，除了劉毓盤所使用的書籍、詞選集《詞統》、《詞綜》外，還有《詩話總龜》、《苕溪漁隱叢話》、《能改齋漫錄》、《堯山堂外紀》等詩話，另外，《直齋書錄解題》，類書《全芳備祖》、《永樂大典》也在搜索對象之列。

詞牌・詞序：使用諸本

1　生查子：花庵唐宋諸賢絕妙詞選五、花草粹編一、詞綜七、歷代詩餘四

2　卜算子・送鮑浩然之浙東：苕溪後卅九引復齋漫錄、詩話總

龜後卅二引復齋漫錄、能改齋漫錄十六、花庵唐宋諸賢絕妙
詞選、花草粹編二引能改齋漫錄、草堂詩餘別集一、歷代詩
餘十

3　菩薩蠻：花庵唐宋諸賢絕妙詞選、花草粹編三、草堂詩餘續
集上、詞綜

4　清平樂‧擬太白應制：花庵唐宋諸賢絕妙詞選、能改齋漫錄
十七、詞綜

5　清平樂‧同前：花庵唐宋諸賢絕妙詞選、花草粹編三、歷代
詩餘十三

6　浪淘沙‧楊梅：梅苑九

7　木蘭花令‧柳：花庵唐宋諸賢絕妙詞選、花草粹編六、歷代
詩餘卅二

8　臨江仙：花草粹編七、歷代詩餘卅七、詞綜、詞譜十

8　蘇幕遮：花草粹編七、歷代詩餘四十一

10　雨中花令‧呈元厚之：苕溪漁隱叢話全集五十九引漫叟詩
話、詩話總龜後集卅二引漫叟詩話、詩人玉屑廿一引漫叟詩
話、花庵唐宋諸賢絕妙詞選、草堂詩餘前集下（類編本
一）、花草粹編五、又六引漫叟詩話、堯山堂外紀五十一、
古今詞統八、詞律七、歷代詩餘卅四、詞譜九

11　憶黃梅：梅苑三、花草粹編八、歷代詩餘五十、詞譜十八

⑫　江城梅花引：花庵唐宋諸賢絕妙詞選、花草粹編八、歷代詩
餘五十三、詞譜廿

⑬　天香：樂府雅詞拾遺下、花草粹編九、歷代詩餘五十九、詞
譜廿四

14　慶清朝慢：花庵唐宋諸賢絕妙詞選、陽春白雪二、類編草堂
詩餘三、花草粹編十、堯山堂外紀五十一、古今詞統十二、
詞綜、詞律十四、歷代詩餘六十四、詞譜廿五

　⑮ 高陽臺：陽春白雪二
　　　附錄①感皇恩：花草粹編七
　　　附錄②紅芍藥：詞譜廿二

　　書中所用資料涉及明抄本和其他版本，詳實精確，時至今日仍不失其價值。唐圭璋在編纂《全宋詞》時亦完全信賴此書。初編本《全宋詞》輯錄王觀詞十九首附錄二首，但〈高陽臺〉後明確記錄「以上趙輯十五首」，前十五首和附錄二首均與趙萬里輯本同。就按語而言，刪除末尾趙萬里「茲並校之」語外，其餘均按原文收錄。「十二江上梅花引」中刪除趙萬里指摘《永樂大典》之誤「又案」一條。由此，第十六首作品之後應為初編本《全宋詞》新補入的作品，有以下四首：

　　　16 減字木蘭花（瑞雲仙霧）‧壽女婿：截江網卷六
　　　17 醜奴兒（牡丹不好長春好）：全芳備祖前集卷二十月季花門
　　　18 永遇樂（風折新英）：全芳備祖後集卷五梅門
　　　19 滿朝歡（憶得延州舊相見）：全芳備祖前集卷一牡丹門

但是，對於從《全芳備祖》輯錄的三首，第十九首末有如下按語：

　　案以上三首，《全芳備祖》並作王冠卿詞，疑亦王冠柳之誤，
　　姑附錄于此。

如記載所云，此三首作品存在一些問題。

四　《全宋詞》的改訂

中華人民共和國成立後，《全宋詞》再編時進行了大刀闊斧的改訂。「王觀」條的末尾云「以上王觀詞十六首、斷句一則、用趙萬里輯本《冠柳集》、稍有增刪」。雖然在初編本內容的基礎上增加了一則斷句，但是作品數量卻減少了三首。這是因為據前文按語將《全芳備祖》所收三首列為存目詞，並且根據《全芳備祖》的記載將此三首歸入「王觀卿」詞的緣故。又存目詞中記載二首錄自「劉毓盤輯《冠柳集》」。各詞末列出典，並按各書的成書年代排列。下文（　）內數字為初編本中的排列順序。帶圈數字表示附按語，但較初編本和趙萬里輯本簡略。

1（11）憶黃梅：梅苑三

②（6）浪淘沙・楊梅：梅苑九

3（13）天香：樂府雅詞拾遺卷下

4（2）卜算子・送鮑浩然之浙東：能改齋漫錄卷十六

5（4）清平樂・應制：能改齋漫錄卷十七

6（10）雨中花令・夏詞：苕溪漁隱叢話前集卷五十九引漫叟詩話

7（14）慶清朝慢・踏青

8（5）清平樂・擬太白應制

9（7）木蘭花令・柳

10（1）生查子

11（3）菩薩蠻・歸思

12（12）江城梅花引：以上六首見唐宋諸賢絕妙詞選卷五

13（15）高陽臺：陽春白雪卷二

14（16）減字木蘭花・壽女婿：截江網卷六

15（附錄2）紅芍藥：鳴鶴餘音卷四

16　失調名〔斷句〕：詞品卷一

17（8）臨江仙・離懷：楊金本草堂詩餘後集卷上

從初編本到再編本的改訂中也反映出了王仲聞的意見。二人進行意見
交換的情況見《全宋詞審稿筆記》。

　　王觀和王仲甫都曾號逐客，關於「冠柳」和「冠卿」，唐圭璋在
初編本《全宋詞》卷四十一〈王仲甫〉條云：「仲甫，字明之，歧公
之猶子，《耆舊續聞》謂仲甫自號逐客，蓋王觀之誤也」，僅錄〈醉落
魄〉（醉醒醒醉憑君）。即唐圭璋認為王逐客的詞即王觀的作品。與此
相對，王仲聞則認為是王仲甫，再編本收錄王仲甫的作品七首，對
此，王仲聞曾數次提出質疑。

> 王冠卿見《全芳備祖》，趙萬里輯詞時，尚未能斷定其為王
> 觀，仍以為二人，祇云茲並校之。先生斷定其為即王觀，當必
> 有據，請示知。（頁65）

此處云趙萬里未能斷定，指的是〈浪淘沙〉（素手水晶盤）的按語：
「案《全芳備祖》後集六楊梅門引作王冠卿詞，未知孰是，茲並校
之」。

　　對此，唐圭璋在字行間以朱筆答道：「不過以為觀有冠柳詞，而
柳卿二字形近，繆《全芳備祖》抄本有誤，故以為一人」。可知唐圭
璋所見為抄本，亦不確定。不過，王仲聞所見《全芳備祖》應是北京
圖書館所藏清抄本。現宮內廳書陵部所藏南宋刊本《全芳備祖》，雖
為缺本卻殘存具有爭議的部分。前集卷廿月季花門所收〈醜奴兒〉及
後集卷五梅門所收〈永遇樂〉二首，均記為「王冠卿」。

　　另外，〈清平樂〉（黃金殿裏），再編本中作王觀和王仲甫。趙萬里輯本中無王仲甫，王觀《冠柳集》所收該詞按語中引《能改齋漫錄》和《耆舊續聞》，「《花庵詞選》從本集與《能改齋漫錄》合《花草粹編》從《耆舊續聞》引作王仲甫，茲並校之」。案「本集」指《冠柳集》。初編本從《花庵詞選》作王觀詞，再編本中王觀條的出典由《花庵詞選》改為《能改齋漫錄》，小序也由「擬太白應制」改為「應制」。另一方面，王仲聞條〈清平樂〉（黃金殿裏）則錄自《耆舊續聞》卷九，有四字不同，並各附按語。王仲聞主張的是王仲甫，此處並列二人是唐圭璋做出的讓步。接下來看一下王仲聞提出的質疑。

　　　　王觀有《冠柳集》遂稱之曰王冠柳，王仲甫有《冠卿集》，當亦
　　　　可稱為王冠卿。（《冠卿集》見《耆舊續聞》。）《全宋詞》以王
　　　　冠卿為即王冠柳，有何根據，是否確當，請再考慮。（頁475）

　　　　王仲甫集名《冠卿集》，出《耆舊續聞》，前已奉告。《全芳備
　　　　祖》所載王冠卿詞，先生以為均王觀詞，且云有《能改齋漫
　　　　錄》作證，而《能改齋漫錄》並未述及《全芳備祖》各首，祇
　　　　述及〈清平樂〉詞。先生原不知王仲甫集名冠卿，故以王冠卿
　　　　為王冠柳。今既知之，可否重新加以考慮。（頁104）

對此，唐圭璋指出：「《能改齋漫錄》卷十七，記的是王觀應制詞，逐客的是指以為王觀，與《耆舊續聞》詔指的是王仲甫不同」（頁475），「為在右《能改齋》作證，亦不必還之王仲甫」（頁475）。二人的主張反映在王觀和王仲甫作品後的按語中。就王觀的〈清平樂〉，按語云：「案《耆舊續聞》卷九以此首為王仲甫作。《耆舊續聞》所載，出自陸游，未知孰是。」而王仲甫的〈清平樂〉：「案此首別又作

王觀詞，見《能改齋漫錄》卷十七。《耆舊續聞》所載，出自陸游，當別有所據。金繩本《花草粹編》卷六，又誤以此首為王介作。王介字仲甫，金氏因之而誤。」

　　王仲聞、唐圭璋二大家爭議無果的原因在於，唐圭璋信賴《能改齋漫錄》，而王仲聞則傾向於記載陸游傳聞的《耆舊續聞》，兩者互不相讓，因而有此爭論。《能改齋漫錄》和《耆舊續聞》均為記載傳聞的史料筆記，早於《唐宋諸賢絕妙詞選》，成立於南宋前期。因成書時間較早，所以該書的底本很可能被改編成了詩話。至於這種處理方式的利和弊，應該對詩話的傳聞特質和各個文本的成立進行慎重思考後再做探討[7]。又通過葉燁和王兆鵬的結論：由王觀的官歷可知他曾任職翰林院，沒有作應制詞的可能性，所以應是王仲甫的詞[8]。可見從傳記方面入手，仍留有研究的餘地。

　　王觀的詞，從冒廣生輯錄的十四首始，止於再編本《全宋詞》所收十七首。在此期間不斷擴大資料搜索的範圍，同時也進行了探討。在沒有數據庫的時代，可想而知《全宋詞》的編纂是何等勞苦，儘管如此，為確保其準確性，仍有諸多事情待完成。

7　《清平樂》的底本《能改齋漫錄》，根據吳曾撰：《能改齋漫錄・出版說明》（上海：上海古籍出版社，1979年），於南宋高宗紹興廿四至廿七年（1154-1157）成書，孝宗隆興初年（1163）被列為禁書而板毀，光宗紹熙元年（1190）重刊之際已缺二卷，又刊本散佚，現存版本為明抄本。據《全宋詞審稿筆記》，唐圭璋使用的是《守山閣叢書》收錄本。又據《耆舊續聞・點校說明》（北京：中華書局，2002年），《耆舊續聞》由傳聞和多種書籍的摘錄組成，底本為清抄本。

8　葉燁，王兆鵬：〈北宋詞人王仲甫・王觀事蹟考辨〉，《湖北社會科學》2006年第7期。

附論二
嘉慶年間的《詞源》校訂
——以上海圖書館所藏《詞源》為中心 *

前言

　　宋末元初人張炎所撰《詞源》，卷上為詞樂理論，卷下為文藝理論，現在被認為是詞論的典範之一。但上下兩卷《詞源》的刊行，最初為清代秦恩復的《詞學叢書》。此之前，卷下文辭相關部分，以《樂府指迷》之名收錄於叢書，或附於詞選集之首，從而得到廣泛閱讀。而二卷本僅以抄本形式傳閱。《詞學叢書》本的刊行是《詞源》研究甚至詞學研究發展的契機。關於其中詳細，之前有拙文發表[1]。依拙見，兩卷本的概略如下。底本與校訂本的關係用→表示。

　　〔明〕影元鈔本〔盧址及周暹舊藏〕（中國國家圖書館）
　　〔清〕乾隆三年（1738）朗嘯齋影元鈔本〔陸心源舊藏〕（靜嘉堂文庫）
　　〔清〕阮元輯《宛委別藏》所收嘉慶年間影元鈔本
　　　　　→〔清〕鈔本〔丁丙舊藏〕（南京圖書館）
　　〔清〕秦恩復輯《詞學叢書》所收本〔嘉慶十五年（1810）刊〕（初刻本）

---

* 真誠地感謝許可閱覽貴重書及拍攝書影的上海圖書館。
1 請參照拙著：《詞論の成立と発展——張炎を中心として》（東京：東方書店，2008年），第七章〈《詞源》諸本について〉；〈《詞源》鈔本紹介〉，《文化科學研究》第23期（2012年3月）。

→〔清〕錢熙祚輯《守山閣叢書》所收本〔道光廿一年（1841）序〕

→王雲五輯《國學基本叢書》所收本〔中華民國五十七年（1968）刊〕

〔清〕秦恩復輯《詞學叢書》所收〔道光九年（1829）再記〕（再刻本）

→〔清〕范鍇輯《范白舫所刊書》所收〔道光年間刊〕

→〔清〕伍崇曜輯《粵雅堂叢書》所收〔咸豐三年（1853）跋〕

→吳梅校勘《詞源》〔中華民國七年（1918）再版〕

→〔清〕湖南思賢書局《思賢書局所刻詞學書》所收〔光緒年間刊〕

→《詞話三種》所收（京都大學）[2]

→〔清〕許增輯《榆園叢刻》所收〔光緒八年（1882）刊〕

→《四部備要》所收〔中華民國九至廿一年（1920-1932）〕

蔡楨疏證《詞源疏證》〔中華民國廿一年（1932）刊〕（以《榆園叢刻》、《詞學叢書》、《粵雅堂叢書》對照校勘）

→唐圭璋《詞話叢編》所收〔中華民國廿三年（1934）刊〕

通過上述內容可知，《詞學叢書》所收《詞源》為各版本之底本。筆者有機會調查了上海圖書館所藏《詞源》初刻本，其中有鮑廷博

2　京都大學文學部所藏《詞話三種》未載刊年，其封面、本文為《思賢書局所刻詞學書》。

（1728-1814）的批語。本章擬通過介紹此書，對清代詞學的發展起一定作用的《詞源》校訂的初期狀況，以及與之相關的人物脈絡進行探討。

一　《詞源》的嘉慶版與道光版

秦恩復（1760-1843），字近光，一字澹生，又字敦夫（或號）。江都（江蘇省揚州市）人。乾隆五十二年（1787）進士。藏書室曰五笥仙館、石研齋，有《石研齋書目》四卷。詞方面，除輯錄詞籍《詞學叢書》外，自著《享帚詞》三卷。《宛委別藏》收錄《詞源》，秦恩復與此書編者阮元為知交。

上海圖書館所藏《詞源》（以下稱初刻本）的書誌如下[3]：

《詞源》二卷，宋・張炎撰。秦氏享帚精舍清嘉慶十五年（1810）刊。初刻。一冊。〔清〕鮑廷博校，但為其孫正言之代筆[4]。左右雙邊，有界，半葉十行每行廿字，注字雙行。十四・六×九・五公分。版心白口、單魚尾上有書名「詞源卷上／下」，下有「幾（葉）」。一帙。帙外題白絹布「詞原」，下有小字雙行「清嘉慶中秦氏享帚精舍刊本／歙縣鮑廷博校「景鄭／心賞」（陰陽朱方印）」，此為著名藏書家與文獻學家潘景鄭的識語。總襯紙，後補香色表紙（廿八・三×十六・○公分）上無外題，紙縒綴二處。前遊紙上所貼應為原表紙的紙張，隸書題「詞原」，右有「嘉慶甲戌三月廿八日敦夫太史招飲小盤谷齋公子玉生／贈并詞林韻釋韻釋已先得阮中丞文選樓槧本」。封面四周雙邊

3　以下引文使用常用漢字，別表盡量從原典文字。

4　上海圖書館數據資料記為其子士恭之代筆。關於該書筆跡為士寬之子正言（即孫），承蒙上海圖書館研究員郭立暄氏雅教。鮑廷博屢屢令其子與孫代筆。正言為士寬之子，亦見於清代翁廣平《鮑淥飲傳》。另外關於藏書家，承蒙立命館大學芳村弘道老師雅教，不勝感激。

（十四・四×九・六公分），有「元起善齋鈔本／詞源／享帚精舍藏版」。續有《詞源目錄》一葉。其後字體用明萬曆的匠體。郭外右下有朱文方印「潘博／山藏／書章」，即潘景鄭之兄的藏書印[5]，郭內右下有「上海／圖書／館藏」朱文方印。序跋記後。初刻本郭外上部及該處右側有朱批，正文多處文字以胡粉塗抹又以墨筆校訂。詳見後述。書號七八七五一九。舊藏者潘景鄭高度評價此本[6]，潘景鄭云：

> 今得此鮑以文先生校本，審其脫訛，不可勝舉。……其他誤字，以粉塗抹而加墨於上，奪文則以朱筆補入。鮑所校據元本及汪蘇潭校本，其勝處自出秦刻之上。

將此初刻本與道光九年（1829）刊載〈再記〉的秦氏享帚精舍《詞學叢書》本《詞源》（以下稱再刻本）進行比對，可知再刻本為新版。再刻本的封面樣式與初刻本同，但匡郭略大，十六・七×十一・二公分。首葉匡郭也大一圈，十七・五×十・三公分。半葉十一行廿字，較初刻本多一行。因此卷上有各圖行數的調整。版心魚尾下題「詞源卷上／下」，字體為仿宋體，與初刻本的匠體完全不同。關於序跋，再刻本封面後加「詞學叢書序」，後跋有「江潘又記」，又有秦恩復道光八年「詞隱老人再記」以及道光九年跋文。

前述再刻本與初刻本的異同點，別表中已列出。為保持別表與先前拙文的連續性[7]，別表中先列再刻本的卷數、葉數、行數及文字，其下列初刻本的卷數、葉數、行數及異文。不過「□」表示空格，問

5　潘氏兄弟共同藏書，曰寶山藏。

6　潘景鄭：《著硯樓讀書記》（瀋陽：遼寧教育出版社，2002年），〈鮑以文手校本詞源〉。

7　從《詞源》研究會編著：《宋代の詞論──張炎《詞源》》（福岡：中国書店，2004年），附錄〈二卷本異同表〉。

號「？」表示無法判讀的初刻本文字，再以初刻本為底本的《守山閣叢書》本《詞源》（以下稱守本）中的該當文字補充說明。鮑廷博的校訂，將朱墨批進行區分記載。朱批基本在對應文字處均施以合點。用／表示改行。較長的朱批將在後面記述。（　）內是筆者的說明。與再刻本相對，初刻本中，存在「青」作「靑」，「高」作「髙」，「陰」作「陰」之類的字體差異。也有如【一】作「丶」，【凡】作「八」符號的不同[8]。此類異同不列於表格。再刻本缺乏區分「己、已、巳」的意識，而初刻本中則加以明確區分，故而將此列出。

　　另外，雖文字無異同，但大小與配置上有不同之處，不列於表格中，在此稍作說明。卷上〈律生八十四調〉之首，再刻本（卷葉行數以「上五　b③」的形式表示。以下同）「宮徵商羽角閏宮閏徵宮」，均為小字，各調名間有空格。而初刻本（上六　a⑦）均大字無空格，守本亦沿襲初刻。同樣，〈律生八十四調〉的最終行，再刻本為「土火金水木太陰太陽」，均為小字，各文字間有空格。與之相對，初刻本（上六　a⑦）均為大字，太陰、太陽前有空格，守本為大字無空格。再刻本在對應各律的七調與文字的配置上下了功夫。同樣卷上〈古今譜字〉中，再刻本「合」字以下工尺譜（上六　a⑧）使用小字，使之與右列的律名對應，對初刻本（六　a⑩）的大字頂格進行改良。守本為大字頂格使之對應右列律名。還有，〈十二律呂〉各律呂上的小字雙行注的節月與陽律陰呂之間，再刻本置空格，如「十一月　陽律」（七 a⑥），而初刻本、守本中皆無。

　　初刻本半葉十行廿字，與中國國家圖書館所藏明鈔本、靜嘉堂文庫所藏清鈔本同，可知均出自元鈔本[9]。關於文字異同，從整體來

8　參照中國藝術研究院音樂研究所中國音樂詞典編輯部編：《中國音樂詞典》（北京：人民音樂出版社，1984年），〈工尺譜〉。

9　參照拙著：《詞論の成立と発展──張炎を中心として》，〈詞源版本一覽〉，頁

看，初刻本與鈔本系統多處同文。例如，序文再刻本為「隋唐以來」
（下一 a③），初刻本作「隋漢以」；同樣，「美成」（下一 a⑧）作
「且美成」；音譜門的「其說」（下二 a⑧）作「其誂」；詠物門的
「時欲」（下九 b④）作「復」，「靜處」（下九 b⑦）作「處」。另外，
曾多次出現的「用功」，初刻本作「用工」[10]。

　　卷上〈律呂隔八相生圖〉第二圖上下相生環圖，初刻本由西上入
寅，由亥上入辰，此為正，而再刻本有誤[11]。初刻本「雜論」行末與
條末一致的情況下，所附的三處「L」記號，再刻本中僅一處。己、
已、巳的區分書寫，初刻本更為正確。這些地方未施校訂，可知是刻
工的理解上的問題。

二　鮑廷博的校訂

　　本節中將探討鮑廷博的校訂。鮑廷博為清朝前期著名的校勘家、
藏書家、刻書家。字以文，號淥飲、通介叟、得閑居士等。雍正六年
（1728）出生於杭州（浙江省），籍貫徽州（安徽省）。兩次落第後致
力於收集書籍，嘉慶十九年（1814）去世後，其長子鮑士恭續刻《知
不足齋叢書》[12]。

　　上海圖書館本《詞源》中的批注，表格中未列出的兩處跋文如下：

205。推論從《詞論の成立と発展──張炎を中心として》第七章〈《詞源》諸本に
　　ついて〉，頁202。

10　參照詞源研究會編著：《宋代の詞論──張炎《詞源》》，附錄〈二卷本異同表〉。

11　參照明木茂夫：〈張炎《詞源》卷上譯注稿〈律呂隔八相生圖〉〉，科學研究費補助
　　金研究成果報告書：課題編號22520157，2015年。

12　劉尚恒：《鮑廷博年譜》（合肥：黃山書社，2010年），一文中對藏書及出版進行詳
　　細介紹。

〈作詞五要〉末（下十六 b）墨書：「岜至順改元季夏六月謄于
起善齋菊節三日裝」。又有墨書識語：「大清嘉慶十七年歲次壬
申春王正月廿日通介叟挍于知不足齋」，及「通介叟校」朱文
方印。

〈秦恩復跋〉（後跋二 b③）的〈再記〉，初刻本中自然沒有，
初刻本跋後墨書識語：「嘉慶辛未五月維揚　秦敦夫先生同新
刻仿宋本隸／韻及茉斐軒詞林韻釋寄贈　介叟記時年八十有
四」。

此識語，交代了鮑廷博入手該書的情況。即嘉慶十六年（1811）五
月，八十四歲的鮑廷博自秦恩復處獲贈新刊《隸韻》與《詞林韻
釋》。《詞源》為前一年才刊行的初刻本。據〈作詞五要〉末的識語，
鮑廷博早在次年（嘉慶十七年）就於「知不足齋」開始校訂。但是以
上年號與原表紙上的記載有出入。原表紙上的記載如下：

嘉慶甲戌三月廿八日敦夫太史招飲小盤谷齋公子玉生／贈并詞
林韻釋、韻釋已先得阮中丞文選樓槧本

此段文字不知出自誰手，但兩篇識語為鮑廷博之孫鮑正言的手書，這
點確定無疑。舊藏者潘景鄭亦認定為嘉慶十六年[13]。
　　接下來探討一下鮑廷博校對時所用書籍。一種為各處以「元
本」、「元」提及的元鈔本。如墨書「岜至順改元季夏六月謄于起善齋
菊節三日裝」，鮑廷博所言元鈔本，應與明鈔本與清鈔本影寫依據的
元鈔本為同系統，並進行了對照。但是，〈作詞五要〉第三要批注：

---

13 見潘景鄭：《著硯樓讀書記》，〈鮑以文手校本詞源〉，卷末識語「嘉慶辛未五月」。

「詳製元本作洋製」，而北京及靜嘉堂鈔本均作「洋製」。另外《宛委別藏》本作「律製」。

　　另外一種為汪蘇潭校本。「中管雙調」批注：「雙、汪蘇潭校作商」，「中管越調」批注「調、汪蘇潭校作角」及「詳製、汪蘇潭校作律製」，此三處見其名。均為音樂相關的校訂，值得玩味。由別表可知，鮑廷博的墨筆校字僅見於卷下。而朱書，除〈律呂隔八相生〉第一圖批注：「此圖大謬以黃鍾／屬子位分界另排」，〈律呂四犯〉中的「衍文」外，卷上的音樂理論未見言及。可以說通過對汪蘇潭校訂的記載，也反映了鮑廷博自身的見解。汪蘇潭，諱繼培，字因可、厚叔，號蘇潭。輝祖第四子。嘉慶十年（1805）進士。蘇潭父汪輝祖（1730-1807），曾於蕭山創建環碧山房，以藏書家著稱。乾隆四十二年（1777）與鮑廷博結交後，至晚年一直保持密切往來，亦有鮑廷博拜訪蘇潭陪同的情況[14]。鮑廷博得以參照汪蘇潭校本，應是與汪輝祖有交遊的緣故。

　　最後還有部分校訂未明言所據資料。一卷本系統，筆者認為有明代陳繼儒輯《寶顏堂秘笈續函》所收《樂府指迷》（未收〈音譜〉、〈拍眼〉、〈跋〉，本文亦多脫落），及好友阮元《宛委別藏》所收《詞源》，並在別表中列出異同。其中鮑廷博的校訂與他本文字不統一之處（卷葉行為再刻本），列對照結果如下：

　　　　音譜（下三 a③）「意」墨校為「音」。無先行文本作「音」。
　　　　《詞話叢編》（1986年排印版）在「音」處校訂。

---

14 參照劉尚恒：《鮑廷博年譜》及任繼愈主編：《中國藏書樓》（瀋陽：遼寧人民出版社，2001年），上編〈藏書論〉附〈中國私家藏書印印文選錄〉。

拍眼（下四　a③）「公」墨校為「么」。無文本作「么」。《榆園
叢刻》校訂為「宮」（即諸宮調）。

製曲（下四　b⑧）於「淨」右下朱書「寫」。無先行文本作
「淨寫」。秦本再刻本校訂為「淨寫」。

意趣（下六　b⑨）「事」墨校為「似」。無先行文本作「似」。
《榆園叢刻》以後作「似」。
（下七　a⑪）「是」墨校為「算」。無先行文本作「算」。《詞話
叢編》校訂為「算」。

節序（下十　b④）「脚」墨校為「甲」。南京圖書館所藏清鈔本
作「甲」。

雜論（下十三　b③）「寬」墨校為「太」。南京圖書館所藏清鈔
本作「太」。《寶顏堂秘笈續函》、《范白舫所刊書》作「太寬」
二字。

雜論（下十四　a⑤）「精一」墨校為「甚精」。此二字上有
「不」。鮑廷博作「不甚精」，未見有相同文本。《宛委別藏》、
《范白舫所刊書》作「不甚精一」；一卷本《寶顏堂秘笈續
函》亦作「不甚精一」；《詞鵠初編》作「不精」；《詩餘廣選》
作「精不」，較混亂。

雜論（下十四　a⑩）「本製」墨校為「『體』製」。《守山閣叢
書》作「體製」。

陸氏跋（一 b⑨）「潬」墨校為「漢」。南京圖書館所藏清鈔本作「漢」。

上述諸本中較初刻本早的有一卷本《寶顏堂秘笈續函》、《詩餘廣選》及《詞鵠初編》[15]。另外，南京圖書館所藏丁丙（1832-1899）舊藏清鈔本《詞源》，鮑廷博經眼的可能性不大。既然潘景鄭認定為鮑廷博自身的校訂，姑且遵從潘景鄭。有校訂與後世校本一致，或是有識之士見解一致的緣故，抑或是因為有機會參照鮑廷博校訂本，此處很難立刻斷定正誤。

三　初刻本《詞源》與錢熙祚及戈載的校訂

除鮑廷博以外，其他人亦對初刻本《詞源》進行了校訂。本節中將探討以初刻本為底本的《守山閣叢書》所收《詞源》的校訂者錢熙祚，以及製作校訂本，即再刻本《詞源》所據底本的戈載。

錢熙祚（1800-1844），字錫之，金山（上海市）人。其父錢樹芝，伯父錢樹立一代開始出版書籍。守山閣為藏書樓。其藏書刊刻的除《守山閣叢書》以外，還有《珠叢別錄》。《守山閣叢書》刊行於道光年間，其中包括《鞨鼓錄》、《樂府雜錄》、《律呂新論》等與音樂、樂理相關的書籍。由此可窺得他的好尚與學識之一隅。但集部書籍僅四種，詞籍除《詞源》外無其他。關於《詞源》的校訂方法，錢熙祚在自跋中云：

---

15 〔明〕卓人月編，徐士俊評：《詩餘廣選》十六卷，崇禎二年（1629）序刊，附《雜說》一卷，其中輯錄《樂府指迷》等詞論。〔清〕孫致彌撰：《詞鵠初編》十五卷，康熙四十四年（1705）刊，附《樂府指迷一卷》。

> 惜秦刻憎於元本譌謬處竝從其舊，今參校前後文，及《白石
> 詞》、《宋史・樂志》，略為改正，以質熟精聲律者。

言其以音律為中心進行了校訂。別表中僅列舉初刻本與再刻本間的異
同，不能說充分，但通過初刻本與守本的比對，依然可看到卷上譜號
中存多數異文。守本的校訂大多正確，例如卷上的〈律呂隔八相生
圖〉，第一圖圓周外所繪五幅工尺譜及空格，守本中無。「子」對應
「黃鍾」[16]，表示三分損益的〈律呂隔八相生〉（再刻本在卷上五 a①
-b①），其前行下的譜號與次行上的譜號不一致，通過訂正使其一
致。另外還有「十二律呂」結聲字譜的訂正等。卷上的校訂，〈陽律
陰呂合聲圖〉下以標注○，以小字雙行附錢熙祚注，現迻錄如下：

> 以下圖譜，享帚精舍據傳寫本依樣付刊，舛誤至不可究詰。今
> 參校前後，證以《白石道人歌曲》，隨文訂正不復識別。

可見主要取材於姜夔的詞集。早在《詞源》初刻本刊行的嘉慶前的乾
隆年間，《白石道人歌曲》就已出現了各種鈔本[17]。而自度曲傍譜的校
訂，應對《詞源》卷上的字譜校訂起到了參考作用。此外，附「○」
的注共見七處。卷下中，就初刻本卷下開頭的〈序〉云：

> ○原本此序誤在下卷之首。今移正。

---

16 明木茂夫：〈張炎《詞源》卷上譯注稿〈律呂隔八相生圖〉〉中有論述。《守山閣叢
　書》本校訂的優劣，同書〈陽律陰呂合聲圖〉中有論述。
17 參照村上哲見：〈姜白石詞序說〉，《日本中國學會報》第43集（1991年10月）；後載
　於村上哲見：《宋詞研究——南宋篇》（東京：創文社，2006年）。

即，將〈序〉移到卷上卷頭。此處所云原本，指初刻本[18]。〈原序〉
「聲詩間為長短句」下有小字雙行注云：

> ○隋下原本漢字誤，《秘笈》作唐。案下有至唐人云云，則此
> 非唐字也。以下《秘笈》有來字，則聲詩句不成文理。皆陳仲
> 醇妄改，今不從。

《秘笈》即《寶顏堂秘笈續函》。當時，除秦恩復出版的《詞源》外
無二卷本刊本，因此所參照應是數種一卷本中的其一。關於《秘
笈》，亦有如下批注言及：

> ○二語不可解，疑有脫誤。《秘笈》是作獨（原序「是一美成
> 而已」注）
> ○《秘笈》寬易上有太字（雜論門「詞之語句太寬」條「約莫
> 寬易」注）

而卷下錢熙祚自身的校訂，僅將「雜論」壽詞條的「本製」（下十四
a⑩）校訂為「體製」。即錢熙祚的關心所在傾向於詞樂，卷下的文學
論僅在文意不通之處進行了最低限度的校訂。

接下來介紹戈載對初刻本《詞源》的校訂。戈載在《宋七家詞
選》跋中云：

> 曾為秦敦夫太史校正《詞源》，而白石之譜亦從而有悟焉。

再刻本附錄的秦恩復〈再記〉中亦有如下記載：

---

18 《守山閣叢書》所收《詞源》中附其晚年，即道光廿三年（1843）序。但其校本是
在道光九年（1829）再刻本刊行之前完成的。

是書刻於嘉慶庚午，閱十餘年，而得戈子順卿所校本，勘訂誤
謬精嚴不苟，自哂前刻鹵莽，幾誤古人，以誤後學，爰取戈本
重付梓人，公諸同好，庶免魯魚之訛。

也即再刻本全面從戈載之校訂。因此，如果將初刻本與再刻本中的異
同進行比對，就可知曉戈載的校訂。如別表所示，與守本文字多處相
同。但再刻本較守本刊行更早，而得以參考錢熙祚自筆校本的可能性
也很低。將校訂相比對可知，卷上有九處與守本不同。其中，〈律呂
隔八相聲〉、〈十二律呂〉中所見六處，及〈結聲正訛〉中「調」校正
為「謂」，守本是正確的。此外卷上多數校正基本與錢熙祚一致。由
此可知二者在詞樂方面造詣頗深。戈載除三處小字雙行注外，在卷下
亦校訂多處。其中與鮑廷博校字一致的有七處，獨自校訂的有九處。

　　戈載（1786-1856），字順卿，號弢翁，元和（江蘇省蘇州市）
人。精通詞學，著《詞林正韻》而廣為人知。上海圖書館所藏《陽春
白雪》，通篇施戈載的批語，可具體知曉其校訂痕跡。雖偏離《詞
源》校訂，請允許筆者在此進行介紹。

　　《陽春白雪》九卷外集一卷。〔宋〕趙聞禮輯。清鈔本，卷五開始
為別筆。一冊。〔清〕鮑廷博校、戈載批校。左右雙邊，有界。十七·
七×十二·〇公分。四針眼。版心細黑口，魚尾下有「知不足齋正
本」。灰白色蠟紙表紙（二十九·七×十八·〇公分）朽敗嚴重。首
葉上鈐戈載的藏書印「臣戈載印」、「順鄉戈載手校」，又有戈載襲用
其父戈宙襄的「半樹齋戈氏藏書印」，袁芳瑛的「古潭洲臥雪廬收藏」，
李盛鐸的「李氏玉陔」、「李氏盛鐸」藏書印，可知歷經戈載、袁芳瑛、
李盛鐸舊藏。書號七六二五〇二。鮑廷博自身的朱墨批注僅「此李清
照／詞」（卷八，無名氏〈念奴嬌〉），「此闋中州樂府／是高憲作案／
宋刻賀東山／詞有此闋則是／遺山誤入也」（卷九，賀方回〈小梅

花〉)。另有他筆,内容與《絕妙好詞》對照,批注中見:「《絕妙好詞》不載」、「《絕妙詞》無」。但整體上戈載的批注占絕大多數,且每一處末尾均以小字署名「戈載」。卷末戈載的跋文中記述其中緣由[19]。

> 道光乙已九月上旬五日,舟過揚州於骨董鋪買得是／書,歡喜無量。即于水窗校讀三日,已抵里門矣。又以／秦敦翁所刻本校勘一過,中有異同之處,乃知敦翁／未見此書也。所刻尚多誤舛,而是冊亦以譌處,安再得／善本而校之。中吳戈載順卿識。〔順〕〔卿〕(朱文方印)／戊申七月復校一過,弢翁。／壬子四川秦玉笙以刻本托校,又閱一過,順卿。

購買鮑廷博舊藏本《陽春白雪》的戈載,曾用秦恩復《詞學叢書》收錄刊刻的同書進行了再校。咸豐二年壬子(1851)托校的秦玉笙,即秦恩復之子爔,字玉笙,號綺園。雖中鄉試但歸故鄉,建思秋吟館。除自著詞集外還有詞選集《詞繫》[20]。如跋中所示,接受委託的戈載,一絲不苟地書寫對校結果,共達六十七條。《陽春白雪》卷一所收田不伐〈念奴嬌〉詞第四句:「睡起微醒衣袖重」,有批注:「醒秦敦夫刻本作醒,戈載」(九 a),以下稱「秦刻本」。此《詞學叢書》本為道光年間的再刻本,由下述批注中「初印」即初刻本可知。

> 四缺字,秦本初印同。後補校／出記得年時四字,已補刻矣,戈載。(卷五,十六 a,韓南澗〈永遇樂〉)

---

19 李盛鐸著,張玉範整理:《木犀軒藏書題記及書錄》(北京:北京大學出版社,1985年),「《陽春白雪》八卷」中有介紹。

20 鄧魁英:〈關於秦爔的《詞繫》未刊稿〉,見〔清〕秦爔編著,鄧魁英,劉永泰整理:《詞繫》(北京:北京師範大學出版社,1996年);黃繼林:〈揚城兩座小盤谷〉,《揚州晚報》,2012年7月14日。

秦恩復去世後其子秦鑛與戈載保持往來，《詞學叢書》得以校訂。此外，戈載批語中所見詞籍，選集多為《絕妙好詞》，另有《詞潔》、《詞譜》，詞別集《白石旁譜》、《宋抄本樂章集》、《夢窗詞》、《蒲江詞》、《程垓書舟詞》等。

結語

　　本章探討了《詞源》由初刻本到再刻本的刊刻過程。秦恩復刊行的二卷本《詞源》初刻本，較忠實於元鈔本的本文。這在初刻本出版當時就成為話題，以前已有論述[21]。本章中論及的鮑廷博、汪繼培、錢熙祚均非詞之專家。但他們都曾嘗試校訂《詞源》，足以證明新出資料《詞源》所受關注之高。在此前提下，乾隆年間《白石道人歌曲》校訂出版。秦恩復在初刻本面世時進行了校訂，但並不充分。因此，為使文本更正確，藏書家、校勘家紛紛加入其中[22]，特別是，錢熙祚在音樂方面的校訂出類拔萃。而戈載對錢熙祚未重視的卷下亦進行了校訂，可以說更進一步。此外可知，不僅僅局限於《詞源》，秦恩復與秦鑛、戈載、汪輝祖與汪繼培，還有鮑廷博等人，跨至兩三代仍然進行詞籍的校訂。關於錢熙祚的周邊，以及關注詞樂詞律的文人的參與情況與成果，作為今後的課題將會繼續展開研究。

---

21 參照拙作：《詞論の成立と發展——張炎を中心として》，第七章〈《詞源》諸本について〉，第二節〈《詞源》名諸本〉。

22 上海圖書館亦有錢侗《詞源校本》。錢侗（1778-1815），字同人，號趙堂，嘉定（上海市）人。錢大昕之甥，以藏書家、文獻學家著稱。從年代來看應為《詞學叢書》初刻本的校訂，今已歸還原所有者，故未得確認。

附表：上海圖書館藏《詞源》異同表

按：本表因內容豐富，採左右跨頁呈現　　　　　（續右頁）

門名	再刻本葉行	再刻	初刻本葉行	初刻
【卷上】				
陽律陰呂合聲圖	二a②	巳	二a②	己
律呂隔八相生圖	二b②～⑧（第一圖）		二b③～⑥	
	二b②～⑧	（子對應太簇）	二b③～⑥	（子對應太簇）
	二b②～⑧夷則之譜號	㋆	二b③～⑥	이
	三a⑦	蔞	三a⑥	樓
	四b④～⑩（第二圖）自酉上昇線	（入辰）	四b⑥～⑨	（入寅）
	四b④～⑩（第二圖）自亥上昇線	（入辰與午間）	四b⑥～⑨	（入辰）
	四b④～⑩（第二圖）自未上昇線	（入寅）	四b⑥～⑨	（穿子寅回到未）
律呂隔八相生	五a①黃鍾上林鍾之符號	ム	五a①	ㇰ
	五a③太簇下南呂之符號	ㇰ	五a③	‖
	五a⑨夷則下夾鍾之符號	㊀	五a⑨	⑪
	五b①仲呂之符號	ㇰ	五b②	幺
古今譜字	六a⑧	一　上	六a⑩	上
	六a⑧	玊	六a⑩	三
十二律呂	七a①	㋮	七a④	ム
	七a④	宮轉徵	七a⑦	轉徵
	七a⑤	人	七a⑧	ㇷ

守本	鮑氏墨書	鮑氏朱書	宛本	賓顏本
				（脱卷上）
巳			巳	
（無圓外譜號）		此圖大謬以黃鍾／属子位分界另排	（無圓外譜號）	
（子對應黃鍾）			（子一半對應黃鍾一半對應大呂）	
ㄱ			이	
瘦			萎	
（人寅）			（人寅）	
（人辰）			（人辰）	
（人子）			（人子）	
ㄥ			缺	
フ			i|	
㊀			i|	
ㄅ			幺	
一上			一上	
壬			王	
ㄥ			ㄥ	
轉徵			轉徵	
人			フ	

（續右頁）

門名	再刻本葉行	再刻	初刻本葉行	初刻
	七a⑥	フ	七a⑨	人
	七a⑨	ⓜ	七b②	マ
	七b①	ⓜす	七b⑤	ⓜⓣ
	七b⑧	レ	八a②	ノ
	七b⑨	マⓙ	八a③	ⓣⓜ
	八a⑥	⊖ⓣ	八b①	⊖
	八b②	ⓣ	八b⑧	⑪
	八b⑪呂下	ク	九a⑦	（脱）
	八b⑪	ク	九a⑦	フ
	九a⑪	ク	九b⑧	｜｜
	九b②	人	九b⑩	レ
	十a⑧	中管雙調	十b⑦	中管雙調
	十b①	レ	十一a①	人
	十b⑥	マ	十一a⑥	ク
	十b⑧	ク	十一a⑧	一
	十一a⑥	ⓕ	十一b⑦	⊖
	十一a⑦	中管越調	十一b⑧	中管越調
管色應指字譜	十一a⑩	尖一	十二a①	レ尺一
宮調應指譜	十一a⑪	指譜	十二a②	指譜
律呂四犯	十二b⑦	犯羽爲側宮	十三b①	犯羽爲側宮
結声正訛	十三a③	マ	十三b⑧	｜｜
	十三a⑪	調	十四a⑥	調

守本	鮑氏墨書	鮑氏朱書	宛本	賓顏本
フ			人	
⟨マ⟩			⟨マ⟩	
⟨マ⟩⟨ㄱ⟩			⟨マ⟩⟨ㄱ⟩	
ㄴ			ノ	
マ⟨ㄱ⟩			⟨ㄱ⟩⟨マ⟩	
㊀（下小字雙行注）○此下疑／脱夾鍾清／聲ㄱ字／並注			㊀	
⟨ㄱ⟩			⟨‖⟩	
ㄅ		‖	‖	
‖			フ	
ㄅ			‖	
人			人	
中管商調		雙汪蘇潭校作商	中管商調	
ㄴ			人	
マ			ㄅ	
ㄅ			一	
⟨ㄱ⟩			㊀	
中管越角		調汪蘇潭校作角	中管越角	
ㄴ尺一		元本作ㄴ失一據江跋作勾失一	尖一	
字譜		右「元作字譜」	字譜	
犯羽爲側宮		「宮」右「衍文」	犯羽為側	
マ		マ	マ	
調	調		調	

（續右頁）

門名	再刻本葉行	再刻	初刻本葉行	初刻
	十三b①	別調	十四a⑦	調
謳曲旨要	十三b⑨	爲	十四b⑤	無
	十四a⑥	磈	十五a③	塊
	十四a⑦	合韻	十五a④	合韻
【卷下】				
序	一a③	隋唐	一a③	隋漢
	一a④	以來	一a④	以
	一a⑧	美成	一a⑧	且美成
音譜	二a⑧	説	二a⑩	詵
	二b⑩	花心	三a③	落花
	三a③	意	三a⑦	意
	三a⑩	工	三b④	工
拍眼	四a③	公	四a⑨	公
	四a③	工	四a⑨	工
	四a③	（小字雙行注）此句以有誤字	四a⑨	（無）
	四a⑨	斂	四b⑤	斂
	四a⑪	説	四b⑥	?
製曲	四b⑧	淨寫	五a⑤	淨
虛字	六a②	盡	六b②	盡
清空	六a⑦	折	六b⑦	折
	六b①	柳	七a②	楊
	六b③	黃	七a④	柳
意趣	六b⑨	事	七a⑩	事
	七a②	鬢	七b④	鬢

守本	鮑氏墨書	鮑氏朱書	宛本	竇顏本
調			調	
無	爲		為	
塊	磈		磈	
含韻		「韻」右「元生撾」	含撾	
隋□（○有小字雙行注）		二字伹誤	秦漢	隋唐
以			以	以來
是美成			且美成	且美成
訣			説	（脱音譜門）
落花	花心		花心	
意	音		（脱）	
工	式		式	
公	【么】		公	（脱拍眼門）
工	式		式	
（小字雙行注）○案此句上疑有脱誤			（無）	
斂			領	
訣	説		説	
淨		淨寫	淨	淨
盡	善		善	（脱）
折			拆	拆
楊	柳		柳	柳
黃	黃		黃	黃
事	似		事	（脱）
髺			鬟	（脱）

（續右頁）

門名	再刻本葉行	再刻	初刻本葉行	初刻
	七a⑦	斜	七b⑨	斜
	七a⑩	猶唱	八a②	猶謌
	七a⑪	是	八a③	是
用事	八a②	詞	八b⑥	詞
詠物	九b④	時欲	十b①	復
	九b⑦	靜處	十b④	處
	九b⑪	勻	十b⑧	勻
	十a④	語耳	十一a②	語
節序	十b④	脚	十一b③	脚
	十b⑥	若	十一b⑤	蔵
	十一a⑤	同	十二a⑤	同
	十一a⑤	（小字雙行注）五字別本刪去	十二a⑤	（無）
賦情	十一a⑩	也	十二a⑩	也
	十一b③	遠	十二b④	？
	十一b③	便	十二b④	？
令曲	十三a①	率	十四a⑤	率
雜論	十三a⑦	巳	十四b①	已
	十三b②	功	十四b⑦	工
	十三b③	寬	十四b⑧	？
	十三b⑩	説	十五a⑤	説
	十四a④	功	十五a⑩	工
	十四a⑤	精一	十五b①	精一

守本	鮑氏墨書	鮑氏朱書	宛本	實顏本
斜	殘		殘	殘
尚謌			尚謌	尚歌
是	算		是	是
詞		詞中	詞中	詞中
復			欲	復
處		静處	静處	處
匀	聲	「聲」右「元作匀」	聲	聲
語			語	語
脚	甲		脚	脚
藏	若		若	若
同		「同」右「疑詞」	同	詞
（無）			（無）	（無）
也	焉		焉	焉
遠	迴		遠	遠
便	更		便	便
率		率易	率易	率易
巳			巳	（脱）
工			工	工
寬（小字雙行注○秘笈寬易上有太字）	太		寬	太寬
（改行）	（批注白色的」）		（無改行）	（無改行）
工			工	（脱）
精一	甚精		甚精一	甚精一

（續右頁）

門名	再刻本葉行	再刻	初刻本葉行	初刻
	十四a⑥	蔵之（行末）	十五b②	蔵之」
	十四a⑩	本製	十五b⑥	本製
	十四a⑪	佳者	十五b⑦	佳者
	十四b⑤	而已	十六a②	而已
	十四b⑩	自巳	十六a⑦	自己
	十四b⑪	也	十六a⑧	也」
	十五b③	燕邸	十七a②	燕邸
五要	十五b⑦	（小字雙行注）守齋~霞翁	十七a⑥	（無）
	十五b⑪	調	十七a⑩	調
	十六a③	若	十七b③	若
	十六a④	融	十七b④	融
	十六a④	詳製	十七b④	詳製
	十六a⑥	韻	十七b⑥	韻如
	十六b卷末			
	跋一a③	且	跋一a③	止
	跋一a⑤	費	跋一a⑤	□
	跋一a⑤	道客	跋一a⑤	道客
	跋一a⑨	浦	跋一a⑨	浦
	跋一b⑥	律	跋一b⑦	六
	跋一b⑨	濞	跋一b⑩	濞
	跋二a①	茲	跋二a③	茲
	跋二b卷末			

守本	鮑氏墨書	鮑氏朱書	宛本	竇顏本
（行末。括弧脱）			（行末。括弧脱）	
體製	體（製）		製本	（脱）
（改行）	（批注白色的」）		（行末）	（無改行）
而已			而已	而已
自巳			自巳	（脱）
（改行）			（行末）	（脱）
燕邱	雁丘		雁丘	鴈立
（無）			（無）	（無）（作「楊誠齋作詞五要」）
調	詞		詞	（脱）
若	欲		欲	若
融		能融	能融	能融
詳製		詳製元本作洋製／汪蘇潭校作律製／俟玫	律製	詳製
韻調			韻調	韻如
		（起善齋及鮑廷博跋）		
止			且	（脱跋）
□		「費」及其右「疑齋字之誤」	費	
道客		道客二字伝誤	道客	
浦	蒲		蒲	
六			六	
濞	漢		濞	
見	君		君	
		（鮑廷博跋）		

附論三
周慶雲生平評介

　　中國直至清朝，一直通過科舉選拔人才，多數詩人同時還涉足官場政治。填詞於他們而言，是比較私人的文學創作。中華民國的成立，極大地動搖了迄今為止詩壇上被認為是常識性的東西。為瞭解這個時代，在此想介紹一下曾出版《歷代兩浙詞人小傳》和《琴史補》等各類書籍的周慶雲（1864-1933）。

一　生平

　　周慶雲並不是文學家，他的一生可謂是民族資本家的一個典型。據《吳興周夢坡先生年譜》[1]，以下錄其略歷。這部年譜由他的兒子周延礽編寫。周慶雲與妻子育有十二個孩子，只有第五子周延礽是男兒。

　　五世祖周文魁（聖能公），於乾隆廿六年（1761）自餘姚縣西鄉水閣村（浙江省。紹興和寧波的中部）徙至吳興縣南潯鎮（浙江省湖州市。南潯鎮靠近上海市的交界處）。文魁之子，即周慶雲的曾祖父周恒（東橋公），周恒的次男周良苗（稻村公）和慶雲的生父周昌大（味詩公）、及其弟也就是慶雲的繼父周昌熾（味六公）在南潯鎮經營製絲業。咸豐十年（1860），太平軍三度攻入南潯，一家人避難上海。不久後，在南潯經營「申泰行」的周昌大和其最小的弟弟負責收

---

[1] 見周延礽編：《吳興周夢坡先生年譜》，收入《近代中國史料叢刊》第82輯，民國廿三年序；孫克強：〈《歷代詞人考略》作者考辨〉，《文獻》第2期（2003年4月），頁207-212。

集絹和棉花，由開設「申昌絲號」的昌熾在上海進行銷售。通過合作
經營，他們取得了成功。

　　周慶雲於同治三年（1864）十一月廿九日在上海出生，同治五年
（1866）回到南潯。其父邀請桂榮（琴甫）先生和金恩綬（筱庭）先
生開設私塾教授四個兒子。他們進行的是傳統的教育，即應對科舉考
試的教育。長兄周慶賢（琴軒公）（？-1907）在光緒八年中舉，成為
地方官員。次兄周慶森（蓉史公）（1861-1911）後來任平陽泰順縣學
教諭。兩人在清朝滅亡之際亦離開人世。

　　周慶雲同治十年（1871）八歲時開始學習，十三歲習完五經。十
六歲時，金恩綬因身體原因辭去教職，由嚴文輝（珊枝）先生接任。
光緒六年（1880），十七歲的慶雲應試。翌年秋入縣學，十月結婚。其
妻蔡氏（1862-？）為歸安（浙江省湖州市）翰林院待詔蔡世錝的女
兒。這門婚姻也可看出周父對兒子的期許。光緒十一年（1885）周慶
雲應杭州省試，落第。之後又五次應試，但隨著光緒廿三年（1897）九
月卅四歲的省試落第，他的科考生涯畫上了句號。為參加此年最後一
場科舉考試而聚集在北京的考生被捲入戊戌變法、戊戌政變中，科舉
也被廢除。科舉及第不僅是周父的期望，也是他自己的夢想。另外，
周慶雲於光緒廿九年（1903）四十歲時通過謁選任永康縣學教諭和直
隸州知州。

　　雖然周慶雲一直參加科舉考試，但在此之前，他作為一名實業家
已經開始活躍在商業圈。光緒十年（1884），膝下無子的叔父周昌熾去
世後，廿一歲的周慶雲繼承了絹絲生意。後因不景氣從絲業中退出，光
緒十七年（1891）春在杭州獲得鹽的經營權，九月父親去世，冬天遷
入杭州居住。此年廿八歲。鹽屬國家專營商品，獲得了買賣權可以說
是利益得到了保障。光緒卅一年（1905）四十二歲的夏天，周慶雲被
舉為嘉所甲商，管轄浙江省嘉興、秀水至江蘇省常州、蘇州這些經濟

中心地。光緒卅三年（1907），出資四分之一贊助浙江興業銀行的創辦。宣統三年（1911）辛亥革命爆發，九月十五日杭州獨立。周慶雲和家人遷往上海。辭任嘉所甲商後，民國元年（1912），四十九歲的周慶雲成為兩浙鹽業協會的會長。翌年，在杭州獨資創辦天章絲織廠，又合資創辦虎林絲綢公司。民國三年（1914）實行鹽稅制度，成立蘇五屬鹽商公會組織，周慶雲任副幹事。清末民初，在對應行政、稅制變化的同時，還投資銀行和蘇杭鐵路，他作為實業家取得了成功。

此後周慶雲繼續活躍在各處。十五年（1926），六十三歲時，周慶雲在嘉興創辦「秀綸」和「厚生」絲織廠。十七年（1928），受邀參加鹽務討論會，並在上海浦東成立製鹽工廠「五和精鹽公司」。但是，廿年（1931）十二月六十八歲時，「一‧二八事變」的爆發而蒙受巨大的損失。民國廿二年（1933）十月，七十歲在上海去世。周慶雲直至晚年一直往返於杭州和上海之間。

浙江和江蘇原本就是重視教育、科舉及第者輩出、文化水準較高的地方。周慶雲是最後參加科舉的一代，其子周延礽畢業於浙江私立法政學校，在民國政府從事法政工作。至周延礽的兒子這一代，除周世選成為醫生外，周世達、世術、世述，大學畢業後均成為官員。周慶雲應邀在鄉里和杭州建立學校，開辦結核療養所等，參加各種社會活動，此外還參加文化活動，資助出版等。

二　文藝活動

接下來主要從文藝方面對周慶雲從事的活動進行介紹[2]。周慶雲

2　李劍亮：〈周慶雲的西溪詞緣〉，《浙江工業大學學報》（社會科學版）》第5卷第2期（2006年12月），頁121-125。陳子鳳：〈近代海上淞社名人詩稿〉，《收藏家》2008年第7期，頁33-37。羅惠縉：〈民初遺民對晚明歷史的文學表達——以《淞濱吟社集》為中心〉，《江漢論壇》2008年第9期，頁117-119。

曾積極參加琴社和詩社，並刊刻了與此相關的琴譜、印譜和詩詞集。
他的應試學習始於背誦四書五經，最終是為了能熟練進行詩文寫作。
前文已述，周慶雲的學術和精神世界是以前近代為背景的。光緒八年
（1882）十九歲的周慶雲赴上海並作〈上海夜遊詩〉後，便不時寫詩
或在家裡與客人和韻唱酬。甲午戰爭，膠州灣事件，義和團事件等國
難接二連三發生時，他都作悲憤之詩。光緒廿二年（1896），周慶雲因
夢裡與號為東坡居士的蘇軾對話，由此自號「夢坡」。唐宋八大家之
一，北宋時期的蘇軾，尤受中國人推崇。

　　周慶雲最早的著述是光緒十九年（1893）卅歲時寫的《隸源》，即
顧南源《隸辯分韻》的詳細注解書，但並未刊行。光緒廿一年
（1895），周慶雲入手一族的族譜，即餘姚的宗譜《姚江族譜》，進行
整理後製成抄本分發於各處宗祠。之後他也繼續家譜的編輯和整理。
或許是鹽業走上軌道後，時間和精力上都比較充裕的緣故吧。

　　最早出版的書籍是光緒廿七年（1901）的《春燕唱和集》和《泰
西新史攬要節本》八卷。《春燕唱和集》是編集周慶雲等數十人唱和
汪昌燾的《春燕詩》而成的詩集。《泰西新史攬要節本》是《泰西新
史攬要》廿四卷的精簡版。英國人羅伯特・麥肯齊撰寫的十九世紀歐
洲史，被英國人李提摩太和蔡爾康翻譯成《泰西新史攬要》，由英美
傳教士設在上海的出版機構廣學會出版，並且成為暢銷書。據說連
《泰西新史攬要節本》都售出了數十萬部。以上海為中心的中國出版
業也恰逢繁榮時期，這部書的出版取得了商業上的成功。但之後的出
版曾一度中止。

　　周慶雲再度關注出版業是在民國之後，與他參加詩社、琴社在同
一時期。周慶雲最早參加詩社時四十九歲，即上海由高狒創辦的希
社。這是民國元年（1912）七月十五日中元時的事情。此後便每月都
和姚文棟、潘飛聲、鄒弢一起在豫園舉行詩會。冬至前兩日，周慶雲

和劉炳照共同舉辦了消寒第一集聚會。會場雙清別墅是以絲綢發家的徐鴻達的居處。參會者有繆荃孫、劉承幹等著名學者和藏書家，還可以看到遷至上海後擔任商務印書館顧問的長尾雨山的名字。清末民初的上海聚集了很多一流的民族資本家兼文人。周慶雲也是其中之一。他遷居上海後跟俞雲和李德潛學琴，編集《夢坡室收藏琴譜提要》（民國十九年刊行），並成為琴書和古琴的收藏名家。

翌年即民國二年（1913），淞濱吟社（簡稱淞社）的第一次社集由擔任主席的周慶雲和劉承幹舉辦。除了前年消寒第一集的參會者之外，還聚集了鄭文焯和夏敬觀等人。淞社成為了保留著濃厚清朝風氣的詩社。周慶雲親自撰寫的《淞濱吟社集》序文中也曾提到，效仿宋代遺民所立之月泉吟社而結淞社。民國十四年（1925）淞社解散後，周慶雲還參加了民國十五年的消寒會第二集和十八年的海上詩鐘社。民國四年（1915）之後的三年間，周慶雲第一次參加了朱孝臧任社長的春音詞社，並學習填詞。周慶雲的詞創作始於前一年對李嶽端贈詞的和韻。春音詞社解散後，周慶雲便從作詞中抽身，民國十年（1921）在杭州西溪重建秋雪庵，修建歷代兩浙詞人祠堂。落成之後頻繁到訪此地，並舉行詞人祭祀活動。民國十九年（1930）漚社在上海成立，年已六十七的周慶雲再次接受填詞指導。一般認為，詞和琴不是用來應付科舉考試的，而是有高度雅趣的東西。移居上海後，周慶雲在和海上派文人交遊的過程中，應該是有機會學習這些的，同時，他還對參加詩社的鄭文焯和朱祖謀等清朝遺民進行生活上的幫助。他的出版事業也是如此。

民國時期，參加各詩社的同時，周慶雲還活躍在出版業。民國元年（1912），出版了前一年就已成稿的《靈峰志》四卷。《靈峰志》既是名勝地志也是詩集。民國三年（1914），重印了母親的親戚董熊（1822-1861，號曉庵）的《玉蘭仙館印譜》二冊。琴書方面，出版

了《琴書存目》六卷附《琴書別錄》二卷。他甚至還出版了自己的詩集《之江濤聲》一卷、詩社的唱和詩集《壬癸消寒集》一卷和《其蓴集》二卷，以及亡兄周慶森的詩集《蓉史公敝帚集》。翌年出版了《鹽法通志》一百卷。此書是民國元年秋至三年夏，周慶雲根據自己鹽業方面的親身經歷書寫而成的。之後每年刊行的書籍大概可分為琴書、印譜和詩文集。也可以分為對文人的幫助，自著，一族或故鄉的彰顯這三類。

首先是琴書。民國八年（1919）五四運動這一年，繼鹽商葉希明在蘇州的怡園開辦秦琴會後，周慶雲亦在上海晨風廬開辦琴會，並在會場刊行和售賣《琴書存目》、《琴史補》二卷《琴史續》八卷。民國十一年（1922），此次琴會的記錄出版為《晨風廬琴會記錄》二卷。這些書籍的主編均為周慶雲。民國八年周慶雲資助楊宗稷出版《琴學叢書》（《琴粹》四卷、《琴話》四卷、《琴譜》三卷、《琴學隨筆》二卷、《琴餘漫錄》二卷、《琴鏡》九卷）。民國十一年出版的《中國音樂史》也是由周慶雲出資贊助的。

篆刻方面，周慶雲根據自己的收藏品，民國十五年（1926）出版《古玉璽印》、十六年（1927）出版《夢坡室獲古叢編》，十七年（1928）出版《夢坡室金玉印痕》七卷，民國廿一年（1932）出版《夢坡室藏硯拓本》。

詩文方面，以眾人合集為主的書籍有：民國四年（1915）發行的《淞濱吟社甲乙集》《百和香集》，民國六年發行的《晨風廬唱和詩存》十卷和《甲乙消寒集》，民國十七年發行的《晨風廬唱和續集》十二卷，民國廿二年發行的《逆旅同聲集》二卷（最早編輯於民國元年）等。與此相對，周慶雲的個人詩文集並不多。民國八年（1919）的《東華塵夢》、《海岸梵音》，民國十五年的《天目遊記》均為旅途中所寫的詩文。在周慶雲六十八歲晚年即民國廿年（1931）出版《夢坡

詩存》十二卷，並在去世那年出版《夢坡詞存》二卷、《夢坡文存》五卷。此外，周慶雲還編集族譜和為一族建立公墓，並通過出版詩文集來彰顯一族。有其兄周慶賢的《琴軒公晚菘齋遺著》及《晚菘齋遺墨》，周慶奎之妻徐熙珍的《從叔母徐氏華蕊樓遺稿》。而《吳興周母董夫人經塔題詠》二卷中收錄的是周慶雲為其母建造的九重塔上刻著的詩文。另外以抄本形式編集尚未出版的有：周慶奎的《從叔父紫垣集》、周良苗的《稻村公聽香樓尺牘稿》、周昌熾的《別駕公類記稿》。

　　周慶雲的出版事業中，令人矚目的是他還整理刊刻跟故鄉潯溪及居處杭州的名勝相關的人物傳記和詩文。民國五年（1916）刊行了《潯溪詩徵》四十卷補遺一卷，翌年《潯溪詞徵》二卷，民國十四年（1925）《潯溪文徵》十六卷。又民國八年刊行了《南潯擷秀錄》，民國十一年（1922）年《南潯志》六十卷。關於杭州，民國十一年刊行了《西溪秋雪志》四卷、《歷代兩浙詞人小傳》十六卷，民國十六年（1927）刊行了《莫干山志》十三卷。年譜中雲，在其歿後有《潯雅》甲集三卷乙集三卷丙集四卷丁集六卷戊集二卷，及《續歷代兩浙詞人小傳》，均留原稿尚未刊行。

　　任淞社主席的周慶雲和劉承幹（1882-1963）都出身南潯縣。劉承幹小周慶雲十八歲，但他繼承了祖父經營湖絲積累的巨額財富，在時代變遷之際搜集私家藏書，並築嘉業堂藏書樓，出版《嘉業堂叢書》、《吳興叢書》等眾多書籍。而他的出版事業中也應該存在和眾多學者、文人的互惠關係。周慶雲的交友關係和劉承幹有很多共同部分，且二人唯大清是瞻。但是，周慶雲靠自己的能力獲得財富，在這一點上，他作為商人還是比較現實的。和劉承幹一樣，周慶雲作為編者，在詩社和琴社的人們的協助下，或是支援下，開展了出版事業，但規模要小得多，看來他並沒有摒棄自己作為後援者的立場。另外，在由石印發展為活字印刷的時代中，周慶雲的出版物均以十行廿一

字，小字雙行，四周雙邊，有界，版心白口，單黑魚尾的同版木版印
刷，名為《夢坡室叢書》。

詞在日本的受容之一側面

第七章
《詩學大成抄》初探
——從評語看漢詩的受容

前言

　　本章中選用的《詩學大成抄》，是中國編纂的類書《詩學大成》的抄物。中世紀的日本，五山禪僧不僅研讀禪籍，而且研讀韓愈、柳宗元、蘇軾、黃庭堅等人的詩文，對《三體詩》和《古文真寶》等選集以及以《韻府群玉》為代表的韻類書等漢籍也進行研讀、講釋，其成果作為抄物被存留下來。鎌倉、室町時代正是南宋、元、明初期，此時中國的出版業正在發展，許多書籍也被帶到日本。其中也有起源於宋流行於元，寫詩時作參考用的通俗類書《詩學大成》。五山文學方面，筆者雖是門外漢，但筆者認為注釋類書的行為在中國並不常見。這可否看作是日本對中國文學受容的一種形態呢？本章著眼於評語，旨在探討五山僧對中國文學的接受和評價。調查對象僅限《詩學大成抄》，未曾涉及禪林全體的文學活動，有諸多不足之處，還望指正。

　　《詩學大成》是室町時代至江戶時代禪僧和公家所讀之物，這點通過抄物、作詩時所用參考和日本編纂的類書中的引用可得知[1]。《詩學大成抄》即以此《詩學大成》為對象，是室町後期以和文書寫而成的抄物。京都五山第二位的相國寺中，一位名叫惟高妙安的學僧嘗試憑一己之力進行知識大匯總，即空前絕後的《詩學大成抄》的獨立注

1　柳田征司：《詩学大成抄の国語学的研究》（大阪：清文堂出版，1974年），第一章〈書誌〉，第二節〈原典〉，七〈諸書に見える《詩学大成》〉。

釋[2]。這不但被公家所接受，也對聯句的創作和說話文學的生成產生了影響[3]。關於《詩學大成抄》，很早就有柳田征司博士的大作《詩學大成抄的國語學研究》[4]。現以此為據，對作者及《詩學大成抄》的基本情況進行簡單介紹。

　　注釋者惟高妙安，室町後期，文明十二年（1480，中國明朝成化十六年）出生於近江國（今滋賀縣）。十四歲時上京進入相國寺學習。卅四歲離開京都，之後約卅年間，活動於山陰地區。天文九年（1540）成為相國寺第九十世主持，而且進入鹿苑院成為總管寺院事務的僧錄。天文十九年（1550）至廿二年（1553）間退居廣德院（永祿八年改稱光源院）。永祿十年（1568，中國明朝隆慶元年）歿。在此經歷中，除其他寺院的僧人外，他也與著名的公家和武將有來往。惟高妙安學問淵博，除佛典禪籍之外，他也向景徐周麟學習詩文創作，並開始學習《漢書》、杜甫的詩，還涉獵《尚書》、《柳文》、《史記》、《莊子》、《三體詩》、蘇軾的詩、《日本書紀》和本草等。雖有大量讀書摘錄，但幾乎沒有存留下來，也因抄錄瑞溪周鳳日記《臥雲日件錄拔尤》而為人所知。抄物除《詩學大成抄》外還有《中興禪林風月集抄》、《玉塵抄》（《韻府群玉》的注釋）。柳田氏認為這些都是惟高妙安即將八十歲時即永祿年間的著作，「一冊《中興禪林風月集抄》，一〇冊《詩學大成抄》，還有五十五冊《玉塵》諸如此類，逐漸涉及到大部抄物」[5]，

---

2 堀川貴司：《續 五山文學研究：資料と論考》（東京：笠間書院，2015年），第二部〈注釈・講義〉，第四章〈抄物の類型と説話〉，一〈抄物の類型〉。

3 小林幸夫：〈抄物から咄・雑談へ：歌語をめぐる雑談〉，《伝承文学研究》第63號（2014年8月）。

4 《詩学大成抄の国語学的研究》是由研究篇一冊，影印篇上下二冊構成。近年，有今泉淑夫、堀川貴司、住吉朋彦等人的著作出版，五山文學的研究正在急速發展。

5 見柳田征司：《詩学大成抄の国語学的研究・研究篇》，第二章〈抄者および抄の時期〉，頁190。

並推斷《詩學大成抄》的注釋年份大約在永祿四年（1562）左右。

　　《詩學大成抄》刊本已不存，現存寫本有市立米澤圖書館所藏外題《詩學大成抄》十冊本[6]（以下，簡稱米澤本）和西尾市岩瀨文庫所藏外題《大成抄》的五冊本（以下，簡稱岩瀨本）兩種。卷頭內題都是「幼兒乳臭編」，即為初學者而編的入門書。兩種寫本都不是完本，有缺冊，兩寫本都收錄天文部、地理門、時令門，但內容上存在若干不同。且米澤本的郊園門、地理門、城闕門、祠宇門，岩瀨本的節序門都分別只存留一部分。本章以米澤本為主，結合岩瀨本的節序門，以現存的收錄各門的《詩學大成抄的國語學研究・影印編》為底本，依此在（）中表示門、條以及冊、頁數、表裡。但該書末尾的岩瀨本第五冊在本稿中標為第十一冊。省略了原文的返點（讀音順序符號）、送假名、注音假名等，為方便閱讀，筆者對句讀點進行了整理。

　　《詩學大成抄》雖是《詩學大成》的抄物，但與現存的《詩學大成》都不完全一致，惟高妙安注釋的原典亦不詳。《詩學大成》在通俗類書中時常出現，經過反覆增補改訂，現存版本有兩種系統。成立較早的是毛直方編《新編增廣事聯詩學大成》卅卷（以下，簡稱毛直方本），有元至順三年（1332）、至正二年（1342）、至正十四年（1354）、明前期刊本。將此改編增補的林楨編《聯新事備詩學大成》三十卷（以下，簡稱林楨本），可確認的有元至正十五年（1355）、明初永樂六年（1408）、宣德元年（1426）四種刊本[7]。這兩個系統中，分類的標題和收錄的詩句也有很大出入。《學吟珍珠囊》、《詩苑叢珠》

6　米澤本網路上可以看到清晰的彩色圖像。「市立米沢図書館デジタルライブラリー」以《米澤善本・詩学大成抄》的形式公開，網址：https://www.library.yonezawa.yamagata.jp/dg/index.html。

7　依據柳田征司：《詩学大成抄の国語学的研究・研究篇》，第一章〈書誌〉，第二節〈原典〉；及張健：〈從《學吟珍珠囊》到《詩學大成》、《圓機活法》──對一種詩學啟蒙書籍源流的考察〉，宋代文學學會第二回大會，2015年發表資料。

和《文淵閣書目》中所著錄的《詩學集成》、《詩學大成抄》第八冊開
頭所記《詩苑集成》等，雖然名稱不是《詩學大成》，但有些書籍體
系類似相互關聯。像這樣多種類似書籍的存在及多次刊行，反映了對
摘錄詩句的評價和受容，也表明了在作詩層擴大的背景下，從宋元時
期到明朝的流行傾向。該書也曾在日本流行，林楨編至正十五年翠岩
精舍刊本《聯新事備詩學大成》卅卷在日本南北朝期曾覆刻刊行。

惟高妙安云：

○ココノ本嬋娟トアルハ板木ノアヤマリ〔茲書，有嬋娟者，
板木之誤〕

（時令門・秋興6／16a）

可以認為「茲書」即利用了相國寺所藏刊本。不僅如此，妙安曾查看
數種《詩學大成》：

○李陽氷トナニ、モアルガ，コ丶ニハ陽氷ヲウチカヤイテ氷
陽トシタソ。屈原ヲ原屈トシタヤウナソ。板行ニアヤマリテ
シタカ也。大成ノ書三四部アツメテミアワセタガ，ドレモ陽
氷トアリ。〔雖有李陽冰，此處陽冰作冰陽。屈原作原屈。或
是板行之誤。雖集勘三四部大成之書，均作陽冰。〕

（城闕門・碑碣 9／60a）

○絕妙好辭，黃娥碑背トコノ本ニアリ。黃ノ字ハ板行ノアヤ
マリナリ。他本四五部ミルニ皆曹ノ字ナリ。唐本ト云ヘトモ
字カソコヌルソ。本ノ如ニミバ，アヤマリ可多ソ。〔書中有
絕妙好辭，黃娥碑背。黃字為板行之誤。所見他本四五部，皆
作曹字。雖唐本，字有損。如此，誤甚多。〕

（城闕門・碑碣 9／62b）

散見諸如此類的記述。從這些因刊本校正不精而流露出的不滿中，可以推測《詩學大成》是坊刻的通行本。因此除了進行對照外，也需留意《詩學大成》中的引用書目。柳田氏推測惟高妙安中途曾更換過底本，並且得出的結論是：為接近毛直方本系統的《詩學大成》與《詩學集成》（或進一步說是《詩苑集成》）的綜合版本[8]。

　　但是《詩學大成抄》並不是將《詩學大成》全卷都進行了注釋。《詩學大成》的體系，毛直方本中分類為天地人物四部，下又分類為天文・時令等。林槙本中雖沒有天地人物四部，但門的劃分和毛直方本中的類相當。各門類又進一步分為條目。各條目中「敘事」說明諸書的引用，「故事（林槙本為『事類』）」則收錄典故，「大意（林槙本為『散對』）」列記二至四字對語，還收錄了「起」、「聯」、「結」五言七言對句。與此相反，《詩學大成抄》則是：第一，以毛直方本為參照，《詩學大成抄》中僅殘存天部、地部的相關部分，第二「敘事」中附有詳盡的注釋，而此外的部分似乎是隨意挑選出來的。眾多句子中選取哪部分詩句，其中也體現了惟高妙安的興趣和當時的好尚。但是鑒於原本不明，考察存在局限。因此，就第一點增加若干考察。

　　《詩學大成抄》中天部和地部雖只殘存注釋，但從米澤本、岩瀬本都存在散佚來看，《詩學大成》後半的人部物部散佚的可能性很大。但又從兩寫本都僅存天部地部來看，可以認為注釋時就僅天地二部了。《詩學大成》是大部的類書，對五山僧來說，有意義的部分即日月星辰和四季、山川和存於其處的建築。即便在執筆當時是內容完整的抄物，而僅殘存這一部分也就意味著對讀者來說最重要的就是天部地部了。這與《詩學大成抄》的寫作動機和目的有很深的關係[9]。

8　柳田征司：《詩学大成抄の国語学的研究・研究篇》，第一章〈書誌〉，第二節〈原典〉，頁54-55。

9　堀川貴司：《五山文学研究：資料と論考》（東京：笠間書院，2011年），第一部

　　柳田氏說《詩學大成抄》是因為當時盛行的聯句而產生的[10]。理
由是經常被評價說其語句適用於聯句。下面的例子中，類似這樣的對
聯句的言及在全篇中都能見到。

> ○漂麥雨，三時澤ノコトハ，風雅ニナイコトソ。少年ノ，聯
> 句詩ニハ，不可用，ナリ。〔漂麥雨，三時澤之事，風雅中
> 無。少年聯句詩中不可用。〕
>
> （天文部・雨 1／27b）
>
> ○探早梅ハ，詩ノ題ニモヨイソ。聯句字デアルソ。〔探早梅
> 者，作詩題亦善。聯句字。〕
>
> （天文部・雨 2／30b）

《詩學大成抄》中列舉的語句，實際在漢詩句中亦可見。

> ○碧簪青螺ナドハ山ノコトニ面白字ナリ。碧簪山一髮トモス
> ヘシ。〔碧簪青螺等，言山則為趣文。應作碧簪山一髮。〕
>
> （地理門・山 3／12b）
>
> ○帝鵑只管催春去。帝鵑……〔筆者注：中略。下同。〕字對
> ニ面白カラウソ。胡蝶仙鵑ナドニ，ツイシテモ，ヨカロウソ。
> 〔字對有趣。胡蝶仙鵑相對，亦可。〕
>
> （時令・送春 5／44a）

〈總論・論考〉，第一章〈五山における漢籍受容——注釈を中心として——〉，三
〈總集・類書の編纂（一）《新選集》《新編集》《錦繡段》〉中，禪僧為自用而編纂
中國詩的三書中，「季節・歷史部較多，反映了禪林內部的詩會對此類題材的推崇」，
頁18。

10　柳田征司：《詩学大成抄の国語学的研究・研究篇》，第一章〈書誌〉，第二節〈原
　　典〉中云：「抄者預想的讀者應該是以抄者為中心的小範圍的社會人，也即以相國
　　寺為中心的創作漢詩聯句的禪僧們」，頁58。

漢詩創作，尤其是當時盛行的聯句，是以創作五言句為主的即時文學。
《詩學大成抄》中所示典型詩句就是上列五言，並且書中已意識到對
仗是聯句創作的注意事項。另外就創作較多的七言律詩的詩體而言，
對句的創作也是必要的技能。如前所述，《詩學大成》各條目後半部
分記錄對語對句，所以在聯句和漢詩創作的詩材收集方面，《詩學大
成》起著較大作用。惟高妙安曾評價《詩學大成》所收詩句均為雅。

> ○案頭黃卷香終日，砌下蒼苔雨一簷，……ドレモコヽニノスル
> ハ詩句雅ニシテ面白ヲノスルソ。〔無論何句，詩句雅而有
> 趣。〕

> （城闕門・觀 9 / 37b）

第一節開始以聯句、漢詩創作為目的，在此，筆者想通過評語來考證
文中具體是如何進行評價的。

一　「有趣〔面白〕」和名句

本節中，在概觀《詩學大成抄》評語中出現最多[11]的「有趣」的
基礎之上，對給予最高評價的「名譽詩」、「名句」的作品和注釋進行
探究。

評語中出現最多的「有趣」，大概可以數出二百五十處，但因不
少是評語的重複使用，這情況與其說是「有趣」，不如說是夠得上評
價的程度吧。如例：

---

11 附表顯示的是使用三次以上，用於何條目的評語，為大概數字。

○萬家笑語荷花裏，知是人間極樂城。……極樂城卜云カ面白
ソ。城ノ字ヲソエタカ奇ナソ。江城ノ詩チヤホトニ，城ノ字
干要ソ。花開極樂トヤラ景徐和尚ノ拈香ニアルソ。荷花極樂
ハ面白ソ。〔云極樂城有趣。添城字為奇。如江城詩，城字為
要。花間極樂或在景徐和尚拈香處。荷花極樂有趣。〕

（城闕門・江城　4／25a）

云「極樂城」「有趣」之後，又對其進行解說，因為是河邊的小城，
所以不是「極樂」而是「極樂城」，並認為其「城」字為「奇」。「花
間極樂」則言及惟高妙安之師景徐周麟的拈香（佛事法語）之事，
「荷花極樂」亦「有趣」。這裡引用的是北宋林希的七言絕句〈吳
興〉詩，收錄於《全宋詩》，而《全宋詩》取材於《永樂大典》。全文
為「繞郭芙蓉拍岸平，花深蕩槳不聞聲。萬家笑語荷花裡，知是人間
極樂城。」

　　包含這樣的例子在內，被使用最多的是時令門。時令門在第六冊
和第八冊，雖然本來就是分量較多的門，但兩冊大約就有兩百回，在
數量上是壓倒性的。其中春約八十回，秋約六十回，夏和冬約卅回。
節序門也多達四十四回。可以說注釋者關心的是對季節和自然的吟
詠。這樣的「有趣」，大部分是對巧妙表現季節風物字句的評價。

○循圍花妝展，園中花開時。花ノサイタソノヲ，アチコチ，
トヲリテ，アルケバ，展花ガ，ツイテ，ケワウタ如ナソ。花
妝展，面白字ナリ。〔四處探尋，足下展花相對，如妝容。花
妝展，趣字。〕

（天文部・雨　1／36b）

○鳥向不香花裏宿，人從無影月中歸。……面白句ナリ。不香

花、無影月ハ，雪ノ名ナリ。面白字ナリ。〔有趣。不香花、無影月，雪之名。趣字。〕

（天文部・雪 1 / 44b）

○日移簾影臨書案，風颭瓶花落硯池。……上ノ句ハ，日ガゼンゼンニマワリテアレハ……アリアリトタクミニ作タソ。面白句ソ。モト硯池ノ落花ト云題アリ。〔上句，日漸移……逼真巧妙之作。有趣之句。原有題云硯池落花。〕

（時令門・仲春 5 / 29a）

此外還著眼於比喻，對此評語中時常做詳細的注釋。

○秦縱張横卜，白玉蟾ニシタソ。燕ノ詩ニ，燕ノ饒舌ニシテ色々談シサエヅルヲ，説客ノロキキノ蘇秦ニタトエテ，六國舊蘇秦ト作タソ。面白ソ。〔秦縱張横，白玉蟾。燕詩中，燕饒舌之談甚多，喻説客之口如蘇秦，作為六國舊蘇秦。有趣。〕

（郊園門・道路　2 / 17a）

○歳晩蒼官纔自保，日高青女尚横陳。……蒼官ハ松ヲ云ソ。松ヲ秦ノ始皇ノ人ノヤウニ，大夫ノ官ニナサレタソ。官ト云ハソノ心ソ。……松ヲ蒼官ト云モ，面白字ソ。〔蒼官云松。言松如秦之始皇時人，為官大夫。云官謂其心也。……言松為蒼官，趣字。〕

（時令門・立冬　6 / 33a）

○梅花與菊作交承。早梅ト雪ノ下ニサク晩菊トヨリヤウテ，知音トモダチニナツタソ。……梅ト菊トニ交承トシタカ面白ソ。梅菊ハ交承ノ友ナントトモセウソ。〔如早梅與雪下盛開之晩菊，為知音朋友。……梅與菊交承有趣。梅菊為交承之友。〕

（時令門・暮冬 6 / 40b）

○冷雨如絲蛩織夜，晴天作紙雁書空。上ノ句ハ，スマジイ雨
ノホソウ，ヲトモタカウモナウ，シンシントタエズフツタ
ハ，絲ノ如ナソ。……此二句タクミニ作タソ。雨ヲイトニシ
テ織リ，天ヲ紙ニシテカイガタクミソ。面白句ソ。雨絲蛩織
恨トモスヘシ。〔上句，淒冷雨細，聲綿綿，淅瀝不絕如
絲。……此二句巧妙之作。雨作織絲，天作紙繪畫精巧。有趣
之句。亦可作雨絲蛩織恨。〕

（時令門・秋 8 / 14a）

除此之外還有（以下有些日語從略）：

○乘霅燕，乘字，有趣。

（時令門・春曉 5 / 32b）

○浮榮空手枕。……空字，有趣。為字眼。

（時令門・殘夏 5 / 76a）

如上述，有指出字眼的情況。還有指出禪語的情況：

○特地涼。……特─ハ，禪語ノ字ソ。思イイヨラヌコトニ禪
語ヲツカウカ面白ソ。〔特為禪語之字。用禪語，意料之外，
有趣。〕

（時令門・秋晴 8 / 33a）

從上述「有趣」的著眼點可窺得五山時期較流行的以《詩人玉屑》為
代表的宋代詩論的深遠影響。而惟高妙安自己也曾舉此書名：

○一水護田將綠遠，兩山排闥送青來。王荊公力句也。……漢
ノ故事ヲソコニモツテ作テ，玉屑二此句ヲノセテ，評シタソ。
此兩句モホメテノ句也。〔王荊公之句也。……用漢朝故事
作，玉屑中載此句，亦有評。此兩句亦為褒辭也。〕

（地理門・山水 3／19a）

描寫的技巧自六朝以來就被論及，但對宋人而言，將其與詠物和著題
等流行題材相結合，同譬喻一起則是需要關注的大事[12]。字眼也被術
語化為「句中眼」，而對禪語的使用，如後文所述，也算得上是宋詩
的一大特徵。建立在宋代詩論這種傾向之上的，便是「有趣」。

　　與上文稍嫌濫用的「有趣」相反，內容較明確的評語中有僅使用
八回的「名譽〔メイヨ〕」。根據朝倉尚氏所言：「『名譽之詩也』表示
該詩是評價很高、膾炙人口的詩」[13]。《詩學大成抄》中雖用「名譽之
句」的形式，但其所揭示的內容是相同的。八回中有三回的講釋偏離
《詩學大成》本文，附在論及日本人作品的詩句之後。時令門「秋日
懷書」條的兩回讚揚橫川景三與景徐周麟的對句是「名譽之句」；
「秋」條中讚揚西行法師的歌為「名譽之歌」。評價《詩學大成》詩
句的有以下五回：

○月香水影風騷國。梅ノ詩二和靖力疎影橫斜水清淺，暗香浮
動月黃昏卜作，メイヨノ句ソ。二句ノ中ノカンヨウノ字ヲヌ

---

12 關於譬喻，《詩人玉屑》卷十七〈雪堂〉下列舉：「子瞻作詩，長於譬喻」。關於字
　眼，《詩人玉屑》卷三有〈唐人句法〉「眼用」四則和卷六「句中眼」等。
13 朝倉尚：《抄物の世界と禪林の文学：中華若木詩抄・湯山聯句鈔の基礎的研究》
　（大阪：清文堂出版，1996年），第一部〈中華若木詩抄〉，第一章〈收集詩につい
　て〉，第二節〈編纂意図〉，第一項〈「名譽詩」と「傳誦詩」（一）抄者による指
　摘〉，頁54。

イテ，月香水影ノ一聯卜云タソ。〔梅詩中和靖作疎影橫斜水
清淺，暗香浮動月黃昏，名譽之句。省二句中慣用字，作月香
水影一聯。〕

（地理門・湖 3／52a）

○花綺ハ……晉ノ謝元暉カ句，餘霞散作綺卜作タソ。メイヨ
ノ句ナリ。〔花綺……晉謝元暉之句，作餘霞散作綺。名譽之
句。〕

（時令門・春 5／10a）

○柳塘春水漫，花塢夕陽遲。三體詩ノ下ニアリ。……此一聯
名譽ノ句ナリ。マコトノ唐ノ代ノヤワラカニ心ノフカイ風雅
ノ句チヤト評ジタゾ。〔三體詩下。……此一聯為名譽之句。
評為實乃唐代委婉抒心之風雅之句。〕

（時令門・春 5／13a）

○香滿衣。杜詩春山多勝事，賞玩夜忘歸。掬水月在手，弄花
香滿衣。有趣之句。……此二句〔筆者注：指後兩句〕，名譽
之句。

（時令門・春畫 5／34a）

○五更枕上無情雨，三月風前薄命花。……此二句為名譽之句。

（時令門・春暮 5／39b）

出典依此為：北宋林逋的〈山園小梅二首・其一〉，南朝齊謝朓的
〈晚登三山還望京邑詩〉，唐代嚴維的〈酬劉員外見寄〉，唐代于良史
的〈春山夜月〉，南宋劉翰的〈春晚呈范石湖〉。前三首都是名詩，
〈春山夜月〉的「掬水月在手，弄花香滿衣」二句在《虛堂錄》等禪
語錄中經常可見，作為禪語也廣為人知。《詩學大成抄》中認為作者
是杜甫。對劉翰的〈春晚呈范石湖〉的評價則記述不詳。

　　與「名譽」並列，被使用八次的「名句」也有同樣的傾向。其中四回以五山僧為對象。郊園門「秋郊」、「陂塘」條是對功叔周全和彥龍周興間對句的連句，其他則是對節序門「人日」條的景徐周麟、「端午」條的維妙得岩的對句所作的評價。以下是《詩學大成》所收詩句四回的內容，雖有較長注釋，此處將全文一並列出。

　　　○秋水一色。王勃カ滕王閣ノ記ニ秋色共長天一色トカク。記ノ中ニ名句ヲヽシ。此モ名句ナリ。水ノ多時ハ，天トーツノヤウニテ，色モ同モノ也。〔王勃滕王閣記秋色共長天一色。記中名句甚多。此亦名句。水多時，同天一體，色亦同。〕

（地理門・水 3 / 24a）

　　　○謝朓詩中華麗地，夫差傳裏水犀軍。謝朓ハ晋ノ詩人ナリ。玄暉ソ。宣城ノ守ニナリテ，三山ニノホリ，澄江静如練ト云句ヲ作ソ。古今ノ名句ト云タソ。〔謝朓，晋時詩人，玄暉。為宣城守，登三山作澄江静如練句。古今之名句。〕

（城闕門・江城 4 / 24b）

　　唐代王勃的〈滕王閣記〉在《古文真寶》中也有收錄，此文廣為人知，《詩學大成抄》中也屢屢提及。謝朓的詩句，是前文以「名譽之句」列出來的〈晚登三山還望京邑詩〉「餘霞散作綺」的下一句。這與《詩學大成》「謝朓詩中華麗地」沒有直接關係，此處應是作者無論如何想提及一下而已。

　　此兩回中間的地理門「湖」條中，論及的是北宋蘇軾的〈飲湖上初晴後雨二首・其二〉的後兩句和前兩句，合為一首。

　　　○好把西湖比西子，淡粧濃抹總相宜，坡句。名句ナリ。西湖

ノ水ノヲモテノウツクシイコトハ，美人ナラハ，西子ニ比セ
イデハナリ。マツエダイ西子マデゾ。美人ノウスウストハイ
ホナドヨリスリ合テ，ニコニコト，マユヲ作テ，ケワウタ如
ナソ。西子ノウツクシウカホヲ作リタ如ナソ。淡ト云ハ，色
ノキワドウモナク，ヲンボラト，ウスゲシヤウト云ヤウナ心
ソ。濃ハコイトヨムソ。濃墨染（「コキスミソメ」）ト日本ニ
黒衣ヲ云ニ，濃ノ字ヲカクソ。敎ニ空華ノコトヲ，卒ニ濃色
ノ空花，淡色ノ空花ト云コトアリ。二乘聲聞ト縁覺トノ空理
ヲ觀ズルニ，聲聞ハ小乘ナホドニ，理ヲアサウ觀スルソ。淡
色ト云ナリ。縁覺ハ，二乘ヨリ利根ナホドニ，空ノ理ヲフカ
ウコウ觀ヲ，濃色ノ空華ト云ナリ。空華トハ，ナイ者也。空
ニ花ハナイソ。目ノヤマイノアル物ハ，空ヲ久ウマブレバ，
色々ニ花ノヤウナ物チリマワルソ。空キコトヲ空花ト云ソ。
湖水ノ淡一濃一ト云モ，色ニツイテ云ナリ。淡濃ノ字皆水ヲ
邊ニカクソ。湖水ニツイテ云ハ面白ソ。西湖西子淡粧濃抹ノ
コトハ，詩ニモ句ニモ，犬打童マテスル也。〔名句。喻西湖
水之美應該為美人西子，西子最好的意思。美人淡雅更宜，巧
笑嫣然，描眉、化妝。西子之美如此。云淡，色不深，沉穩，
猶云薄妝。濃讀作 koi。濃墨染，日本言黑衣，寫作濃字。佛
教有云空華，濃色空花、淡色空花。觀二乘聲聞與縁覺之空
理，聲聞為小乘，觀理淺顯。云淡色。縁覺，比二乘利根，深
觀空理，云濃色空華。空華、無者也。空中無花。亦如翳人，
久視空，則見空中之花飄落。稱空為空花。云湖水之淡濃，亦
指色。淡濃部首皆水。湖水之云，有趣。西湖西子淡粧濃抹，
詩及句，逗犬童子亦曉。〕

○水光瀲灩晴偏好，山色涳濛雨亦奇。坡句。名句ナリ。水光
ハ坡ノ集ニ湖光トアリ。西湖ノ詩，湖水ノテリスンテ，水ノ
色ウルウル，ウツクシイヲレンエント云也。天氣ハレタレハ，
一段ミコトナリ。好ト云字ハ，美人ノミメヨイ心ソ。末ノ句
ニ，西子ニ比ストックルホドニソ。山色――西湖ノソバニ，
山カアルソ。其山ノ色ハ，モウロウト，コウモウハ，霧ヤ霞
ヤナドノ，カヽリタリテイナリ。雨カフツテモ，ナヲメツラ
シウ見るナト云心ソ。〔名句。水光，坡集作湖光。西湖詩，
湖水波光澄清，水色清澈，云其之美為瀲灩。天若晴，則愈
好。好字，美人純潔之心。末句，與西子作比。山色，西湖旁
有山。其山色朦朧，涳濛，與霧、霞相關。言雖雨，亦甚奇。〕

（3／51b）

蘇軾該詩是連「逗狗童子」都知曉的名作。日本人對西湖的高度關注
已有言及[14]，五山文學中，北宋的林逋、蘇軾詩的影響之大，也由此
可以確認。前文所舉，林逋〈山園小梅〉的「疏影橫斜水清淺，暗香
浮動月黃昏」被稱為「名譽之句」，以及〈飲湖上初晴後雨〉詩被稱
為「名句」，在此背景中，可以確認五山禪林全體的志向[15]。

---

14 堀川貴司：《續　五山文學研究：資料と論考》，第一部〈總論〉，第二章〈名所と
　　しての中國――「西湖」を中心に――〉。又朝倉尚：《禪林の文學：中國文學受容
　　の樣相》（大阪：清文堂出版，1985年），第三章〈蘇軾〉，第二節〈蘇公堤と〈西
　　湖詩〉〉中所收五山禪僧的作品較多。朝倉氏的論文中錄有策彥周良赴明後的實地
　　見聞及感慨的文章（頁422）。策彥周良和惟高妙安為知交。

15 但是，此處存在版本方面的疑問。首先是蘇軾詩的前半和後半的順序相反。毛直方
　　本「湖」條「聯」：「水光瀲灩晴偏好，山色空濛雨亦奇」（卷六，十五丁表），
　　「結」：「好把西湖比西子，淡粧濃抹總相宜」（卷六，十五丁裏），所述順序如此。
　　檢《詩學大成》，構成為「起、聯、結」，所以不應出現前後順序顛倒的情況。其
　　次，注釋云：「水光，坡集作湖光」，應參照了蘇軾的別集，但不明。「好把西湖比

二 「雅」與「新〔アタラシ〕」、「少見〔メツラシ〕」

　　本節想就《詩學大成》中的評語「雅」、「新」和「少見」進行若干考察。「雅」作為象徵宋代文化的理念之一，此處不再贅述。「雅正」、「騷雅」等也被熟用，是表現正統價值觀的評語。《詩學大成抄》中被評為「雅」、「雅句」的內容如下所記。最初的兩例中列出詳細注釋，其餘的則捨去。卷、丁數指出現「雅」的地方。明確出典的都附在末尾並記錄文字異同。

　　　　○雲連海氣琴書潤，風帶潮聲枕簟涼。此二句モ雅ナ句ナリ。
　　　　雲カ海氣トーニナリタホドニ，座敷エ入テ，琴ヤ物ノ本カシ
　　　　ヲリトシメリタソ。風ハマタ海水ノ聲ヲモツタホトニ，吹テ
　　　　キテ，枕モシイタ竹ノムシロモ，夏ナレドモスズスズトナツ
　　　　タソ。〔此二句亦雅句。雲海之氣合為一，入座敷，琴、書潮
　　　　濕。風中帶著潮聲，枕及所鋪竹席，炎夏亦涼。〕（地理門・海
　　　　3/31b）【〔唐〕許渾〈晚自朝臺津至韋隱居郊園〉】
　　　　○柳展風前眼，花沾雨後唇。柳ハ風吹ハ眼ヲヒラクヤウニ展
　　　　フルソ。柳ニハ眼ト眉ト腰トノコトヲ作ソ。展眉ト柳ニモ作
　　　　タソ。コヽニハ展眼トシタソ。柳ノ上テハ眉モ眼モーツニシ
　　　　テ作ソ。花ハ雨ノフツタ後ニ花ノロノサキハシカ，ヌレヌレ

西子」句，毛直方本《詩學大成抄》同文，但宋版首字作「欲」。作「好」字之版
本似不存。云「坡集」又無言及，抑或有版本作「好」。《和刻本漢詩集成》（東京：
汲古書院，1978年）所收宮內廳書陵部藏宋刊本《東坡集》卷四，十五丁表，及
《四部叢刊》所收《集注分類東坡先生詩》卷十，廿二丁表（二首連作其一）作：
「水光瀲灩晴方好，山色空濛雨亦奇。欲把西湖比西子，淡粧濃抹總相宜」。如第
一章所述，惟高妙安不滿校正之不精，亦屢屢言及文字之異同，此處卻不見提及，
令人費解。

トアルソ。美人ノ唇ノヌレタヤウナソ。此ノ二句モ雅ナ句
ソ。〔柳被風吹，如睜開眼般。柳作眼、眉、腰。亦作展眉。
此處作展眼。柳樹上眉和眼合而為一。花在雨後含苞待放，花
尖濕潤。如美人之潤唇。此二句亦雅。〕

（時令門・春 5／11b）

○柳塘春水漫，花塢夕陽遲。（時令門・春 5／13a）【〔唐〕嚴維
〈酬劉員外見寄〉】

○花如解語令人笑，草不知名隨心〔筆者注：左側附意字〕
生。（時令門・春 5／15b）【〔北宋〕李彭〈春日懷秦髯〉令作迎，
心作意】

○一竿紅日賣花聲。（時令門・春晴 5／28b）【〔北宋〕曹組〈寒食
輦下〉】

○有情芍藥含春淚，無力薔薇臥晚枝。（時令門・春晴 5／29a）
【〔北宋〕秦觀〈春日五首・其二〉晚作曉】

○隔簾風送賣花聲。

（時令門・春晴 5／29a）

○花凝清露啼妝濕，柳拂春風舞袖翻。

（時令門・春曉 5/23b）

○睡鴨香殘碧霧空。（時令門・春畫 5／33a）【〔金〕周昂〈即事二
首・其二〉】

○爐煙添柳重，出花遲。（時令門・春畫 5/33b）【〔唐〕楊巨源〈春
日奉獻聖壽無疆詞十首・六〉下句[16]作宮漏出花遲。】

○花濃春寺靜。（時令門・春畫 5/33b）【〔唐〕杜甫〈上牛頭寺〉】

○睡起不知春已老，一簾江雨杏花風。（時令門・春暮 5／40a）
【〔金〕蔡松年〈睡起〉】

---

16 《詩學大成抄》下文有「宮漏」的注釋，下句作三字應是書寫之際的遺漏。

○軒幽竹蔭涼。

（時令門・夏 5 / 51a）

○水晶簾動微風起，滿架薔薇一院香。（時令門・夏 5 / 54a）
【〔唐〕高駢〈夏日山亭〉晶作精。】

○蕭騷官舍⋯⋯蕭一字也為雅。

（時令門・秋陰 8 / 28b）

○病來晉帖廢摸臨，自熨蓬山炷水沈。 （時令門・秋陰 8 / 29a）

○丹青霜葉秋明滅，水墨煙林暮有無。（時令門・秋色 8 / 32a）
【〔北宋末南宋初〕汪藻〈橫山堂〉】

○香薰椒蘭橫結霧。（城闕門・宮殿 9 / 22a）【〔唐〕胡宿〈天街曉望〉】

○案頭黃卷香終日，砌下蒼苔雨一簷。

（城闕門・觀 9 / 37b）

○遠笛落梅風。

（節序門・人日 11 / 17b）

「雅」之評語如上所見，時令門中占絕大多數，其中春季較多。除一例之外都寫花。出現這種偏頗的理由不詳，但「春濃春寺靜」的注釋云：「花香馥郁，夕寺寂靜，為雅」，僅此一條評文字為「雅」可知，「雅」是對詩句刻畫出的閑雅境界整體所做出的評價。另外，廿回中有十一回已明確其出典[17]，杜甫以外，其他唐人為中晚唐的詩人，宋人為北宋的詩人。禪林中，中唐、晚唐詩的選錄集《三體詩》十分流行，但於惟高妙安所處當時而言，已有感逝之懷。以上述詩句為「雅」，則好尚所指正是古雅的方向。

---

17 「隔簾風送賣花聲」（5/29a），〔元〕李繼本〈賣花〉詩有「風送賣花聲」句。「水晶簾動微風起，滿架薔薇一院香」（5/54b），〔南宋〕釋普濟的偈頌和釋原妙的〈頌古三十一首・其八〉中有引用。

　　那麼評語之「新」又謂何？句子的注釋中常見被稱之為「新」的
理由，現摘錄如下。出典附末尾。

○老矣。淵明徑老矣。淵明力老タカ三徑ノフルビテ，老ト云
心カ，トチソ。三徑ノ老ト云ワハ新ソ。〔淵明已老三徑古，
老，云土地也。三徑老之說法新。〕

（郊園門・秋徑 2 / 7a）

○落照黃。有斜照、紅殘、照紅等。照黃、新。照為夕陽。

（郊園門・秋徑 2 / 7b）

○晚來鴉鵲噪，應是買臣歸……買臣配鵲聲，新。

（郊園門・樵徑 2 / 7b）

○無點暑，點暑字，新。

（郊園門・松徑 2 / 9b）

○彩虹文鷁……以虹喻橋，常有之事。作鷁，新。

（郊園門・橋 2 / 47a）

○子城，子之方，北正中。北方城之心。字新。

（郊園門・邊塞 2 / 88b）

○分虎竹ハ，大將ノ印也。竹テ符ヲスルハ虎符ハ竹テスル
ソ。…虎竹モ新ソ。〔分虎竹，大將之印也。以竹做符，虎符
以竹制成。……虎竹亦新。〕

（郊園門・邊塞 2 / 88b）

○未勻，江杏萼先染，綠楊枝未勻之字新。

（時令門・春 5 / 21b）

○杏花德色，杏對德，不知所見。杏之德色，新。

（時令門・春 5 / 51a）

○探春信。探信之字新。探花、探春、探梅之字多。（時令門・

春 5／16a）【〔南宋〕王十朋〈送劉全之〉中有「手探春信尋梅去，袖帶天香折桂還。」】

○歲盞猶推藍尾酒，春盤先勸膠牙餳。……歲盞之字新。聯字。（時令門・元日立春5／22b）【〔唐〕白居易〈歲日家宴戲示弟姪等兼呈張侍御二十八丈殷判官二十三兄〉猶作後】

○強項老松猶臥雪。……言松強項，亦新。

（時令門・早春 5／25b）

○東方彷彿明……彷彿明，新。

（時令門・春曉 5／32a）

○花凝清露啼妝濕，柳拂春風舞袖翻。……二句雅。啼妝之字新。

（時令門・春曉 5／32b）

○茶香解睡磨鐺煮。……磨鐺煮亦新。（時令門・春日即事 5／42b）【〔五代末宋初〕卞震〈句・即事〉】

○探燕社遲早，卜鳩天雨晴……探燕之字，少見。……此二句亦有趣。卜鳩之字亦新。聯字也。

（時令門・春日即事 5／43b）

○竹粉千腰白。……千腰之字新。（時令門・夏 5／51b）【〔北宋〕李覯〈夏日雨中〉】

○樹涼蟬割據……蟬割據新。聯詩中可用。

（時令門・夏 5／53a）

○蒲試青刀插水湄……蒲青刀新。（時令門・夏 5／54b）【〔唐〕施肩吾「句」試作瑩】

○燕新似學少年子，鶯老已成前輩人……燕ノ少年子、鶯ノ老前輩モ新ソ。鶯ノ前輩トモセウソ。此一聯奇ナ句ナリ。〔燕如少年子，鶯如老前輩亦新。鶯之前輩亦如是。此一聯奇之句。〕

（時令門・夏 5／58b）

○池塘吠怒蛙。……蛙之吠，新。無趣之字。

（時令門・夏 5／59a）

○燕營別壘──鶯存舊舌。……鶯存舊舌，云舊舌，有趣。云舊，有老鶯存舊。存舌，新。燕之別壘，鶯之舊舌，聯字。鶯存舌，亦是。

（時令門・夏 5／59a）

○綠針浮水稻抽秧。……綠針，新。（時令門・夏 5／59b）【〔北宋末南宋初〕姚孝錫〈句・次趙獻之韻〉針作鍼】

○暑氣著人如酒顛。……云暑如酒顛，新。酒顛，有趣。

（時令門・苦熱 5／65a）

○黑雲將送催詩雨，綠樹何慳解慍風。……慳風，新。慳雨，云旱。

（時令門・季夏 5／70a）

○蟬韻高。韻，響也，指聲。蟬韻，較聲新。

（時令門・夏日途中 5／70b）

○雲臥煙棲……雲臥之字，多。煙棲，新。

（時令門・夏日書懷 5／75b）

○納火……納火之字，新。

（時令門・秋興 6／12b）

○駢紅擁翠……駢紅ノ字新ソ。サレトモスクレテ面白字テハナイソ。〔駢紅之字，新。但字無出色趣。〕

（郊園門・園 7／11b）

○翡翠閒居眠藕葉，鷺鷥別業在蘆花。……云翡翠閒居、鷺鷥別業，新。（郊園門・蓮塘 7／53a）【〔北宋〕俞紫芝〈水村〉翡作悲】

○日落沙禽猶未散，也知受用藕花香。……禽受用香，新。受

用字，經錄語。用法有趣。（郊園門・蓮塘 7／53a）【〔金〕趙渢
〈留題西溪三絕・其一〉】

○南史詩香流未歇，東嘉魂令喚難醒。……東嘉亦新。有趣。
作對仗可為之事。

（郊園門・陂塘 7／59b）

○南冥待駕垂天翼，鷗鷺那能歇此盟。……鷗鷺之歇，新。有
趣。為未歇鷗盟社好。

（郊園門・陂塘 7／61a）

○蘆白蓼紅吳渚冷，吳渚蓼紅亦有趣。蘆蓼隨處可見，在吳
則新。

（時令門・秋聲 8／28a）

○梅尚隔年花。……隔年花，有趣。較去年新。（節序門・元日
11／5b）【〔南宋〕潘牥〈元日登九山〉】

與前述評價詩句的「雅」相反，「新」多以詩語為對象，這一點上兩者
有所不同[18]。「新」的評語和「雅」一樣多數在時令門，「新」在春之
類中有九回，夏之類中有十一回，相比較而言，夏之類的特點更多。中
國的詩中，夏天的詩極少[19]，夏、冬詩的佳作的出現在宋詩之後[20]。同
夏一樣，冬中也應有較多使用「新」的評語，但如上述所見，與冬相
關的內容一條都沒有。另外，「新」中也選取了「邊塞」和「塘」相
關的詩。但是「邊塞」中的「子城」，劉賓客、白居易和權德輿等唐
代詩人已經使用。至於「分竹虎」，唐代之外還有六朝的用例，詩語

---

18 與《詩學大成抄》中的「新」所不同的是，《詩人玉屑》，卷六〈命意〉有「語新意
　妙」條，舉春天離開故鄉秋季歸來之例；卷八〈沿襲〉中有「即舊為新」條，臚栝
　六朝墓誌銘作五言詩。

19 野口一雄：《中国の四季漢詩歲時記》（東京：講談社，1995年），〈はじめに〉。

20 楢木久行：《唐詩歲時記：四季と風俗》（東京：明治書院，1980年），頁126。

本身並不「新」。結合上述對夏日詩的言及，這大概是以讀者惟高妙安為首的五山僧的關心之所在的一種投影吧。

對於詩語具有新意的部分，就「夏」條出典不詳的詩句，利用電子版《全唐詩》、《全宋詩》及《四庫全書》進行檢索後，現得到以下結果：沒有「蟬割據」的用例。「前輩人」三字唐詩中未檢索到，宋詩中有三例；「吠蛙」在宋詩中有兩例；「舌存」相對較多，杜甫詩中一例，陸游詩中四例，方岳和文天祥詩中各兩例，宋詩中「舌」、「存」的組合較多。「酒顛」雖在唐代元稹和宋詩中有四例，但沒有用來形容炎熱的例子。「慳風」在宋詩中有七例。「蟬韻」在唐詩中有五例，宋詩中有四例，但與唐詩中有一百三十例，宋詩中有一百七十例的「蟬聲」相比較，可以說是非常少。「煙樓」在唐詩中有「煙」、「樓」的組合和「樓煙」，「煙樓」一詞在宋詩中有兩例。無論哪種，在宋詩中的用例都很少，由此可窺得對「新」把握的結果。

此外，朱買臣和鵲之聲，「強項」和「松」，「彷彿」和「明」，「蘆蓼」和「吳」等，詩語組合中捕捉新意的同時，還有將「受用」等佛典用語用作詩語來評價。關於禪語的運用，《詩人玉屑》卷六〈造語〉中云：「古人作詩，多用方言。今人作詩，復用禪語。蓋是厭塵舊而欲新好也」，認為使用禪語是宋詩的「新好」。同樣時令門「暮冬」條中有「靜擁地爐無箇事。……云箇事，少見。（6／41a）」，詩中運用俗語這點，現在也被認為是宋詩的特徵之一。

《詩學大成》聯的部分，沒有所收詩句的出典。「新」句的出典確認率要低於「雅」句，從已明確出典的詩句來看，應是從詩話或總集中收錄的。關於詩句，卞震的「香解睡磨鐺煮，山色牽懷著屐登」源於北宋阮閱的《詩話總龜》前集卷十一〈雅言繫述〉；施肩吾的「荷翻紫蓋搖波面，蒲莖青刀插水湄」源於《全唐詩·百韻山居詩》；姚孝錫的「紅纈退風花著子，綠鍼浮水稻抽秧」源於《中州

集》卷十〈次趙獻之韻〉，每一個都是摘選收錄的。詩中，俞紫芝的
「水村」錄於元朝的《敬鄉錄》；趙渢的〈留題西溪三絕・其一〉錄
於《中州集》卷四；潘牥的〈元日登九山〉錄於南宋劉克莊的《後村
千家詩》卷三，以上均為未收編於別集的詩人。白居易〈歲日家宴戲
示弟姪等兼呈張侍御二十八丈殷判官二十三兄〉，別集未收，可能是
從選集《瀛奎律髓》卷八，及記載「藍尾酒」條的《容齋隨筆》、《雞
肋編》等詩話，或者從類書《古今事文類聚》中採錄的[21]。由如此取
材的句子以及非著名詩人的作品來推測，當時的五山僧在《詩學大
成》中初見的詩句也應不在少數。

最後，簡單看一下「少見」的傾向。以下僅列舉明確出典的例子。

　　○北窗花氣濕人衣。（天門部・雨 1 / 29a）【〔元〕何失〈雨中睡
　　起〉】
　　○秋竹共蟬清。（郊園門・秋徑 2 / 7a）【〔北宋〕林逋〈淮甸城居
　　寄任刺史〉】
　　○一拳秀碧煙霞了，早晚東山入袖中。（地理門・山 3 / 15b）
　　【〔金〕元好問〈從孫顯卿覓平定小山〉早作蚤】
　　○秋水淨於僧眼碧，曉山清似佛頭青。（地理門・山 3 / 17a）【〔北
　　宋〕林逋〈西湖〉秋作春，曉作晚，清作濃】
　　○菡萏紅塗粉，菰蒲綠潑油。（城闕門・江城 4 / 23b）【〔唐〕白居
　　易〈想東遊五十韻〉】
　　○草香雅蝶消胡粉，花落蠻鶯變楚金。（時令門・春暮 5 / 40b）
　　【〔南宋〕周弼〈山居春晚〉雅作稚[22]】

21　《詩學大成抄》作「猶」，不見他例。
22　《詩學大成抄》就「雅蝶」提出疑問：「雅蝶之字亦少見。有雅字否。雖唐本，版
　　行之字亦多誤」。

○花開深造次，鶯語太丁寧。(時令門·春日即事 5 / 42b)【〔唐〕杜甫〈絕句漫興九首·其一〉抑或「即遣花開深造次，便覺鶯語太丁寧」之化用】

○卻憐涴壁有寧馨。(時令門·夏 5 / 53b)【〔金末元初〕王庭筠〈夏日〉】

○爛蒸香薺白魚肥，碎點青蒿涼餅滑。(郊園門·蔬園 7 / 25b)【〔北宋〕蘇軾〈春菜〉[23]】

○衣杵相傳深巷月。(時令門·秋 8 / 15b)【〔南宋〕陸游〈秋思〉】

○雲濕一聲新到雁，林昏數點後棲鴉上。(時令門·新秋 8 / 26b)【〔南宋〕陸游〈行飯至新塘夜歸〉】

○花薺懸燈柳插簷。(節序門·清明 11 / 27b)【〔南宋〕葛天民〈清明日訪白石不值〉】

唐代的杜甫和白居易，北宋的林逋和蘇軾都是五山文學中奉為典範的詩人，另外南宋、金、元的詩人較多，因此，比起所謂的「新」之評語，也許以此來把握時代性的可能性更大。

　　以上討論了出現次數較多的評語──「雅」、「新」、「少見」。惟高妙安選出了當時較新的表現，這點總的來說應該是成功的。以此為背景，也可以推測出惟高妙安所讀之書，比如《詩學大成抄》中有：

○章邯兵。……嘗記《中州集》中有。

(天文部·雨 1 / 28b)

○東坡詩中，少霞作幼霞。少幼意同。雖如此，非作幼霞，《容齋隨筆》中有云。

(天文部·霞 1 / 17b)

---

23 〔北宋〕劉敞〈野人寄枸杞青蒿〉中亦有同句。

關於詩，除金詩總集《中州集》外，還有元詩總集《皇元風雅》[24]，
另有《事林廣記》、《方輿勝覽》等[25]類書和《詩人玉屑》、《苕溪漁隱
叢話》等[26]詩話，妙安對這些書籍進行了廣泛閱讀和熟記，甚至在所
作的多數詩文中亦可看出其對詩語感性的磨練。

結語

　　本章明確了《詩學大成抄》是以實際創作為前提的一部著作。書
中雖沒有提到這一點，但就創作漢詩的典故和平仄等知識進行了不少
論及。另外還通過評語來喚起對實際所使用的詩語的注意，使用該語
作詩句的模板常以「～トモセウ」（亦作如此）來提示。第一節中選
取的「名句」、「名譽之句」，是當時創作漢詩的人必須知曉的內容。
第二節中，被評為「雅」的作品和被評為「新」、「少見」的詩句，其
時代性有北宋之前和南宋以後之別，並闡述了宋詩以後素材和詩語範
圍的擴大及認知。需要考察的點仍有很多，就《詩學大成抄》的評語
來看，再度和中國進行直接交流之際，忙於吸收知識的五山僧們，在
惟高妙安所在時期，已經通過自發學藝，達到對中國的詩進行評價的
階段，而評語也正展示了這一可能性。

24　《詩學大成抄·郊園門·盆地》有：「《中州集》為宋末及元人詩之編。為從元朝收
　　復宋，令中國完整而云中州。中州為故土。元出於北國之燕，奪中州宋。元為九人
　　之王。《風雅集》亦为元詩之編。（7/54a）」。

25　同書郊園門「橋」條：「太公范蠡皆為老子之化。……《事林廣記》有云。（2/41a）」。
　　「有句云丁卯橋應亞。見《方輿勝覽》。（2/41a）」。

26　同書地理門「山水」條有：「冰岸雪崖。有書曰《漁隱叢話》。（3/35a）」。

第八章
日本五山僧視野中的詞

前言

　　日本人最初的填詞是平安時代弘仁十四年（823），嵯峨天皇的〈漁歌子〉五首。但是，此後的鎌倉、室町時代一直處於空白。然而這並不意味著日中交流的中斷。不僅如此，中世禪林亦是日中進行直接交流的時代。有榮西（1141-1215）、道元（1200-1253）、圓爾（1202-1280）等入宋僧，寂室元光（1290-1367）、中巖圓月（1300-1375）等入元僧，絕海中津（1334-1405）、策彥周良（1501-1579）等入明僧，又中國南宋的蘭溪道隆（1213-1278）、無學祖元（1226-1286），元朝的一山一寧（1247-1317）等渡日。遠渡中國的日本人熱心購買書籍並攜帶回國，刻工俞良甫亦來日，這些書籍均得以覆刻出版[1]。室町幕府以制定於鎌倉與京都的五山十剎的禪僧為中心，進行中國古典的講義，並將此講義錄稱為「抄物」而重複轉抄。五山僧和朝廷等頻頻舉行聯句之會，作漢詩文，呈現出一派被稱作五山文學的繁榮景象。有言云：「東坡、山谷、味噌、醬油」，即蘇軾和黃庭堅為必學之詩人，而陳師道、陳與義等江西詩派亦受重視。但是，並無填詞[2]。究

1　總稱為五山版的諸書中，有很多傳本稀少的貴重書。有椎名宏雄編：《五山版中國禪籍叢刊》（東京：臨川書店，2012-2018）。

2　野川博之：〈五山二留學僧の填詞製作──龍山・中巖の木蘭花──〉，《中國文學研究》第25號（1999年12月），頁96-109；〈中巖圓月の宋詞紹介〉，《中國文學研究》第26號（2000年12月），頁71-84。

其原因，關於日本的填詞歷史，撰有大作《日本填詞史話》[3]的神田喜
一郎（1898-1984）曾云：「或許應該歸功於生活在島國裡的人們度量
狹小吧。」[4]對此，中本大在〈本邦禪林〈韓王堂雪〉詩對李煜詞的
受容〉中曾批判：「不認為填詞本身在禪林受到不當評價。在其受容
方面應當另有個別因素的存在。」[5]關於這點，恐怕是眾多因素綜合
的結果，不能輕易得出結論。本章作為探究此問題的先行準備內容，
首先就日本五山僧如何接觸到詞，在介紹少數資料的同時進行探討。

先來確認神田氏和中本氏論說的要旨。神田氏推論：雖不見日本
五山僧的填詞作品，但至少詞這種文體應該是知曉的。理由如下：
一、中國禪僧填詞，佛教文學和填詞淵源較深。二、日本五山僧好讀
的詩話中包含詞話。三、《（傅幹）注坡詞》、《東坡長短句》書名出現
在東福寺普門院文和二年（1353）所編的藏書目錄中。

中本氏舉出了《皇元風雅》後集所收〈十雪題詠〉連作開頭的作
品〈韓王堂雪〉詩和日本五山僧惟肖得嚴（1360-1437）所唱和的〈韓
王堂雪〉，並論述：一，《皇元風雅》所收詩出典李璟、李煜詞。二，
典故之詞收錄於在日本廣泛閱讀的《苕溪漁隱叢話》中。三，惟肖得
嚴流罪之身，不敢以反抗中央和易遭非難的李璟、李煜詞作為典故。
四，另一方面，因南江宗沅（1387-1463）在〈韓王堂雪〉詩中引用
蘇軾〈西江月〉詞中的「不與梨花同夢」句，故「梨花夢」在禪林中
廣為人知。

3　神田喜一郎著，程郁綴，高野雪譯：《日本填詞史話》（北京：北京大學出版社，
　　2000年）。原著日文版《日本における中國文學：日本填詞史話》（東京：二玄社，
　　1965-1967年）。
4　神田喜一郎著，程郁綴，高野雪譯：《日本填詞史話》，二〈填詞的濫觴〉。
5　中本大：〈本邦禪林の〈韓王堂雪〉詩における李煜詞の受容をめぐって──「五
　　山文學と填詞」續貂〉，《国語国文》第63卷第10號（1994年10月），頁35-48。

如二者所述，五山僧是知曉詞的。接下來將例舉中日廣泛流傳的作詩通俗類書《詩學大成》，並探其詳細。

一　五山僧對詞的理解程度

通俗類書《詩學大成》成書於金朝或者南宋，之後反覆改訂，元朝存在數種版本。始於天文，沿襲類書的分類。開始是辭典類的引用，其次是故事，之後載錄出典不明的對語和對句，亦罕見地混載詞句。此書傳到日本後，在五山禪林中非常流行。元代林楨編《聯新事備詩學大成》卅卷於室町時代出版覆明刻本。日本禪僧惟高妙安（1480-1568）講釋其天部地部，撰《詩學大成抄》。[6] 書中不時出現「可聯句」，柳田征司氏云，此書曾用來作漢詩聯句。

如上所述，《詩學大成》中收載的詞句不多，且如下文所採錄的歐陽脩的〈漁家傲〉，並未明記其為「詞句」。

　　《詩學大成》：雲撩亂。（以下小字雙行）歐陽公、江天雪意一一一一。（毛本卷二、雪、附雪意、故事）

對此，《詩學大成抄》中僅有日文解說。至於惟高妙安對沒有明確標

6　《詩學大成抄》是由京都名剎相國寺首位學僧惟高妙安解說的書籍。推定永祿四年（1562年，明嘉靖四十一年）左右成立。中國處於明王朝建立已久，詞不被歌唱逐漸走向衰退的時期。關於《詩學大成》的成立，有張健：〈從《學吟珍珠囊》到《詩學大成》、《圓機活法》──對一種詩學啟蒙書籍源流的考察〉，《文學遺產》2016年第3卷。關於《詩學大成抄》，有柳田征司：《詩学大成抄の国語学の研究》（大阪：清文堂出版，1974年），本章參照此文。《詩學大成》的成立比較複雜，存在兩個系統，即毛直方編《新編增廣事聯詩學大成》卅卷（以下簡稱毛本）和對此進行改編增補的林楨編《聯新事備詩學大成》卅卷（以下簡稱林本）。參照兩者，僅其一有原文，現將文本列於卷數之前。

注為詞句的例子有何種程度的發現，則無從知曉。由於原文是漢字和片假名混記的室町時代用語，所以此處標明現代漢語的大意，根據需要將《詩學大成》的原文一同載錄。

> 《詩學大成抄》：雪意、雲撩乱、欧陽句也。雪ノフラウ心テ、雪カ、マシリヤウテ、乱レヲコル也。〔雪意涌現，雲雪混合紛亂。〕
>
> （天文・雪 1／45a）

此外，雖僅為少數，但《詩學大成》中有明示「古詞」之處，接下來看一下所舉詞的說明體例。

> 《詩學大成》：荷香。（以下小字雙行）古詞、雨過池塘十里芰一一。
>
> （毛本卷七、池、附蓮塘）

> 《詩學大成抄》：荷香ハ古詞ニアリ。上古ノ作者モシラヌ詩ナリ。雨過池塘十里芰一ハ詩デハナイソ。詞ナリ。詞ハ歌ナドノツレソ。字數、詩ノ如ニハ不定ソ。……谷モ荷ノ詩ニ、十里秋風香ト作ソ。〔荷香之語存於古詞。昔作者不明之詩。「雨過池塘十里芰荷香」非詩。為詞。詞者，歌之類。字數，不若詩之有定。……黃庭堅之荷詩中亦作「十里秋風香」。〕
>
> （郊園・蓮塘 7／51a）

九字句「雨過池塘十里芰荷香」的句法明顯非近體詩，出典僅如「古

詞」[7]所示。上文中詞者，歌詞也，長短句也之論述，可以說是日本人最初對詞的闡述。中間省略的部分是該句的日文解釋，而最後介紹的是黃庭堅〈鄂州南樓書事〉詩「四顧山光接水光、憑欄十里芰荷香。清風明月無人管、並作南來一味涼」的第二句。《全宋詞》將「一番雨過，池塘十里芰荷香」標為失調名，錄自「《草堂詩餘》後集卷下趙文鼎〈賀新郎〉詞注」。可知是宋元間比較知名的詞句。

惟高妙安接著解說「荷抽」一語。

> 《詩學大成》：荷抽（以下小字雙行）古詞、雨歇池塘圓一嫩綠初一。
>
> （毛本卷七、池、附蓮塘）

> 《詩學大成抄》古詞二、雨歇池塘潤、荷嫩綠初抽。上句ハ、雨ノザツトフツテ、ヤガテヤウデアレハ、池モチツ夏ノ日ニカワイタガ、ウルヲウタソ。潤ノ字ノヤウナソ。マメツシテ、タシカニミエヌソ。涸ノ字テハアルマイソ。下句ハ荷モワカイガ生シテ綠葉カ、ハシメテヲエ出タソ。出タヲ抽ト云ソ。〔上句雨驟下又停，夏日乾涸的池塘亦變得濕潤。似潤字。因磨損無法辨識，蓋非涸字。下句云荷初抽嫩芽，長出綠葉。長出來云抽。〕
>
> （郊園・蓮塘7／51a）

惟高妙安所用文本，因版木磨損無法明確辨識「圓」字，故推測為「潤」字。本來該加句讀「雨歇池塘、圓荷嫩綠初抽」。即使寫明其為

「古詞」而仍讀成五言二句，大概是由於尚未習慣長短句的緣故。[8]

以下兩例，與《詩學大成》所云「古詞」[9]相對，《詩學大成抄》中書寫的是「古詩」。筆者認為，與其說惟高妙安將「詞」理解為「詩」的一種樣式，不如說在手寫講義的最初階段，或者說在轉寫的過程中，很有可能沒有區分日文發音相同的「詩」和「詞」。下面的古詞是秦觀〈水龍吟〉（小樓連遠）詞中的一句，而作者秦觀之名似不明確。

> 《詩學大成》：試衣（以下小字雙行）古詞云。單衣初一清明時候。
>
> （卷五節序·清明·故事）

> 《詩學大成抄》：試衣ハ、古詩二、単衣初試清明気候トアリ。単衣ハヒトヘニウスイ心ソ。清明ヨリ前ハサムイホトニ綿ノ入物ヲキルソ。清明三月ノ時分ハ世上モアタヽカコナルホドニアワセナトヲキルソ。日本ニモ更衣ノ月ト云ハ二月ソ。キル物ヲアツイヲカヘテウスイヒトエカ袷ナトヲキルソ。試衣ハソノ心ソ。〔單衣為一件、單單薄之意。清明節前天寒著棉衣，清明三月時分變暖，著夾衣等。日本言更衣月指二月。從厚和服換成薄單衣。試衣便言此。〕
>
> （節序·清明　岩瀨本 5／27a）

接下來是仲殊的〈訴衷情·寒食〉詞。

> 《詩學大成》：歌吹（以下小字雙行）古詞云、湧金門外小瀛

8　此句《全唐五代詞》、《全宋詞》、《全金元詞》未收錄。

9　《詩學大成》中他處亦收錄「古詞」，而《詩學大成抄》中未言及。

洲。寒食更風流。紅船滿湖一一，花外有高樓。）

（毛本卷五節序・寒食・故事）

《詩學大成抄》：歌吹、古詩ニ湧金門外小瀛洲ト作ソ。湧金門ハ杭州ソ。宋ノ時杭州カミヤコ也。サテ此門ノアタリテ歌イ単ト吹クホトニ仙境ノ樣ナソ。サテ仙境ノ瀛洲ノ如ナト云心ソ。〔古詩有作湧金門外小瀛洲。湧金門位於杭州。宋時以杭州為都。此門附近歌吹嫋嫋宛如仙境。云其如仙境瀛洲。〕

（節序・寒食　岩瀬本 5/24a）

《詩學大成》中載前段。但《詩學大成抄》僅舉「古詩」七字句的首句。因首句中無「歌吹」語，故而解說湧金門附近的歌吹之事。〈訴衷情〉詞中所述泛於西湖之上的多數船隻，恐怕都載有歌妓遣興娛樂。因此，非常明確的，歌吹指歌聲和樂器之聲。《詩學大成抄》云猶如仙境的描述則比較模糊。再者，僧侶豈能與歌妓一同遊覽？抑或《詩學大成抄》的寫作目的在於漢詩、聯句的創作，故而僅摘其七言句。

另外，其他資料有惟高妙安的抄本《玉塵》，此書抄錄自《韻府群玉》，內容至陽韻處。《韻府群玉》「梨花云」（上平聲〈文〉韻〈云〉字）引蘇軾的詞句「坡詞、高情已逐曉雲空、不與一一同夢、用比事」。與此對應的《玉塵》內容如下：

○東坡力歌ノ詞五情ノ高イ心ハ曉ノ雲ノ如ニ散シテ、空ウナッタソ。〔東坡之歌詞，五情高潔之心如曉雲消散，了然無痕。〕

（第27冊）

此處云詞為歌詞。如上所述,《詩學大成抄》中對詞的說明相當簡單,由此很容易讓人聯想到其原因是對詞所涉不深。

二　從詩話中汲取對詞的知識

　　五山僧曾通過詩話汲取詞的相關知識,這點神田喜一郎和中本大先生已指出。五山禪林中非常流行,且在《詩學大成抄》中屢屢被提及的詩話之一便是《漁隱叢話》。惟高妙安曾有如下介紹:

　　○氷岸雪崖。漁隱叢話卜云書ニアリ。此漁隱卜云ハ、胡苕溪卜者カシタソ。漁人ノスナドリスル者ノ、隱居者卜云心テ、イル所ヲ、漁隱卜云ソ。ソコテ作リタ書ナリ。叢話卜云ハ、叢ハ、アツムルトヨムソ。クサムラトモヨムソ。色々ノ草ノアツマリテ、ヲユルヲ、クサムラト云也。ソレハ、アツマル心ソ。叢林卜禪家ノ一所トアル大ナ寺ヲ云モ、草ノアツマリト、木ノアツマリヲ、林卜云也。十方ノ僧ノアツマルホトニ云ナリ。叢話卜云ハ、色々ノコトヲ、物語ヲキイテ、シルス心ナリ。苕溪卜云所ニイタホドニ、胡苕溪卜云ナリ。〔冰岸雪崖,在《漁隱叢話》一書中。此云漁隱者,胡苕溪撰。漁人隱居者之意,云住居為漁隱。並於此地著書。云叢話者,叢有集之意,亦有草叢之意。種類繁多的草密集生長曰草叢。此為集之意。叢林云禪僧聚集的大寺,草木叢生亦云林。云十方僧人聚集。叢話者,聽聞各類故事並將此進行記錄。因在苕溪,故云胡苕溪。〕

（地理・海潮 3／35a）

《苕溪漁隱叢話》前集卷五十九、後集卷卅九以「長短句」集錄詞話，卷中言及詩人較多。《詩學大成抄》中源自《苕溪漁隱叢話》的，如宋祁的〈玉樓春〉詞。

　　《詩學大成》：花塢鬧江春意動、酒簾正直杏花西。

（毛本卷五時令、春）

　　《詩學大成抄》：花塢鬧江春意動、酒帘正直杏花西。花ノソノニ早ウヒラケタカ、ミエタソ。春カアソコエ、ハヤウキタゲナソ。鬧江ハ、イソカワシイトヨムソ。イソク心ソ。イソイテ花カ江ニサイタソ。鬧江ト云カラ、春意トックルワ、杏テアラウソ。紅杏枝頭春意鬧ト云句アルソ。杏花アル辺ニ、酒旗ミユルソ。杏ノ花ノ西ノアタリニ、ミエタソ。ヨイ酒カアラウソ。〔庭中花開早。似春早到。鬧江，忙碌之意。花朵爭先恐後地在河邊綻放。既然說是鬧江，言春意者當指杏。有句云「紅杏枝頭春意鬧」。杏花邊上見酒旗。且見於杏花之西。當有美酒矣。〕

（時令・春 5 / 16b）

《詩學大成》中僅載「花塢鬧江春意動，酒簾正直杏花西」。既是「鬧」、「春意」，則花塢之花為「杏」，此據「紅杏枝頭春意鬧」句。而「紅杏枝頭春意鬧」句，見《苕溪漁隱叢話》前集卷卅七〈張子野〉第一條。

　　《遯齋閑覽》曰：「張子野郎中，以樂章擅名一時。宋子京尚書奇其才，先往見之，遣將命者，謂曰：『尚書欲見雲破月來

花弄影郎中乎？』子野屏後呼曰：『得非紅杏枝頭春意鬧尚書耶？』遂出，置酒，甚歡。蓋二人所舉，皆其警策也。」

又，所舉之例非詞句：

○三星遠宮、心ノ字ヲ云ソ。三星遠月宮ト云句アリ。心、三日月ヲ、三ノ星ガ遠ル如也。〔三星遠宮者，心之字也。有句云「三星遠月宮」。心字者，如三星遠月。〕

（卷一天文・星 1／7a）

《漁隱叢話》前集卷五十〈秦少游〉條云：

○《高齋詩話》云：「少游在蔡州，與營妓婁婉字東玉者甚密，贈之詞云：『小樓連苑橫空』，又云：『玉佩丁東別後』者是也。又〈贈陶心兒詞〉云：『天外一鉤橫月，帶三星。』謂心字也。」

「三星遠宮」據此說的可能性很大。惟高妙安對秦觀的評價不低，《詩學大成抄》中亦見秦觀之名。五山禪林所閱讀的〈石門洪覺範天廚禁臠〉的序文開頭舉秦觀的詩論，可能亦受此影響。

話題再回到詞。《詩學大成抄》中兩度舉〈青玉案・橫塘路〉詞的「梅子黃時雨」句。賀鑄曾由此得名「賀梅子」。《詩學大成抄》中較短一條云：

○梅雨ノ詩ニ、賀方回カ梅子黃時雨ト作ソ。面白句ト、ホメラレタソ。此ニヨリテ、賀梅子ト方回ヲ云ナリ。〔梅雨詩

中，賀鑄作「梅子黃時雨」。妙趣橫生，為人稱道。因此句，
方回得名賀梅子。〕

（天文・雨 1／27b）

兩種《詩學大成》均在〈梅雨〉（卷二天文）條舉詩句，但無一載此詞
句。因此，惟高妙安追加了與「梅雨」相關且廣為人知的此句。

《詩學大成》：勾芒御辰（以下小字雙行）晉書天文志、青陽
司候－－－－

（林本卷五時令・春・事類）

《詩學大成抄》：芍芒御辰、晋書ノ天文志ニ青陽司候－－－
－。青陽ハ春ノ王ナリ。芍芒ハ（略）芒種ト云フ。三体ノ下
ニ、水国芒種後トアリ、次ノ句ニ梅天風雨涼トアリ。麦ハシ
メテ生シテホノ発ヲ云ソ。ソノ時分ハ五月送梅ノ雨カフル
ソ。ソレヲ梅天ト云ソ。梅霖トモ梅蒸トモ云。賀方回カ梅子
黄時雨ト作ソ。此ノ句ヲホメテ後ニ方回ヲ賀梅子ト云タソ。
〔《三體詩》下有「水國芒種後」，次句云「梅天風雨涼」。云
麥抽穗。彼時五月降送梅雨。稱此為梅天。又云梅霖、梅蒸。
賀鑄作「梅子黃時雨」。此句廣受稱道，後云方回為賀梅子。〕

（時令・春 5／8b）

日本北海道以南地區均經歷過梅雨，有時會帶來災害，但種植大米則
不可或缺。《詩學大成抄》從勾芒到芒種，芒種到《三體詩》，再聯想
到賀鑄的詞句，由此展開。

賀鑄此句受盛贊之事載於《漁隱叢話》前集卷卅七和《鶴林玉

露》乙集卷一。《能改齋漫錄》卷十六〈樂府〉云：「賀方回為〈青玉案〉詞。山谷尤愛之。故作小詩以紀其事。」黃庭堅的次韻詞後輯錄慧洪覺範的次韻詞[10]。不難想像這對五山禪林的僧侶起著重要作用。五山禪僧以黃庭堅為典範自不必說，而洪覺範的《石門文字禪》、《冷齋夜話》亦為必讀之書。[11]不過對「賀梅子」的介紹止於周紫芝（1082-1155）的《竹坡詩話》卷一：「賀方回嘗作〈青玉案〉詞，有『梅子黃時雨』之句，人皆服其工，士大夫謂之賀梅子。」然而並無此詩話單獨舶來日本的痕跡，因此筆者推測惟高妙安所見為《百川學海》所收《竹坡詩話》[12]。

　　《詩學大成抄》除引用《苕溪漁隱叢話》外，亦舉《詩話總龜》、《韻語陽秋》、《西清詩話》、《容齋隨筆》、《詩人玉屑》等多數詩話。此外還見《容齋隨筆》、《夷堅志》、《續夷堅志》等筆記類書名。這些書籍中並非都載錄詞，亦多載警句。經此，這些原典和詞句為五山僧所知。除此之外五山僧又從何處知曉詞，關於這點將繼續進行考察。

三　從類書中汲取對詞的知識

　　本節探討類書的使用情況。《詩學大成抄》中見《百川學海》、《錦繡萬花谷》、《事林廣記》、《太平御覽》等眾多類書名。又有雖是韻書但實際用作類書的《韻府群玉》（抄物中略記為匀府）、《古今韻會舉用》（略記匀會）。文中亦多言及人名辭典《排韻增廣事類氏族大全》（略記為排韻）和地理書《方輿勝覽》。這些書籍輯錄詩文，其中

10　詳見神田喜一郎著，程郁綴，高野雪譯：《日本填詞史話》，四〈五山文學與填詞（一）〉。

11　《石門文字禪》、《冷齋夜話》同為傳入日本的善本而聞名。《冷齋夜話》亦有覆元版。

12　《詩學大成抄》，〈天文部・霧〉：「百川学海ニアリトヲホエタリ（見於《百川學海》）」（1/12b）。

亦收錄為數不多的詞。有名的逸話和作品，同一記事見於不同類書中。例如，中本大氏就曾指出，南江宗沅〈韓王堂雪〉詩中所用蘇軾〈西江月〉詞中的「不與梨花同夢」，《韻府群玉》及抄物《玉塵》，甚至《冷齋夜話》、《全芳備祖》、《事文類聚》中均有記載。[13] 又前述《苕溪漁隱叢話》所引《遯齋閑覽》「紅杏枝頭春意鬧」，《韻府群玉》上聲〈影〉韻〈花弄影〉條亦收錄《遯齋閑覽》的出典。《韻府群玉》中有關詞的記事另有三例：

　　○嘉定中一名公大拜好士不能用、客曰、外間盛唱一影一一詞。問何故、曰幾回相見、了還休曾如不見。後村詩話。

（上平聲〈紅〉韻〈燭搖紅〉條）

　　○蜀有道士詣紫極宮、謁杜光庭、朝夕飲醉、惟唱一一一詞。（略）卓異記。

（下平聲〈尤〉韻〈感秋庭〉條）

　　○（略）客謂張子野曰、人為公為張三中、即心中事、眼中淚、意中人也。公曰、何不自我為一一一、雲破月來花弄影、嬌柔懶起簾壓捲花影、柳徑無人墜風絮無影。此平生得意句也。《古今詩話》。又《高齋詩話》……為三影。苕溪漁隱云、當以古今詩話為勝。

（上聲〈梗〉韻〈張三影〉條）

如此明確記錄出典且引用逸事的如《韻府群玉》這種類書，同前述詩話一樣曾是五山禪林的讀物。

　　第二個特徵，部分類書中收錄整體作品。《方輿勝覽·引用文集

13　中本大：〈本邦禪林の〈韓王堂雪〉詩における李煜詞の受容をめぐって——「五山文学と塡詞」續貂〉，頁46。

目》中載五首〈樂府〉,《事文類聚》各目末尾等亦收錄〈詞曲〉、〈詩詞〉多數作品。同為祝穆編輯,但能閱讀到作品全體的類書,亦可謂珍貴資料。《詩學大成抄》中亦屢屢提及上述書名。但是關於詞,卻未見其明確出自類書的例子。其他抄物,如《錦繡段抄》、《續錦繡段抄》中曾舉《事文類聚》。

《錦繡段》是室町中期的五山僧天隱龍澤(1422-1500)據類書編纂而成的選集,選錄自宋至明的三百餘首詩。此書有室町後期的禪僧月舟壽桂(1470-1533)注釋的《錦繡段抄》[14]。因《錦繡段》好評如潮,又編《續錦繡段》,月舟壽桂又有《續錦繡段抄》(大永元年1521跋)。此兩種抄物中,月舟壽桂均引蘇軾因〈水調歌頭〉詞而得減刑的逸話。

《錦繡段》中收錄張景安的〈中秋〉詩:「萬里秋空掛玉盤,瓊樓杳杳想高寒。四時此月曾無別,人自今宵冷眼看」。關於此詩,月舟注云:

> ○万里ノ秋空二、月団々トシテ掛ハ、如玉盤ソ。事文前十一二、東坡居士丙辰中秋、歡飲達旦、大醉作水調歌。都下傳唱此詞、神宗問內侍、外面新行小詞、內侍錄呈。神宗想讀、至又恐瓊樓玉宇高處不勝寒、上曰、蘇軾終是愛君、量移汝州[15]。……或抄二、万里一万里秋空二、月ノ圓二掛ハ、如玉盤ノコノ句ハ、東坡力水調歌ヲトルソ。〔萬里秋空,月圓掛

---

14 此書籍非常流行,但其成立較複雜。僅是寫本便有卅本,有古活字版和製版兩種。本文用神宮文庫藏寬永廿年刊本。

15 《四庫全書》本《古今事文類聚》前集卷十一中「錄呈」作「進呈」。雖見若干文字上的異同,但此處所引文字基本相同。此故事出典《古今事文類聚》記為《復雅歌詞》。《詞話叢編》中所收錄輯本《復雅歌詞》取材於《歲時廣記》卷卅一,幾乎同文。

空如玉盤。事文類聚前集卷十一中云……。某抄中云，萬里秋
空，圓月高掛，宛如玉盤，此句用蘇軾水調歌。〕

（天文門）

《續錦繡段抄》中亦有注文，附於趙閑閑（趙秉文）〈三學院雪夜對
月〉詩：「何年觀佛月天子，各以寶花樓閣俱。為問上方銀世界，不
知有此夜寒無」。

○「何年」、「此夜寒」字可著眼。《事文類聚》前集十一、東
坡居士、以丙辰中秋歡飲達旦大醉作〈水調歌〉、都下傳唱此
詞、神宗問內侍外面新行小詞、內侍錄此進呈、讀至又恐瓊樓
玉宇高處不勝寒、上曰、蘇軾絡【終之誤】是愛吾【君之誤】
乃命量移汝州。……暗用東坡水調歌之意、何年與此夜寒字可
著眼。

（天文門）

上文指出「何年」、「此夜寒」典故出自蘇軾〈水調歌頭〉（明月幾時
有）。如此，便可以推測對五山僧來說，閱讀類書和閱讀詩話並無太大
差別。不過類書更便於檢索。此之前的時代，日本便有通過類書汲取
中國的知識的歷史。可以說這種傳統的手法在中世得以繼續傳承。

四　五山僧是否閱讀詞籍

本文開頭所舉「雨過池塘十里芰」之外，《詩學大成抄》中亦言
及詞的文體。

《詩學大成》：（小字雙行）春已三之一，清明喜居辰

（卷五節序、清明、起聯）

《詩學大成抄》：春已三之一。此句ハ春三月カ一ハスキタ
ソ。二月二清明ハアルトミユタゾ。詩ヤ句二三之一ト作ハ、
メツラシイソ。文ヤ詞ノヤウナソ。〔春三月已過一月。二月
有清明。（漢）詩和（聯）句中作「三之一」，稀見。如文、
詞。〕

（節序・清明　岩瀨本 5／27b）

「春已三之一」，用於詞的最早例子見蘇軾的〈滿江紅〉（東武南
城），云「問向前猶有幾多春，三之一」。其次，不少人還會想到蘇軾
〈水龍吟〉（似花還似飛花）詞中的「春色三分，二分塵土，一分流
水」。大概惟高妙安亦不例外。究其原因，如本文開頭所述，蘇軾的
詞有「《注坡詞》二冊、《東坡長短句》一冊」[16]舶來日本。《傅幹注坡
詩》第四首便收錄此首〈水龍吟〉。需要留意的是，蘇軾的詞直接源
於詞集。

《續錦繡段抄》[17]中收錄僧雪岑的詩〈柳〉，其第三句「若教系得
離情住」的注文值得一探。

　　○若教、《東坡長短句》注、昔人贈別必折柳者，以取絲條留
　　系之意。

（草木門）

---

16 東京大学史料編纂所：《大日本古文書・東福寺文書之一》（東京：東京大学，1956
　年），頁113。

17 《續錦繡段抄》有《王荊文公詩卷四十六》、《千家詩》、《唐音遺響》、《宋元通鑒》
　等多種。

　　此句《傅幹注坡詩》未見。神田喜一郎氏云，東福寺藏書目錄所著錄的《東坡長短句》，不明為何書[18]。東福寺藏書目錄即《普門院經論章疏語錄儒書等目錄》[19]，大道一以（1292-1370）的親筆書。圓爾（聖一國師）於端平二年（1235）至淳祐元年（1241）入宋，東福寺藏書目錄中，所錄幾乎都是圓爾入宋期間購買並攜帶回來的書籍。宋時蘇軾人氣頗高，圓爾歸國前蘇詞已出版多數。據王兆鵬的著書[20]，可知有十種南宋刻本，還有二種難以考定的刻本，以及金代兩種蘇詞選注本。其中與《東坡長短句》書名相似的有以下二種：

　　○曾慥輯刻本《東坡先生長短句》二卷補遺一卷、高宗紹興二十一年（1151）。原刻失傳。明吳訥《唐宋名賢百家詞》本《東坡詞》二卷補遺一卷、即據此鈔出。
　　○陳鵠《西塘集耆老舊續聞》卷二所載顧禧《補注東坡長短句》、乾道‧淳熙（1165-1189）間。佚。

因《注坡詞》「初刻於紹興（1131-1162）初年，其刊行年代似早於曾慥所刻《東坡詞》」[21]，時間上，《東坡長短句》與《注坡詞》及曾慥《東坡先生長短句》相近的可能性較大。吳訥《唐宋明賢百家詞》本《東坡詞》有題注，但不見上述一文。顧禧《補注東坡長短句》確為附注本。抑或存他本東坡長短句注本。至於蘇軾何本存「昔人贈別必

18　神田喜一郎著，程郁綴，高野雪譯：《日本填詞史話》，六〈五山文學與填詞（三）〉。

19　東京大学史料編纂所：《大日本古文書‧東福寺文書之一》（東京：東京大学，1956年）。

20　王兆鵬：《宋代文學傳播探原》（武昌：武漢大學出版社，2013年），下編〈宋人詞集在宋代的傳播〉，第九章〈北宋詞集版本考〉，十四〈蘇軾《東坡詞》、《東坡樂府》〉。

21　王兆鵬：《宋代文學傳播探原》，頁211。

折柳者，以取絲條留系之意」之注，則俟博雅之士示教。不過，前述祝穆《事文類聚》後集卷十七的《章臺柳》自不必說，離別之際贈柳表示挽留的風俗，五山僧也應是熟知的。即便如此，《續錦繡段抄》未引用其他詩詞詩話和類書，而是引用「東坡長短句注」，這也表明蘇軾詞較受青睞的事實。

　　蘇軾的詞集被帶回日本，如果有強烈的興趣或需要，購買詞籍也不是不可能[22]。詞實際上尚被歌唱的宋元時期，來到中國的禪僧除圓爾之外，還有榮西和道元，覺阿（1171-1175入宋）、雪村友梅（1307-1329入元），寂室元光（1320-1326入元），中巖圓月（1325-1332入元）等，人數不少。[23]他們留學期間，可能在大眾教化場合對詞有所耳聞。當時中國已存在《樂府雅詞》、《花庵詞選》、《草堂詩餘》等詞選集。[24]然而這些書籍並未被購買。雖不能斷言完全沒有舶來日本，但至少日本國內未見有覆刻本。惟高妙安的抄物中亦未言及，可見連惟高妙安這般擁有得天獨厚條件的學僧也未曾得見。另外，《錦繡段抄・草木》胡德昭的〈籬梅〉詩注中引用《苕溪漁隱叢話》的一條，其中附室町中期的朱筆斷句，摘錄如下：

---

22 寬正五年（1464），瑞溪周鳳通過足利幕府向明王朝請求二部佛典、《賓退錄》和《老學庵筆記》等筆記，《石湖集》、《誠齋集》等別集，還有《北堂書鈔》、《百川學海》等十三部外典，其中不包含詞籍。見陳小法：〈明代中日書籍交流之研究──以《臥雲日件錄拔尤》為例〉，收入中國中外關係史學會，浙江大學日本文化研究所，暨南大學華人華僑研究院主編：《新視野下的中外關係史》（蘭州：甘肅人民出版社，2010年），頁276-277。

23 今泉淑夫：《禪僧たちの室町時代：中世禪林ものがたり》（東京：吉川弘文館，2010年），〈詩の材料──禪林の日常と詩的世界──〉文中舉代表禪僧。

24 今世前期興起填詞，究其背景，附批語和注釋的《花間集》以及分調本《草堂詩餘》，還有《詩餘圖譜》流入日本。當時流行的認知是詞並非樂府一體，而是別的體裁。中尾健一郎：〈近世前期の詞作をとりまく江戸文壇──林門と加藤勿齋を中心に〉，《風絮》第12號（2015年12月）。

○《漁隱叢話》前集六十一[25]、苕溪漁隱曰、端伯所編樂府、
雅詞中、有〈漢宮春〉梅詞云、是李漢老作非也、乃晁冲之叔
用作云々、今載其詞曰、瀟灑江梅、向竹梢稀處橫兩三枝、東
君也不愛惜、雪圧風欺、無情燕子怕春寒、輕失佳期、惟是有
南來歸雁、年年長見開時、清淺小溪如練、問玉堂何似茅舍疏
籬、傷心故人去後、冷落新詩、微雲淡月對孤芳分附他誰。空
自倚清香未減、風流不在人知。此詞中、用玉堂事、乃唐人詩
云、白玉堂前一樹梅、今朝忽見數枝開、兒家門戶重々閉、春
色因何得入來、或云、玉堂、乃翰苑之玉堂、非也。

所引〈漢宮春〉詞的斷句，除頓號和逗號處不準確外，句基本沒有
問題。但云「編樂府、雅詞中」，大概是沒有意識到《樂府雅詞》是
書名。

這也並不是說五山僧沒能讀到完整的詞篇。

此外，《錦繡段抄》中所明記的書名有《苕溪漁隱叢話》、《容齋
隨筆》、《鶴林玉露》、《詩人玉屑》等，詩話較多，這點與《詩學大成
抄》相同。不同的是，《錦繡段抄》中言及的別集、總集則多於《詩
學大成抄》。有《放翁詩集》第九（懷古、陸務觀〈蘇子訓〉抄，以
下同），《風雅集》前集三（簡寄、歐陽元功〈寄諸弟〉）、《東坡集》
七卷（畫圖、僧一初〈題東坡墨竹〉），《東坡詩》十四卷（畫圖、留
仲伊〈墨梅〉）等。其中，《東坡集》是一一五七年以前成立的詩詞文
集。書陵部有金澤文庫舊藏書，內閣文庫有妙心寺舊藏書，兩足院亦
有收藏。[26]如此附載詞別集的不在少數。[27]

---

25 後集卷五十九之誤。前後有較長省略。
26 下述書籍所藏以及舊藏者，蒙立命館大學芳村弘道教授雅教，記此以致謝意。
27 王兆鵬：《宋代文學傳播探原》（武昌：武漢大學出版社，2013年），下編〈宋人詞

　　五山禪林中廣為傳誦的詩人，探其詞集的公刊情況，有黃庭堅乾道麻沙本《類編增廣黃先生大全文集》第五十卷中錄詞，秦觀的乾道九年刻《淮海集・長短句》三卷，陳師道的紹熙年刊臨川刊本《後山集・長短句》二卷，陳與義的朝鮮版《須溪先生評點簡齋文集》附錄《無住詞》一卷，收藏於內閣文庫和大阪中之島圖書館。又五山禪林刊刻金代元好問的詩選《中州集》，末附《中州樂府》一卷。范成大和楊萬里，張舜民的別集亦傳到日本。[28]而附詞不足一卷的別集、總集亦不在少數。[29]雖說五山僧僅限於著名詩人和禪僧之流，但並非沒有讀詞的條件。

　　至於五山僧如何讀詞，通過葛長庚（1194-1229年的道士。以改名後的白玉蟾之名為人所知）作品的摘抄本、萬里集九的《白玉蟾集抄》可見一斑。摘抄本的原本《海瓊白先生詩集》，據推定是部四十卷的詩文集，現不存。由摘抄本可知，除古體詩、近體詩、文之外，末尾收錄詞。摘抄本卷卅七、卅八、卅九記「長短句」，而卷卅六亦摘錄詞。摘抄的廿九首詞的順序與《全宋詞》（即《彊村叢書》所收唐元素校舊鈔本玉蟾集本）相同。但不同的是，卷卅八末尾一首〈喜遷鶯〉（吾家何處），《全宋詞》中將此列為葛長庚的弟子彭耜的作品。彭耜曾輯得其師作品四十卷。

　　摘抄之際，詞牌未受到重視。例如卷卅六開頭云：

　　集在宋代的傳播〉。前揭神田喜一郎：《日本填詞史話》，四〈五山文學與填詞
　　（一）〉中揭載的藏叟善珍《藏叟摘稾》附詞。

28 陳小法：〈明代中日書籍交流之研究──以《臥雲日件錄拔尤》為例〉，收入中國中
　　外關係史學會，浙江大學日本文化研究所，暨南大學華人華僑研究院主編：《新視
　　野下的中外關係史》（蘭州：甘肅人民出版社，2010年）。

29 神田喜一郎：《日本填詞史話》，五〈五山文學與填詞（二）〉中有對〈漁家傲〉詞
　　的介紹。

　　○又紫元席上作　自有海樹山茶似語如愁臥晴畫云々、芍藥覓
醉牡丹索咲云々。[30]

詞牌為〈蘭陵王〉（桃花瘦）。《全宋詞》中，此首之前錄〈蘭陵王〉
二首。《全宋詞》本來按詞牌編輯，〈蘭陵王〉第二首後以「又」記，
省略同詞牌，但仍保留其詞序。接下來有如下摘抄文：

　　○又送王侍郎師三山　大丈夫兒冰肝玉胆云々、相府如潭、侯
〔門〕[31]似海云々。

即〈沁園春〉（大丈夫兒）。《全宋詞》中此詞序附於前一首〈沁園春〉
（錦繡文章）。由此可見，摘抄的作品為連作第二首，而本應附於第
一首的詞序未加省略進行抄錄。他處亦如此。大概摘抄者萬里集九認
為讀詞時詞序是必要的信息。
　　摘抄本中單句較少。現將此全部例舉。「一畝煙霞活計」（卷卅
八）、「松竹為知己云々」（卷三十九）、「古寺枕空山云々」（卷卅九），
很適合作為僧人的範本。至於「花裏流鶯罵桃李」（卷卅八）和「胸次
可吞雲夢九」（卷卅九），大概是愛其構思。〈滿江紅〉（明月如今）詞
中「幾箇黃昏勞悵想云々」（卷卅七），省略了接下來的對句「幾宵皓
月遙思憶」。〈喜遷鶯〉（吾家何處）詞的「怎得海棠心續、更沒鴛鴦
債負」，摘抄成七字句「心續更沒鴛鴦債云々」（卷卅八）。
　　除此之外的摘抄基本都是對句和句中對。但部分摘抄內容並未依
原本的詞句。上述「又〈紫元席上作〉」中的「芍藥覓醉、牡丹索

---

30 《全宋詞》「海」作「滿」。
31 蓬左文庫藏明萬曆刊《重編海瓊玉蟾先生文集》和《全宋詞》作「侯門」。疑脫字。

咲」，〈蘭陵王〉的詞句應是「問芍藥覓醉、牡丹索笑」，抄錄時遺漏領字「問」。同樣，「浪萍風絮」（卷卅七）摘抄自〈滿江紅〉（明月如今）詞中的「念浪萍風絮、東西南北」。

又如〈水調歌頭〉的開頭部分：

○一箇清閑客、無事掛心頭、包巾紙襖、單瓢隻笠。

（卷卅七）

原文為「單瓢隻笠自逍遙」，後三字未抄錄，僅對語「單瓢」和「隻笠」，與「包巾紙襖」構成對句。所抄錄的詩文亦多是含對偶的偶數句。因此，可以說對句是萬里集九的興趣之所在。

結語

本章通過瑣細的資料探討了五山禪林讀詞之歷程。首先，他們應是通過詩話和類書進行了最廣泛的閱讀。不過內容上更偏向於逸事。詩集中附錄詞並不罕見，但相較於詩文，詞的作品數量極少。再回到最初的問題：五山僧為何不曾填詞？就外部條件來說，受資料限制的因素比較大。本文提到的書籍種類和書名，基本都在神田喜一郎博士的研究範圍之內。但本文在某種程度上更具體地闡述了這些書籍是如何被閱讀的。詞以詩話和類書的形式被閱讀，不過內容上較偏向於逸事和作品成立的背景。有名詩人的詞通過別集也得以閱讀。但五山僧比較傾向於對句，而不是領字虛字呼應的詞特有的形式。如此一來，即便知曉作為歌辭文藝而存在的詞，也並未將此當作焦點。以禪林為中心，文壇盛行創作聯句和句題詩。此種狀況下，為了搜集有益的作詩材料，在詞是長短句的詩這一認知下，他們可能像讀詩一樣來讀詞。

　　又別集末尾亦附詞，因詩人數量有差，但總體而言較少。部分未附注釋比較難解。每位詩人的別集中，同一詞牌的作品數量有限，因此很難把握各詞牌的特徵。即使他們閱讀了詞話，但興趣所在是相關詩人的逸話和作品的成立背景。填詞對中國人來說也非易事，即便日本人知道詞是用來歌唱的，但並未實際體驗過，因此對於日本人來說，在有選集和詞譜的條件下，填詞才有可能。[32]在詞籍尚未舶來的中世禪林中，詩餘尚停留在閱讀階段，不過從抄物所留存的痕跡中，五山僧對未知的詞的興趣和憧憬可見一斑。

---

32 至近世前期填詞得以進行，其背景為有批語和注釋的《花間集》和分調本《草堂詩餘》，《詩餘圖譜》亦流入日本。此時期，詞非樂府之一體，而是別的體裁這一認識比較普遍。見中尾健一郎：〈近世前期の詞作をとりまく江戶文壇──林門と加藤勿齋を中心に〉，《風絮》第12號（2015年12月）。如此說來五山僧對詞是有正確認識的。

第九章
松平君山的詞*

前言

　　詞又稱填詞或詩餘，是始於唐代、盛行於宋代的歌謠。後來雖音樂失傳，但在清代以有別於詩的、由長短句構成的高度的韻文形式被再度創作並盛行。時至今日，詞仍與詩合稱，在中國廣為人知。與之相對，在日本，詞並非眾所周知。由日本人輯錄並進行解說的論詞之書，即神田喜一郎的《日本における中国文学》[1]中有云：

> 沉浸於鑒賞唐宋文學的我們的祖先，理應能夠接受這種填詞從而直接學到知識。但是不知為什麼卻唯有對這填詞，不但不模仿，而且也不太欣賞，一點也不讀，只是捆放在高高的架子上。在我國搞填詞的人除了平安朝的嵯峨天皇和兼明親王以外，從江戶時代直到近代的明治、大正時期只有寥寥不到一百人，而且也不過是少數的一些寂寞的好事之徒；而且這些人也

---

* 承蒙名古屋市蓬左文庫、鶴舞圖書館、一宮市立豐島圖書館、西尾市岩瀬文庫協助，得以閱讀、複印文獻資料，在此深表謝意。

1 神田喜一郎著：《神田喜一郎全集》（京都：同朋舍，1983-1997年），第六卷《日本における中国文学I》。本書以臺北帝國大學短歌會所編《臺大文學》一九四〇年至一九四三年連載的《本邦填詞史話》為基礎，由二玄社對昭和四十年、四十二年出版的同名書籍進行補正而成的。據說神田博士直至最後都在進行修訂。另外，本文引用的中文翻譯參照神田喜一郎著，程郁綴，高野雪譯：《日本填詞史話》（北京：北京大學出版社，2000年）。

大多數只不過是由於一時的好奇，游戲般地嘗試一下。

（一〈緒言〉）

這種狀況在名古屋亦是如此。只是神田博士在前揭書中又有如下敘述：

> 填詞到了明治時代也空前發達，這也可以看作是漢文學未衰的
> 一面。我認為從明治十年到二十五年間，是日本填詞史上的黃
> 金時代。……在明治時期，使填詞進入黃金時代的第一個功勞
> 者，不能不推明治漢詩壇上偉大的第一人森槐南。

（三十六〈森槐南的出現〉）

森槐南的父親森春濤，出生於愛知縣一宮市，上京後詩名遠揚[2]。填詞
方面，與森槐南旗鼓相當的高野竹隱，也是自名古屋上京後在文壇中
嶄露頭角。他們作詞究竟受何人薰陶還需要深入考究，作為其背景，
應該考慮到曾受當地詩風的影響。即便如此，填詞的尾張藩詩人並不
多。神田博士在正文中介紹了磯谷滄洲（名正卿，字士相）的五首
詞[3]，《補正》中介紹了磯谷滄洲之師松平君山的六首詞，由水田紀久
鈔出。筆者在調查松平君山的漢詩集之際得以增補二首，因此，本文
擬通過介紹這些作品進行若干考察。

2　與森槐南一樣，上京後詩名遠揚的鷲津毅堂並未作詞。但是，接管漢學塾有鄰舍的
　毅堂之弟鷲津蓉裳留在一宮，有詞〈漁歌子〉。
3　見《神田喜一郎全集》，第六卷《日本における中國文學I》，十二〈市河寬齋と磯谷
　滄洲〉。

一　松平君山與填詞

　　松平君山是尾張藩的儒學者[4]，名秀雲，字子龍。除君山外，又號吏隱亭、盍簪窩主人等。元祿十年（1697）出生，天明三年（1783）八十七歲卒。松平君山為千村秀信之子，十三歲時與松平九忠五歲的女兒阿鹽聯姻繼承其家業。君山的著書不僅有漢詩文，還有如《張州府志》的方志類、《君山先生花草留》等的博物學、《年中行事故實抄》等考證與隨筆。君山在〈祭先妣文〉中言，從母讀書，五歲讀經，八歲作詩。君山母為儒學家堀杏庵的孫女。據君山的漢詩集《弊帚集·凡例》所云，年少時的作品兩千餘首均化為灰燼。殘存僅有名為〈玉連環·春興〉之回文[5]，有自注云：「是幼年所作，雖非正格，亦為雞肋，故附此。」可以說君山年少早成。

　　《弊帚集》經三度編纂，由弟子們謄抄而成。詩從甲編到至癸編、續編，基本按時代順序整理。餘編中錄文與未收詩，而詩收錄在餘編後半中。各編又以古詩、律詩、絕句、雜體的形式分別歸類。本文所舉的以「詩餘」分類的作品存八首，即癸編卷六附錄二首，餘編收錄六首。癸編收錄的作品中，最早的詩為寶曆七年（1757）君山六十一歲時所作〈丁丑元日書懷〉，但寶曆十三年（1763）以後的作品居多。由此可以推測君山填詞應始於還曆之後。君山晚年開始創作詩餘這種新型詩體，究其背景可理出三點，即君山對樂府的青睞、其家的家學以及時代的好尚。

　　君山自年少時便格外關注樂府。樂府為漢朝至唐朝創作的歌謠之

4　市橋鐸編：《松平君山考》（名古屋：名古屋市教育委員会，1977年）。此書最為詳盡。下文如無特別說明，均據此書。

5　《弊帚集》乙編卷六，卷末附錄呈圓形的「紅霞落日斜花枝滿眼映」十字回文，以四句七言示其「讀法」。

辭。在歌辭這點上可以說與詞同類，先有說明樂曲的樂府之題，再配
之以長短參差的歌辭。《弊帚集》中雖不設樂府的分類，但始自甲編
的古詩、絕句、律詩中收錄不少樂府。君山另著有詳細解說樂府題目
起源的《樂府尋源》（蓬左文庫藏）。檢閱《吏隱亭藏書目錄》[6]可
知，君山在《樂府尋源》執筆之際應該參考《樂府雜錄》和《碧雞漫
志》等詩話。樂府方面的知識，君山在當時亦是屈指可數的。

　　這些樂府題目，有些與詞牌名同而實異。詞牌用來指明樂曲，君
山作品中的〈折楊柳〉、〈浪淘沙令〉、〈長相思〉等即為此類。《吏隱
亭藏書目錄》中不見詞集，但其中著錄諸如《詩餘圖》（書架三段第
三）[7]與《樂府指迷》（辰函《談藝錄》[8]）的填詞指南書。再者，宋人
與明人的詩文集中亦錄詞，而詩話中又記載與詞相關的評論，君山通
過閱讀此類書籍，從而對詩餘產生興趣亦在情理之中。

　　其次是家學，首先想到的是其母所教授的知識。《吏隱亭藏書目
錄》的封面內記錄近年歸還的堀家杏庵的藏書[9]。外祖父堀杏庵的同
門林羅山等林家一族曾作詩餘之事[10]，君山應通過詩文集知曉。君山
曾祖父之兄千村良重（號夢澤）編輯出版的《防丘詩選》中，將亡命
日本的明人陳元贇置於卷首。而陳元贇與到訪尾張的元政上人有唱和

6　吏隱亭為松平君山之號。見市橋鐸編：《松平君山考》D3。此書為君山之孫（南
　　山）時期的藏書目錄，由此可知君山的藏書概況。

7　不明所指。但神田喜一郎著：《神田喜一郎全集》，第六卷《日本における中國文學
　　I》，十〈祇園南海とその時代〉中介紹，寶曆元年詞譜類的書籍舶載而來。該書或
　　為其中一種。

8　外題為《談藝錄》。其中收錄《秋圃擷餘》、《麓堂詩話》、《千里面譚》、《詩家直
　　說》、《閑書杜律》、《樂府指迷》。應摘自《說郭續》卅三、卅四。此處《樂府指
　　迷》即張炎《詞源》卷下。

9　市橋鐸編：《松平君山考》D1，松平君山藏書目錄概要。

10　神田喜一郎著：《神田喜一郎全集》，第六卷《日本における中國文學I》，七〈填詞
　　の復興者加藤明友〉、八〈林家一門と填詞〉。

詩集《元元唱和集》，陳元贇詩卷末有〈詞〉。另君山在〈和僧溫故新年作並序〉的序文中云：

> 吾讀元政上人詩，而知彼有風流蘊藉之趣也。且憾後來之難繼承也。（《弊帚集》丙集卷四，七言律詩）

可見君山曾讀過《元元唱和集》。

神田博士又指出寶曆元年（1751）前後「正是我國研究、移植中國通俗小說和戲曲的全盛時代；填詞也自然乘此趨勢，牽動著好奇之士的注意」[11]。可以認為是時代的好尚，使具備上述條件的君山轉向填詞。

二　君山詞之詳解

以下將介紹並釋譯君山的八首詞。原文文字儘量遵從蓬左文庫本《弊帚集》。正文上方的○為平聲，●為仄聲，句點表示押韻處（韻及叶）。前後段的分段以」表示。如上所述，詞中文字的平仄一般都有其規則。平仄在中國漢字中表示聲調的高低，但對日本人而言，僅作將此為知識點進行記憶。因此，日本人的詞作中往往看到平仄有誤的作品。為明確起見，姑且給以下的君山詞亦附上平仄符號。

---

11 神田喜一郎著：《神田喜一郎全集》，第六卷《日本における中国文學I》，十〈祇園南海とその時代〉。

（一）〈風入松〉（《弊帚集》癸編卷六所收）

序：送別朝鮮洪默齋

●○○●●○○

站亭春暮送君歸。

●●○○

綠暗紅稀。

●●○●●○○　●○●●●○○

別來絕域無音信，與誰賦咏弄芳菲

○●○○●　○○●●○○

雲外冤禽啼血，橋邊柳絮爭飛。」

●○○●●○○

祖筵終夜淚沾衣。

●●○○

四牡騑騑。

●○●●○○　●○●●●○○

海山萬里雞林遠，僕夫整駕待朝暉。

○●○○●　○○○●○○

萍水相逢何處，憶君徒望音徽。

* 「沾」，名古屋叢書《三世唱和》作「沾」，按其意，「沾」更勝。
  「朝」，同書中作「晟」，平仄上宜作「朝」。「徒」同書作「遙」。
* 押韻處文中以「。」表示。本詞在《廣韻》中屬平聲微韻。以下的
  韻目均依《廣韻》。
* 〈風入松〉有七十二至七十六字體，本詞為七十四字體。

〔譯文〕

序：送別朝鮮洪默齋

站亭春暮時分，送君歸故國。

綠葉繁茂，紅花稀落。

此次別後萬水千山音信難寄，我將和誰一起吟詠芳菲？

雲外杜鵑啼血，橋邊柳絮在風中飛舞。」

送別宴上，一整夜都在垂淚，濕透了羅袖。

四頭牡馬奔馳不止。

朝鮮遠在萬水千山，車夫打理行囊等待朝光。

如浮萍般的我們，下次會在何處相逢？每每思君，亦只能期盼
著你的音訊。

〔補說〕

　　君山一生中，與朝鮮通信使曾有三次交集。最初為德川吉宗襲職
的享保四年（1719）十月一日，君山廿三歲時，曾贈詩給翻譯官雨森
芳洲。第二次為家重襲職的延亨五年（1748）六月一日（七月十二日
改元寬延），時君山五十二歲，由其子霍山陪同，與製述官朴矩軒等
唱和。最後一次為家治襲職的寶曆十四年（1764），二月三日去江
戶，三月廿九日（六月二日改元明和）歸途，時君山六十八歲，由其
子霍山與其孫半山陪同，與製述官南秋月等進行唱和，並出版《三世
唱和》[12]。

---

12 寶曆十四年六月，平安書林八木治兵衛，尾張書林津田九兵衛。本文所據《三世唱
　　和》，收入名古屋市教育委員會編：《名古屋叢書》（名古屋：名古屋市教育委員
　　會，1962年），第十五卷。蓬左文庫存原抄本。

　　本詞應是君山所作的第一首詞。據《三世唱和》，寶曆十四年三月廿九日，朝鮮通信使歸國途中再宿名古屋時，君山贈此詞給洪默齋[13]。二月的唱和詩均為近體詩，三月，君山贈「君不見」開頭的詩給南秋月，而本詞則贈給三月加入唱和的洪默齋。南秋月云：

　　　若長篇則夜短客多不能即和，可恨可恨。

並回贈一首七言絕句。而洪默齋則以同調〈風入松〉進行唱和。各地都曾與朝鮮通信使進行唱和，但管見所及尚未有詞的唱和，因此，現將《三世唱和》所載的唱酬之作進行介紹，詞牌與君山詞同樣為〈風入松〉，是一首次韻作。

　　　序：奉和君山

　　　八月離家三月歸。
　　　草綠花稀。
　　　觸物羈愁心歷亂，吟鞭無意對芳菲。
　　　相思他日清夜，魂夢滄波遠飛。」
　　　去路林花亂映衣。
　　　曉策驂騑。
　　　青門欲折垂楊贈，別意遲遲到晚暉。
　　　床頭更向幽琴，抱為君奏瑤徽。

---

13 洪默齋，名善輔，字聖老。曾作為從事官金相翊的「伴人」（隨從）加入通信使一行。當時為通德郎。見夫馬進：《朝鮮燕行使と朝鮮通信使》（名古屋：名古屋大學出版會，2015年）。洪默齋未登第，通德郎（文官正五品）應為恩蔭官職。此處蒙藤本幸夫先生雅教。另外，南秋月（名玉，字時韞）為次於三使的製述官。很有可能君山根據對方的官位與職務，區分使用詩詞。

(二)〈水調歌頭〉(《弊帚集》癸編卷六所收)

序：中秋賞月

○●●○●　●●●○○
三五夜中月，幾處望清輝。
●○○●○●○●●○○
廣寒宮殿堪仰蟾兔共相依。
●●○○○●　●●○○●●　●●●○○
我欲騎雲攀桂，也怕吳剛把斧，逸興或相違。

○●●○●　●●●●○
何若把杯酒，一醉且忘機。」
○●●　○●●　●○○
憑竹欄，披紙牖，坐書幃。
●○○●○○●●●●○
不宜鼾睡秋風感概淚沾衣。
○●●●○●　○●●●○●　○●●○○
明月豈無盈虧，人世那論消息，吾輩是耶非。
○●●○●　●●●●○
仍有一樽酒，勸爾醉無歸。

＊押平聲微韻。

〔譯文〕

序：中秋賞月

十五明月，望其清輝幾何。

仰望廣寒宮，蟾蜍玉兔相偎依。

我欲乘雲攀桂，卻又擔心與那持斧伐樹的吳剛逸興相違。

不如拿起酒杯，一醉方休，姑且忘卻世俗千愁。」

倚靠竹欄，打開隔扇，坐在書齋的帷帳前。

秋風吹過無法入睡，心中感慨，眼淚打濕了衣衫。

明月難道就無盈虧嗎？人世間難道就無盛衰榮枯嗎？我輩到底是是還是非呢？

此處尚有酒一杯，勸君醉不歸。

〔補說〕

《弊帚集》中雖不記載詞牌名，但此詞應為〈水調歌頭〉，亦是君山詞中最長的一首。此詞牌，有宋代蘇軾寫給遠在他鄉的弟弟的「明月幾時有」這樣的名作。蘇作前段描寫欲訪月宮而不得，後段描寫無眠賞月，希望千里之外的人也共賞嬋娟。君山的詞亦依次來描寫中秋的明月。他在參照蘇作的基礎上，前段描寫讀到跟月有關的故事，想訪月而不得，後段則描寫心中的思緒。此詞雖然收錄於上述〈風入松〉之後，但並非贈洪默齋之作，應該是一首習作，寫作年代亦不明。既然收錄於癸集中，應是六十歲之後的作品。

（三）〈謁金門〉（《弊帚集》餘篇所收六首之一）

序：冬夜飲宜生宅

霜風起。

夜坐衣冷如水。

爐火惹春華堂裡。

把酒嗅梅蕊。」

月出東窗堪倚。

醉來葛巾畏墜。

主人不嫌客至。

燈花亦報喜。

＊韻字「起、水、裡、蕊、喜」為上聲紙韻；「倚」為平聲微韻；
「墜、至」為去聲寘韻。詞之押韻與詩相比較寬鬆。清代戈載的韻
書《詞林正韻》中，韻腳均屬第三部。

〔譯文〕

序：冬夜在岡田宜生家飲酒

霜風淅淅。
坐至深夜，衣涼如水。
春華堂中，爐火正旺。
手持酒杯輕嗅梅蕊。」
月倚東窗。
擔心醉酒後頭巾滑落。
主人不嫌賓客到來。
燈心結花亦是吉兆。

〔補說〕

　　本詞描寫寒冷的冬夜，君山輕嗅著報春梅香，在弟子的家中悠閑飲酒的光景。岡田宜生（1737-1799，元文二年至寬政十一年），字挺之，號新川，曾任明倫堂督學的儒者。松平君山門下弟子中，岡田新川被譽為詩之名手，而磯谷滄洲則被譽為文之名手。雖然新川有不少著作，但漢詩集《新川集》、《日下新詠》中未見本詞的唱酬作，亦不見有詩餘[14]。君山家居大津町[15]（現名古屋市中區丸之內三丁目），四十歲時又在所賜住宅地廣小路筋之南、小林村池之內[16]（現中區榮四丁目）築居，兩處相距不過一千米。

---

14 據名古屋市中央圖書館市史資料抄本。
15 據太田正弘編：《補訂版尾張著述家綜覽：附逸事》（瀨戶：太田正弘，2005年）。
16 名古屋市教育委員会編：《名古屋の史跡と文化財》（名古屋：名古屋市教育委員会，1990年）。

　　磯谷滄洲有詞〈清平樂・夜集挺之〉[17]，與君山同樣為冬夜之作，至於是否為同一時期所作則不明確。現錄於此，以作參考：

　　　　畫屏圍繞。

　　　　不悟寒多少。

　　　　半夜城頭驚宿鳥。

　　　　窗月才臨攢篠。」

　　　　琉璃杯底新波。

　　　　休嘲我飲量多。

　　　　試向世間人問，紅顏容易蹉跎。

（四）〈荷葉杯〉（《弊帚集》餘篇所收六首之二）

　　序：雪夜懷士相

　　北山風起雪飛。

　　夜靜。

　　待汝到更闌。

　　定是山陰乘興難。

○○○

17　《買山集》卷十〈詩餘〉。據名古屋市中央圖書館市史資料抄本。

寒麼？寒。

○○○

寒麼？寒。

＊韻字「飛」為平聲微韻；「靜」為上聲梗韻；「闌、難、寒」為平聲
　寒韻。按《詞林正韻》，本詞亦失韻。

＊〈荷葉杯〉有單調廿六字體，除本詞外，還有單調廿三字體，雙調
　五十字體。

〔譯文〕

序：雪夜懷磯谷滄洲

北山風中雪花飛舞。

夜深人靜。

等待著你，不覺夜已深。

雪夜乘興訪友，定是不易。

寒麼？寒。

寒麼？寒。

〔補說〕

士相為字，名為磯谷正卿，號滄洲。滄洲與岡田新川同樣出生於
元文二年（1737），享和二年（1802）卒。前文（一）中所述〈風入
松〉詞的背景中，便有明和元年，滄洲曾作二百韻的排律贈給朝鮮通
信使，令其大為震驚一事。

晉王子猷居山陰，大雪之夜乘小舟訪戴逵，至戴逵家門前卻道興
致已盡，未見戴逵而返。這則故事《世說新語》與《蒙求》中均有記

載，本詞第四句便基於此事。整首詞寫等待滄洲到訪，而滄洲不至。

滄洲還有〈荷葉杯・夜飲〉、〈荷葉杯・雪曉〉兩首詞，與君山詞同調。

序：夜飲

簷滴已化冰柱。
寒苦。
城上漏聲長。
每夜相攜住醉鄉。
狂麼？狂。狂麼？狂。

序：雪曉

牆上日高三丈。
窗敞。
白壁[18]受冤時。
愧死袁安起來遲。
癡麼？癡。癡麼？癡。

（五）〈洞天春〉（《弊帚集》餘篇所收六首之三）

序：雪中寄諸子

---

18 見神田喜一郎著：《神田喜一郎全集》，第六卷《日本における中國文學I》作「白壁」。

簷樹驚梅花早。

●○●○●●

滿庭玉塵懶掃。

○●●○●○●

殘菊敗荷變瑤草。

●○●●○

肚憐此清曉。」

●○●○●●

坐懷故人悄々。

●○●○●●

奈佳節閑過了。

○●●○　○●○●　○○○●

空有一樽、誰論鹽絮、愁心多少。

＊韻字「早、掃、草」為上聲皓韻；「曉、了」為上聲篠韻；「悄、
少」為上聲小韻。《詞林正韻》均歸於第八部，各韻通用。

〔譯文〕

序：雪中寄諸子

屋簷邊的梅樹上花朵早早綻放，令人吃驚。

滿院白雪如灑落的玉塵，又懶得打掃。

枯萎的菊荷成瑤草。

獨愛此清曉。」

獨自一人懷念故友，心情沉鬱。

佳節閑過，又能奈何。

空有酒一杯，這雪，似鹽似絮，與誰去爭論呢？唯有愁心多少。

〔補說〕

　　本詞為歐陽脩〈洞天春〉（鶯啼綠樹聲早）詞的次韻作。歐陽脩
詞寫春季的清明節，本詞則寫無人到訪的雪天，且寫作年代不詳。前
段描寫庭院的雪景，後段邀請「諸子」即門下弟子赴此風雅酒宴。當
初謝安問及白雪何所似，謝朗答散鹽空中，謝道蘊答柳絮因風起而被
稱道。《世說新語》中載此事。

（六）〈菩薩蠻〉（《弊帚集》餘篇所收六首之四）

　　序：冬夜對客

●○○●●○●
夜陰陰雨雪將起。
●●○○○●●
有客求燈花報喜。
○●○○○
詩就頻揮毫。
○○○●○
開窗孤月高。」
○○○●●
清朝無棄物。
○●●●○
吾輩自稱屈。
●●●○○
好飲酒三杯。
●○○●○○
放歌逸興催。

＊每兩句仄平交互四換韻。「起、喜」為上聲止韻；「毫、高」為平聲
　豪韻；「物、屈」為入聲物韻；「杯、催」為平聲灰韻。

〔譯文〕

　　序：冬夜，與客對坐

　　夜色陰暗，雨雪將至。
　　客將來，燈花報喜。
　　詩成後又頻頻揮筆。
　　打開窗戶，孤月高懸。」
　　政清則終有用武之地。
　　我輩自稱離俗人。
　　好酒飲三杯，
　　放聲高歌，逸興遄飛。

〔補說〕

　　寫作年代及作品的背景不詳。客人應是關係親密之人。本詞為晚
年之作。

(七)〈漁歌子〉(《弊帚集》餘篇所收六首之五)

　　序：賀遯窩隱君七十初度

　　鶴千年，龜萬歲。

　　何如此老壽無際。

●○○　○●●　●○●○●●

擲簪縷，披薜荔，滑稽放言傲世。」

●○○　○○●

酒當斟，詩應制。

●○○○●○○●

七旬初度歡相繼。

●○○　○●●　○●○○○●

樂兒孫，娛僕隸，餘慶將流苗裔。

＊押去聲祭韻。「繼」為霽韻，但與祭韻通用。
＊〈漁歌子〉有廿七字小令，雙調五十字體。

〔譯文〕

　　序：祝遯窩翁七十歲壽

　　鶴千年，龜萬年。
　　如何才能像此老一樣壽無疆？
　　棄官，隱居，暢所欲言，傲睨一世。」
　　酒當飲，詩當作。
　　七十壽辰，歡樂無窮。
　　子孫僕役喜氣洋洋，福澤將綿延後代。

〔補說〕

　　遯窩為橫井時般的號，而最廣為人知的名字為橫井也有。橫井也有出生於元祿十五年（1702），較君山晚兩個月，天明三年（1783）去世。橫井出身於尾張藩重臣家，廿六歲繼承家督。歷任御用人、大

番頭等，五十三歲引退。之後在前津、鳥屋橫町（現中區上前津一丁目）建築寬敞的隱居處「知雨亭」，過著悠然自在的生活[19]。橫井多才多藝，作為俳人尤其出名，曾給當地的俳壇帶來巨大的影響。橫井曾從小出侗齋學習漢文[20]，寶曆四年（1754）秋師從君山開始正式學習漢詩[21]。本詞為橫井七十歲的祝壽詞，即明和八年（1771）的作品。橫井寫有詩題為「此年滿七十辛卯，明和八年」的〈新年書懷〉七言律詩一首，但未見本詞的回贈之作。橫井的隱遁曾受莊子影響，關於這點德田武氏已有論考[22]，而本詞的第三句可以說是莊子精神的寫照。末句的從僕應指自始至終追隨其左右的石原文樵。

（八）〈臨江仙〉（《弊帚集》餘篇所收六首之六）

> 序：一関賀平君栗老母七十壽

●●○○○●●　　○○●●○○

憶昔瑤池王母宴，蟠桃爛漫花開。

●○○○●○○

壽筵今日管弦催。

○○○●●　　●●○○

兒孫聯彩服，賀客獻詩來。」

●●○○○●●　　●○○●○○

---

19 名古屋市教育委員会編：《名古屋の史跡と文化財》。橫井也有的漢詩文集《蘿隱集》卷一〈書知雨亭七景詩集後〉中云：「吾廬在絕境中，而不讓輞川別業也」。

20 川島丈内：《名古屋文学史》（名古屋：東海地方史学協会，1982年）。

21 名古屋市蓬左文庫編：《名古屋叢書三編》（名古屋：名古屋市教育委員会，1985年），第十八卷《橫井也有全集》，下（一）。

22 德田武：《江戶詩人伝》（東京：ぺりかん社），1986年。

七十年來修四德，斷機教育英材。

●○○●●○○

庭闈稱慶酌金罍。

○○●●●　●●●○○

怡怡供盛饌，便可賦南陔。

＊韻字「開、來、材、垓」為平聲咍韻，「催、罍」為灰韻通用。

＊「罍」，蓬左文庫本作「壘」，按詞義從「罍」。

〔譯文〕

序：贈詞賀平君栗之母七十歲壽

憶往昔瑤池西王母宴，蟠桃花滿園盛開。
賀壽宴席上管弦聲齊發。
子孫著華服，賓客來獻詩。」
七十年勤修四德，裁斷織布以教育英材。
父母居處祝賀長壽，金酒樽中酌酒。
開懷暢飲勸佳餚，可吟詠〈南陔〉詩。

〔補說〕

　　平君栗[23]，即下鄉寬（1742-1790，寬保二年至寬政二年）。字為君栗，通稱千藏，號學海、百川等，為擁有千代倉屋號鳴海宿（現名古屋市綠區）富豪的第六代，嗜俳句。千代倉二代、三代、四代均為

23　太田正弘編：《補訂版尾張著述家綜覽：附逸事》及新修名古屋市史編集委員會
　　編：《新修名古屋市史》（名古屋：名古屋市），第四卷，第七章〈街道のにぎわいと
　　変貌〉，第一節〈東海道と鳴海宿〉。

松尾芭蕉的門生，而第五代昌雄為橫井也有之門生，且為君栗的生父、第四代元雄之姪。本詞的「老母」應指元雄之妻。

此首為贈送給女性的壽詞，因此前段借用地位最高的女性神仙西王母與長生不老的蟠桃來賀壽，後段用「孟母斷機」的典故來稱頌其功。君山的詩文中亦散見寫給女性的祝壽詩，所用典故與本詞相同。詞中君山並沒有忘記誇讚友人下鄉寬，稱其為「英材」。〈南陔〉為《詩經》的詩篇名，云奉養慈親。

君山還有〈千代倉老人挽歌〉（癸篇卷三）。鳴海為朝鮮通信使的休息所，這或許亦是君山與千代倉交游的背景之一[24]。

結語

以上通過解讀君山的八首詞，總結出兩個特徵。第一，君山的創作主要在晚年約廿年的時間中進行，而且為數不多的作品幾乎均為贈呈之作。贈答唱酬之詩，包括壽詩在內，多收錄在《弊帚集》中，其不僅與門生，還與眾多相關者有詩作的往來。與之相比，關於君山的詞，除（二）〈水調歌頭〉外，大多為贈給志趣相投的門下弟子的作品。詞的押韻複雜，句中各個文字的平仄要求亦比較嚴格。君山的眾多門生中，填詞的僅磯谷滄洲一人，可見並未出現相互鼓勵、積極創作的情況。詞作品較少的理由之一，可能是即使想以詞來應酬，但很難要求對方亦進行填詞。即便如此，君山並沒有在一時的習作後就終止填詞，由此亦可見他對詞的濃厚興趣。

---

24 貫井正之等著：〈江戶時代、朝鮮通信使の基礎的研究——特に東海地方（岐阜縣・愛知縣・靜岡縣）を中心にして〉，收於韓国文化研究振興財団編：《青丘学術論集》（東京：韓国文化研究振興財団，2001年），第十八集。據此，寶曆明和，朝鮮通信使在尾張藩的實際接待人為松平君山。

　　第二，基本遵守格律。君山的長篇作品並不多，癸編收錄的兩首較餘編的六首長。對君山而言，填詞並非得心應手，但是，與選擇類似近體詩的〈漁歌子〉、〈西江月〉等詞牌的多數日本人相比，可以說君山勇於嘗試較難的詞牌，並且是一個詞牌僅填一首作品的首屈一指的填詞作家。

後記

　　本書收錄的是博士論文出版後完成的與詞相關的拙文。我所關注的是，風靡一時的詞在當時是如何被人們接受的，也即受容論。但要窺知其詳細是一件非常困難的事情。因此，我決定從被認為是熱門作品的特徵入手，以獲取一些線索。第一部所收六篇文章便是如此。話雖如此，文中僅止於南宋前期，雖然必須要繼續寫下去，但想在此先做個總結，因此編了本書。收入本書的內容基本保持了最初發表時的樣子，但各論文在發表之際亦獲得雅教，作為收到意見的反饋，借此機會進行最低程度的加筆修正，並注明提出建議的老師的芳名。文章初出情況如下：

壹　宋代詞人的人生與詞

第一章〈王観の詞について——冠柳の視点から——〉，《風絮》第16
　　　號（日本詞曲学会，2019年12月），頁1-32。

第二章〈晁補之の調笑をめぐって〉，《東海学園大学研究紀要・人文
　　　科学研究編》第26號（東海学園大学日本文化学会，2021年3
　　　月），頁31-47。

第三章〈毛滂における雅詞〉，《風絮》第10號（宋詞研究会，2014年
　　　3月），頁1-21。

第四章〈康與之の生涯と作品編年初探〉，《日本宋代文學學會會報》
　　　第7集（日本宋代文學學會，2020年12月），頁50-76。

第五章〈康与之の詞について〉,《風絮》第17號（日本詞曲学会，
　　2020年12月），頁37-64。

第六章〈劉過の詞について〉,《風絮》第8號（宋詞研究会，2012年3
　　月），頁25-52。〈關於劉過的詞〉加筆修正版,《會通與轉化——
　　第二屆古典文學國際學術研討會》（臺北：東吳大學，2013年4
　　月），頁197-216。

附論　詞籍的周邊

附論一〈研究ノート　詞の輯録——王觀を例として〉,《東海学園大
　　学研究紀要　人文科学研究編》第25號（東海学園大学，2020
　　年3月），頁75-85。

附論二〈嘉慶年間の《詞源》校訂——上海図書館蔵《詞源》をめぐ
　　って〉,《風絮》第11號（日本詞曲学会，2014年12月），頁1-
　　25。

附論三〈《歷代詞人小伝》の著者、周慶雲のこと〉,《東海学園言
　　語・文学・文化》第9號（東海学園大学日本文化学会，2010
　　年3月），頁30-34。

貳　詞在日本的受容之一側面

第七章〈《詩学大成抄》初探——評言にみる漢詩の受容〉,《日本宋
　　代文學學會報》第2集（日本宋代文學學會，2016年5月），頁
　　80-102。

第八章〈五山禅林における詞の受容〉,《風絮》第13號（日本詞曲学
　　会，2016年12月），頁60-82。

第九章〈松平君山の詞〉,《愛知大学綜合郷土研究所紀要》第53輯
　　（愛知大学綜合郷土研究所，2008年3月），頁163-171。

　　我與臺灣結緣要追溯到一九九二年。蒙中京大學吳世煌老師的推薦，我得以參加臺灣政治大學公共行政及企業管理教育中心主辦的國際青年夏令學術研討會，歷時四週，獲得很多寶貴經驗。那時恩師村上哲見老師有東西託我轉交給中央研究院中國文哲研究所籌備處（當時）的林玫儀老師，由此得以結識林玫儀老師。我至今仍記得當時林老師鼓勵我的溫暖話語。二〇〇〇年以後，我作為當時任小樽商科大學教授萩原正樹老師的共同研究者，與慶應義塾大學的村越貴代美老師，東京成德大學的直井文子老師一同去臺灣大學圖書館閱覽貴重書籍。為與我的工作單位東海學園大學簽訂留學協議做準備，又拜訪了臺灣師範大學國語教學中心。而獲得學術研究交流的機會較晚，蒙立命館大學芳村弘道教授推薦，二〇一三年四月參加了東吳大學主辦的「會通與轉化──第二屆古典文學國際學術研討會」。通過論文集得知黃文吉老師的大名。那時黃老師與臺灣大學博士生佘筠珺一同到會場，由此得以初見。彼時的交流情況，黃文吉老師所作序中已記載，此處不再贅述。由此可知黃老師性情之篤實，一如其文。時隔不久，在京都的立命館大學又得以再見兩人。黃文吉老師因研究滯留三個月，佘筠珺女士因攻讀博士課程來到立命館大學。二〇一九年我獲得日本學術振興會科研費的資助，去臺灣大學調查之際於臺北得以再次見面。疫情三年後，就拙著的出版事宜同黃文吉老師相談，黃老師爽快介紹了萬卷樓圖書公司。感激之情實在無以言表。後來我又厚顏拜託黃老師撰寫序文，黃老師不僅痛快答應，而且在序文中詳細介紹了日本的詞學研究。事實上，正是因為日本的中國研究中，詞學研究比較薄弱，所以我們詞學研究者通過共同研究的方式相互支持切磋。序文中對我的評價實在是過譽，但同時，黃老師的序文不僅是對我，亦是對日本詞學研究的聲援。再次表達真摯的謝意。

　　本書由靳春雨女士翻譯。最初委託她翻譯是在東吳大學發表之

際。沒有她精準的選詞用語，中文出版則不可能實現。靳春雨女士在研究方面取得進展，完成翻譯的同時又出版了《中國‧日本の詩と詞——《燕喜詞》研究と日本人の詩詞受容》（京都：朋友書店，2023年）。希望這位年輕學友今後取得更大的發展。作為同一分野的研究者，雖然在翻譯過程中已指出拙文的誤處，且經過幾番修正，但仍存在不少錯誤與不足。以中文出版就意味著會出現龐大數量的讀者，這在日本簡直無法想像。惶恐之餘，又倍感欣慰。敬請諸位讀者不吝指正。

最後再次向黃文吉老師、靳春雨女士、萬卷樓圖書公司，特別是總編輯張晏瑞先生，編輯張宗斌先生，承蒙學恩的多位老師，以及於去年離世的恩師村上哲見老師，致以最誠摯的謝意。

二〇二三年上巳　　松尾肇子

文學研究叢書・詞學研究叢刊 0805004

雅詞的受容——中日文人對宋詞的期望

作　　者	松尾肇子	

譯　　者　靳春雨

責任編輯　張宗斌

特約校稿　林秋芬

發 行 人　林慶彰

總 經 理　梁錦興

總 編 輯　張晏瑞

編 輯 所　萬卷樓圖書股份有限公司

　　　　　臺北市羅斯福路二段 41 號 6 樓之 3

　　　　　電話 (02)23216565

　　　　　傳真 (02)23218698

發　　行　萬卷樓圖書股份有限公司

　　　　　臺北市羅斯福路二段 41 號 6 樓之 3

　　　　　電話 (02)23216565

　　　　　傳真 (02)23218698

　　　　　電郵 SERVICE@WANJUAN.COM.TW

香港經銷　香港聯合書刊物流有限公司

　　　　　電話 (852)21502100

　　　　　傳真 (852)23560735

ISBN 978-986-478-845-3

2023 年 8 月初版

定價：新臺幣 420 元

如何購買本書：

1. 劃撥購書，請透過以下郵政劃撥帳號：

　帳號：15624015

　戶名：萬卷樓圖書股份有限公司

2. 轉帳購書，請透過以下帳戶

　合作金庫銀行 古亭分行

　戶名：萬卷樓圖書股份有限公司

　帳號：0877717092596

3. 網路購書，請透過萬卷樓網站

　網址 WWW.WANJUAN.COM.TW

大量購書，請直接聯繫我們，將有專人為您服務。客服：(02)23216565 分機 610

如有缺頁、破損或裝訂錯誤，請寄回更換

國家圖書館出版品預行編目資料

雅詞的受容：中日文人對宋詞的期望 / 松尾肇子著；靳春雨譯. -- 初版. -- 臺北市：萬卷樓圖書股份有限公司, 2023.08

　面；　公分. -- (文學研究叢書. 詞學研究叢刊；805004)

ISBN 978-986-478-845-3(平裝)

1.CST: 詞論

823.88　　　　　　　　　　112007994